平凡社新書
1045

百首でよむ「源氏物語」

和歌でたどる五十四帖

木村朗子
KIMURA SAEKO

HEIBONSHA

百首でよむ「源氏物語」●目次

第二部

第三部

序章

私たちの物語

平安時代は女たちが仮名文字で書いた物語が次々と生まれたときである。物語の祖といわれる『竹取物語』は、月からかぐや姫がやってきて男たちが次々と求婚するのに無理難題を押し付けて断った挙句、月に帰るというSFまがいの物語だった。あるいは船が難破して天竺にたどりついて阿修羅や天人たちと交流し、空を飛ぶなどというファンタジー展開からはじまる『うつほ物語』という物語がある。それらに比べると『源氏物語』は、宮廷社会の現実やそこに生きる人間の心理をじっくりと描いたリアリズム小説である。

いやいや、『源氏物語』だって、六条御息所が、生き霊となり死後には死霊となって女を取り殺したりするなど、かなり奇想天外ではないか、という人があるかもしれないが、平安宮廷社会において、物の怪は現前と存在するもので、対処しなければならない禍いであった。実際に、平安宮廷には陰陽寮が設置され、陰陽師が常駐していたのだし、密教や修験道で験力のある僧侶たちが外から呼ばれて対応することもよくあることだった。物の怪というのは病いの一因として認識されていたからである。

『源氏物語』のようなリアリズム小説がでてくる背景には、『蜻蛉日記』があった。『蜻蛉日記』の作者は、紫式部が仕えた藤原道長の父親、藤原兼家の何番目かの妻である。名前がわからないので兼家とのあいだに生まれた息子、藤原道綱の母と呼びならわされているのである。

『蜻蛉日記』の冒頭には、物語を読んでみてもあり得ない話ばかり。一夫多妻制の平安宮廷社会で、有力貴族の正妻ではない女の恋愛のリアルがどんなものか書いてみせると宣言されている。

シンデレラなど世界中でみられる物語の型に、継子いじめものがあるが、『落窪（おちくぼ）物語』『住吉物語』など、平安宮廷物語でも継子譚は何度も取り上げられている。いずれも、シンデレラ同様、いじめられていたかわいそうな姫君がすばらしい貴公子に救出されて幸せな結婚をする物語である。王子とまではいかなくとも上流のうるわしい男性と出会って恋愛できることなど夢のまた夢だし、そもそも幸せな結婚が長続きしないことは大人の女なら誰でも知っている。ましてや平安時代は、婿入り婚だから基本的には女の家の財力がなければいい男はやってこない。しかも、婚姻は一夫多妻制を基本としていたのである。有力貴族の男となれば幾人もの妻を持つのがふつうであって、正妻であろうがなかろうが、男は毎日来てくれるわけではなかった。シンデレラストーリーには待つ女のつらさがまったく書かれていないと女たちは思っただろう。そんなものは子どもの読むお伽話（とぎばなし）であって、私たちの物語ではない、と。『蜻蛉日記』の作者は、猛烈に求婚してきたくせに、子どもが生まれると夫が自分の家の前を通り過ぎて他の女に会いにいくようになるさまを、半ば自虐をこめて書き記した。これこそが私たちの人生のリアルだと多くの女たちは思ったにちがいない。

でも私の夫は兼家ではないし、『蜻蛉日記』の作者ほどの和歌の才能もない。それは誰かの物語であって、私の物語ではない。誰かの物語ではなく、自分自身を投影できる物語がほしい。そんなふうに女たちは思ったかもしれない。

『源氏物語』はそんな女たちが、誰しも、これは私の物語だと感じられるような、総勢四百人超えの架空の登場人物がでてきて架空の人生を送ってみせる群像劇である。紫式部は、人物ひとりひとりがまさに生きているかのように性格づけ、まるでその世界が現実に存在かのするかのように描き出した。春の花盛りの美しさ、秋の夜の月明かり、遠くから聞こえてくる琴の音、シルクの衣がたてる衣擦れの音。ちょっとした行き違い、言いすぎてしまったことば、後悔を残す決意……。そこにはいまも変わらず私たちが感じていることが克明に書かれている。これこそが私の物語だ、そう思える誰かが、この物語には生きている。

一般的に物語は女たちのために書かれたものだが、『源氏物語』には書かれた当初から男性読者の熱い支持があった。紫式部を雇った藤原道長もその一人だったはずだし、なによりも紫式部は道長の娘、中宮彰子へ天皇の興味をひくために雇われたのだから、そもそも一条天皇が読者として想定されていたわけだ。天皇の逡巡、まちがった判断、そんなことも『源氏物語』には描かれている。男たちにとっても、それは私の物語だったのである。

物語と和歌

ところでこの時代の物語にはかならず和歌が含まれている。世界文学の歴史を見ると詩と散文つまり韻文と散文とは別々に発達していき、韻文が発達したあとで散文小説がでてくるのが文学史の流れとなっている。ところが、日本文学においては散文のなかに韻文がとりこまれていて同時に発展していったのである。同時に発展といっても、和歌を詠むことは文学的才能があろうがなかろうが宮廷社会で日常的に行われていたのであって、手紙をかけば歌を添え、宴会では歌を詠み合うといった具合に歌はコミュニケーションの一手段としてあるいはマナーとして身につけているのが当たり前だった。したがって、架空の物語においても登場人物が歌を交わさないのは不自然だということになる。

和歌には詞書き（ことば）といって、その和歌が誰によってどんな状況で読まれたかを説明する一文がついていることがある。歌が交わされたシチュエーションを深追いしていけば自ずと歌にまつわる物語が出来上がるわけで、とくに恋歌には、いったいどんな関係の二人の歌なのかしらんなどと恋物語の楽しい想像へと人々を誘（いざな）う種がそもそも内包されている。ゆえに歌物語というジャンルがあるわけである。『伊勢物語』などは、在原業平の歌を主に使ってまとめられた短編物語集であり、和歌を軸として物語化された小噺が集められている。

歌物語と『源氏物語』との最大の違いは、歌物語の和歌は『古今和歌集』などにとられている既存の和歌を利用したものだが、『源氏物語』の和歌はすべて作者が創作したものだという点である。『源氏物語』には登場人物が詠んだ七九五首もの和歌が含まれていて、それらすべてを人物のキャラクターに合わせて作者が作り分けているのである。だからといって『源氏物語』の和歌が紫式部のつくった和歌をあつめた『紫式部集』に含まれたりはしない。『紫式部集』には百首を超える和歌が収められているが、それらはすべて紫式部が紫式部として詠んだ歌である。先に述べたように、宮廷社会では和歌を詠むことは日常であったから、どんなに歌の下手な人でも和歌をつくっていた。腕におぼえのある人であれば自選歌集や私家集を自ら編纂して残していることもあった。現代の読者は、紫式部自身の思いをその歌集に残された和歌から想像することができる。

『源氏物語』はどのように読まれたか

『源氏物語』に詠まれた和歌から作者自身へは到達し得ない。歌の主自体が実在しないのだから、その歌は架空の世界の産物ということになるはずである。それでもなお『源氏物語』の読者は物語和歌に魅了されてきた。物語和歌は、人々に記憶され、愛唱され、引用され、文学史あるいは和歌史にしっかりと食い込んでいったのである。

『源氏物語』は当時からおびただしい数の写本がつくられ、すでに平安時代末にはあるまちがいが連綿と継承されるようなことも起こっていた。というのも紫式部による自筆本はどこかの時点で失われており、平安末期にはすでにまちがいをオリジナルにあたって訂正することなどできない状態となっていたからである。いま私たちが活字で読んでいる本は、小倉百人一首の撰者として知られる藤原定家がその当時の決定版として整理したものに依拠している。藤原定家は有名な歌人の家に生まれ、父親は「源氏見ざる歌よみは遺恨のことなり」と述べて、歌人たるもの『源氏物語』を読まねばならないとした藤原俊成である。

　鎌倉時代の女性作家で『十六夜日記』『うたたね』などを書いた阿仏尼は『源氏物語』に精通する歌人として『源氏物語』の講義をしていたことがわかっている。『源氏物語』は教養として長く読まれ続けることになるが、すでに鎌倉時代には『源氏物語』を読み通すのはなかなか骨の折れることになっていたらしい。『源氏物語』で意味のわからなくなってしまったことがらに注釈をつけた注釈書、百分で読めるシリーズのようなダイジェスト版などがいくつもつくられるようになっていく。

『源氏物語』を珍重したのは貴族ばかりではなかった。いつしか武家のあいだで『源氏物語』を嫁入り道具として揃える伝統ができて、屏風などの美術工芸品にも『源氏物語』を題材としたものが作られ続けていく。江戸時代、文政一二（一八二九）年に柳亭種彦が光源氏を室町時代の殿様に置き換えて書いた『偐紫田舎源氏』は大ベストセラーになった。

　明治時代になると現代語訳がつくられるようになり、数々の有名な小説家たちがそれに挑んだ。与謝野晶子の現代語訳は人気を博し美しい装丁で何度も再販された。一九三九年から四一年と出版が戦時下にあたってしまった谷崎潤一郎の現代語訳は大っぴらには読みにくかったらしいが、密かに楽しまれ、荒んだ時代に潤いを与えた。戦後に活躍する女性作家たちで女学校時代に、谷崎潤一郎の現代語訳で『源氏物語』にふれたと書き記している田辺聖子、瀬戸内寂聴らは、その後、自らが『源氏物語』のあたらしい現代語訳を手がけてもいる。

またアーサー・ウェイリーの英語訳が英語圏での日本文学への憧憬をかたちづくったことはよく知られる。ドナルド・キーンなど、戦時下に敵国を探るために日本語を勉強した世代は、戦後、日本文学研究者となって、多くの現代文学を英語圏に紹介する役割を果たしていく。『源氏物語』の英語訳は、その後、エドワード・サイデンステッカー、ロイヤル・タイラー、デニス・ウォッシュバーンと新訳が出ている。その他、中国語、ハングル語、フランス語、ドイツ語、イタリア語、ロシア語他、三十二ヵ国語にもおよぶ翻訳がでており、『源氏物語』はいつかは読み通したい作品として世界文学史に名をとどめている。

『源氏物語』の魅力とは

これほどまでに世界の読者を惹きつけてやまない作品でありながら、日本で学校教育を受けた世代にとって『源氏物語』は単に受験のために学習しなければならないものにすぎず、読書の楽しみを与えてくれるものとは認識されていない。これは非常に残念なことである。

というのも、これほどの筆力を持つ作家は世界にもそうそういないだろうと思えるほど、『源氏物語』は小説として圧倒的におもしろく、かつ高度に洗練されているからである。あえて原文で読まなければならないとは思わない。私たちは、バルザックだってドストエフスキーだって日本語訳で読んでいるのだから、『源氏物語』を現代語訳で読むのでもまったくかまわないと私は思う。現代語訳は、各種そろっているし、それはいますぐにでもはじめられるだろう。

ただし、先にも述べたように『源氏物語』には登場人物の詠んだ和歌が大量に含まれているのである。和歌は五七五七七で構成されており、三十一文字におさめられたことばのリズムがものをいうので、『万葉集』でも『古今和歌集』でも原語のまま愛唱されてきた。和歌の現代語訳がぴったり三十一文字で行われる例は、ロイヤル・タイラーの英訳でシラブルを三十一に合わせたものなどがあるほかは、ほとんど存在していない。

『源氏物語』を現代語訳で読むときの最大の難点は、実はここにある。現代語で解説された和歌はすでに和歌のかたちを失っているのである。そういうわけで『源氏物語』を現代語訳で読む場合には、和歌の部分をつい読み飛ばしがちにしてしまうといううらみがある。

本書は、『源氏物語』から、物語を象徴するような和歌百首を選び出し、和歌を味わいながら読み進められるように構成されている。コンパクトに『源氏物語』の大筋をつかみつつ、そこに含まれる和歌の鑑賞が十分にできるように配置した。

考えてみれば、古語そのままの和歌を理解できるのは、古典語の教育を受けた者の特権でもある。古典語が読めない、苦手だと思っていても、不思議と百人一首の和歌をおぼえていたりはするものだ。意味はきちんと理解できなくても、ことばの耳ざわりをなんとなく手にしているのは強みだと思う。たとえば神を呼び出す枕詞の「ちはやふる」ということばが漫画やアニメをとおして妙に身近だったりすることも学校教育のたまものといえるかもしれない。

五七五七七で成り立つ短詩形の文化は、いまなお短歌として受け継がれており、各社の新聞歌壇には投稿が途切れることがない。こうした和歌あるいは短歌の音を味わいながら、平安宮廷社会を描いた『源氏物語』の世界にふれてみよう。

＊本書に掲載した本文及び和歌は『源氏物語（一）〜（九）』（岩波文庫二〇一七〜二〇二一年）を参照した。ただし読みやすいように表記は適宜、変更した。

第一部

第一帖　桐壺　きりつぼ

限りとてわかるる道のかなしきにいかまほしきは命なりけり　桐壺更衣

物語の幕開けは光源氏の前世から始まる。光源氏の父、桐壺帝が、母、桐壺更衣をどれだけ愛していたかが語られて、そのようにして生まれた光源氏こそが主人公だと印象づけられる。

ときは摂関政治下で、藤原氏が他氏を排斥しつつ頂点にのし上がった頃のことである。臣下たちは天皇のもとに次々と娘を送り込み、娘が産んだ男子が天皇に即位すると母方の祖父として摂政や関白となって政治的実権を握るというのが摂関政治のしくみだった。現在の一夫一妻制とはちがって、女たちは「嫁入り」するのではなく、役職をもらって宮中に出向く。役職は、女たちの父親の身分や家格に応じて振り分けられる。后(きさき)候補として宮中に入るのが女御だとすると、光源氏の母の更衣という位は、后候補からはほど遠いのである。とはいえ、有力な家の娘が必ずしも子に恵まれるとは限らない。産まれてきてもすぐに亡くなってしまう子もいる。だから、男たちは一縷(いちる)の望みをかけて娘を送り込む。そういうふうにして、桐壺帝の後宮にも多くの女性たちが送り込まれていたのである。

いづれの御時にか、女御、更衣あまたさぶらひ給ひけるなかに、いとやんごとなき際(きは)にはあらぬが、すぐれてときめき給ふありけり。はじめより、我は、と思ひ上がりたまへる御方々、めざましきものにおとしめそねみ給ふ。同じ程、それより下臈(げらふ)の更衣たちはましてやすからず。

『源氏物語』の冒頭で「いとやんごとなき際にはあらぬ」といわれているのが桐壺更衣である。后候補の女御たちは彼女が帝の寵(ちょう)を一身に受けていることを心外なことだと思っているし、それより下の位の女たちにとってみれば自分にもチャンスがあるのかもしれないと浮き足だつような異例の事態だった。

桐壺帝はすでに右大臣家の娘、弘徽殿女御(こきでんのにょうご)とのあいだに男児をもうけている。しかし、桐壺更衣がそれはそれは美しい男児を産んだときいて、弘徽殿女御は我が子を引き越して即位させてしまうのではないかと疑いだし、よもやあってはならぬことだと桐壺帝に忠告する。それを桐壺帝はわずらわしく思っている。天皇とて自由に恋愛できるわけではなかった。父親の地位によって序列化されたとおりに女たちを扱うべきであって、それを踏み外せば後宮は乱れ、世も乱れる。男たちは楊貴妃との愛に溺れて国を滅ぼした玄宗皇帝の例をもちだして眉をひそめているし、後宮では桐壺更衣へのあからさまないじめが横行している。桐壺更衣が桐壺更衣と呼ばれているのは、桐壺と通称されている淑景舎(しげいしゃ)を居所としているからだ。そこは天皇の居所となっている清涼殿からは遠い。天皇からのお呼びがかかるたびに桐壺更衣は他の女たちの居所の前をとおっていくことになる。それで道々で嫌がらせを受けていたのである。これを知った桐壺帝は、桐壺更衣の居所を清涼殿のすぐとなりの後涼殿に移す。ここにもともといた女を別に追いやっての居所がえだったことから、ますます女たちの恨みを買うことになった。やがて桐壺更衣は病いに衰弱し、宮中を離れることになる。

限りとてわかるる道のかなしきにいかまほしきは命なりけり　桐壺更衣

桐壺更衣は自らの命の長くはないこと、そして宮中を去れば、それが桐壺帝との永遠の別れになることを知っている。去り際に帝に歌を残す。「宮中を去るとはいえ、私をうち捨ててあの世にいってしまったりはしないだろうね」という帝のことばに応えた歌である。「いまや命の限りが尽きて死出の道へとわかれることのかなしさに、行きたかった道は命あるほうだった。生きていたい」それにそえて「こう思うことができるのなら……」と絶え絶えの息の下でつぶやく。『源氏物語』にある七九五首もの和歌のうち、物語のいちばん最初に出てくる歌は桐壺更衣の辞世の歌である。辞世の歌といっても死への諦念などはない。別れの悲しみと生きていたいという強い執着を詠んだ歌だ。

その日の晩に帝は桐壺更衣の死の報をきく。残された幼な子は母の服喪のために里邸に下がっていく。三歳の袴着(はかまぎ)の儀式を終えたばかりで、母親が死んだことをまだきちんと理解できず、人々が泣き騒ぐ様子を不思議そうにみている。さらに六歳で祖母を失い、桐壺更衣の遺児は宮中に引き取られ帝のもとで育てられることになる。

弘徽殿女御の産んだ第一の御子が東宮に即位し、次代の天皇は定まった。それでも帝は、桐壺更衣の遺児を溺愛し続ける。七歳になって漢学を学べば見事な才能を発揮するし、琴や笛の腕前もすばらしいのである。その頃高麗からやってきた人相見にこの子の将来を帝の子とは告げずに密かに占ってもらうことにする。すると「国の祖となって、帝王の上なき位に上るべき相があるが、そのようにみれば世が乱れ憂いとなることがあろう。公のかためとなりて、天下を助ける者とみれば、どうも違う」といわれた。これがのちのちの物語の展開を運命づける第一の予言となっていく。帝は、このまま親王として即位の可能性を残していれば必ずや争いが起こると、自分の死後のことを案じ、源の氏を与えて臣下に下すことに決める。こうして源氏の君が誕生するのである。

帝は相変わらず亡き桐壺更衣を忘れられずに沈みがちであったが、先帝の四女に桐壺更衣によく似た面ざしの人がいるときいて入内させる。藤壺である。源氏の君は母に似ているときかされて、母の顔など覚えていないながらも藤壺に愛着を覚える。帝は女たちと会うときにも源氏の君を連れ歩いたから多くの女たちのなかでもとりわけ藤壺が美しいことを源氏は知っていた。宮中の女房たちは、源氏の君を「光君」と呼び、藤壺を「かがやく日の宮」と呼んで、似合いの二人だと称賛したと物語にはある。ここで桐壺帝ではなく、光源氏こそが藤壺との対なのだと宮中の人々が認めているのである。それがこの二人の宿縁の予言ともなる。

やがて十二歳となった光源氏は元服し、その日のうちに左大臣家の娘、葵の上の婿となる。童のうちはそば近くにいられた藤壺とは、もう御簾（みす）越しにしか会うことができなくなってしまった。それでも少しでも近くにいたくて光源氏は宮中でかつて母の使っていた淑景舎を我が居所とする。葵の上は光源氏の四歳年上、藤壺は五歳年上という年齢差だった。

第二帖　帚木　ははきぎ

帚木の心を知らで園原の道にあやなくまどひぬるかな　光源氏

「帚木」巻で光源氏は十七歳のうるわしき青年に成長している。恋の噂も流れはじめ、目下、女たちのあこがれの的だ。この巻の後半から若き光源氏の恋の冒険がはじまる。

梅雨時の雨に降り込められて内裏にこもっている青年たちは退屈をまぎらわせるために光源氏の居室に集まってくる。まずやってきたのが左大臣家の長男、頭中将だ。厨子をあけさせ、光源氏が女たちからもらった恋文を見たがっている。光源氏は妹、葵の上の夫だが、それで他の女との恋愛をあきらめるべきだとは頭中将は思っていない。というのも頭中将自身、父の政界のライバルである右大臣家に婿入りしている身でありながら、そうした政略結婚とは別にあだめいた恋愛にいそしんでいるからだ。自然と恋愛談義が始まる。

頭中将は、上流階級の女たちはまわりについている女房がうまいこと欠点を隠してくれるのだし、下層階級となれば話にならない。だから中ぐらいの階級の女、中の品にこそおもしろみがあると自説を展開する。中の品といっても上流階級から落ちぶれた者もあるし、下層からのしあがった者もあるのにどうやって見分けたらいいのか、と光源氏が問うほどにさらに男たちが集まってきて中の品の女たちとの恋愛談義に発展する。

「男がちょっと他の女に心を移したからといって恨んでけんつくをくわせるような女はみっともないですね。浮気したって長く一緒にいる気持ちをたよりに大きくかまえていたらいいのに縁を切ってしまうなどがありますよね」などと男たちは、本音まるだしで言いたい放題である。話に出てくる中の品の女たちは実に個性豊かだ。痴話喧嘩の腹いせに指にかみついてくる女。二人の恋人が同じ車でやってきたとは知らずに一方の男の目の前で浮気っぷりをみせつけてしまった女。なかでも印象的なのは、藤式部丞（とうしきぶのじょう）がまだ文章道（もんじょうどう）で漢文を習う学生だった頃の話だ。文章博士の家に漢学を学びに通っているうちに娘と懇意になった。女ながらに立派な漢文を書けるので離れがたく、また自分のほうが学才が劣っていることが恥ずかしくもあったと語られるこの女は、まるで紫式部その人のようである。ところがある日、久しぶりに女のところへいったら風邪をひいてニンニクを食べてしまったから臭いが消えた頃にまた来て、と色気もそっけもないことを言ったというオチで、自分を下げているところも興味深い。

男たちは和歌の作法についても語っている。曰く（いわく）、うまい歌詠みだからといって、古歌をとりこんだりして風流ぶって、五月の節句にアヤメにかけた歌をおくってよこし、菊の節句にキクに歌をつけてよこすなどするのは、こちらは行事の支度で忙しいから返事もできないでいるだけなのに不調法な人だと思われそうだからかえって迷惑なのだ。万事言いたいことの一つ二つは言わずにおく程度の女がいい。それをきいていた光源氏にはまさにあのお方こそ理想的だと思い浮かべている人がいる。藤壺である。

一方で光源氏は、この「雨夜の品定め」と呼ばれている男たちの体験談に触発されて、中の品というべき女たちに俄然興味をひかれだす。ようやく雨があがって、外出ができるようになると光源氏はさっそく中の品の女を求めて動き出し、方位除けを口実に紀伊守の邸で一夜を過ごすのである。地方官として紀伊の役人をやっているこの人は、父親も同じく伊予の地方官で、いわゆる受領階級である。受領階級というのは、まさに父親が越前に下っていった紫式部自身の階層である。宮中に女房出仕するなど上流階級とのつながりもありながら、たとえば光源氏の正妻格にはなれないあたり、これぞ中の品である。

突然の光源氏の訪問に紀伊守はあわてふためいている。事情があって父親の伊予介の家の女たちが滞在しているのでたてこんでいるのだった。それをきいて源氏は「そうして人が近くにいるのがうれしいね。女気のない旅寝というのは不安だからね」と喜ぶ。紀伊守はすぐに察して女たちの寝所の隣に源氏の部屋を用意する。源氏は「中の品といっていたのは、この人たちのことだな」と男たちの話を思い出している。

ふと気配を感じたので聞き耳をたてていると女たちが光源氏の噂話をしているではないか。「お若いうちから正妻が決まっているなんて残念なことね」「でも、こっそりと他の女のところへも通っているらしいわ」などと言い交わしながら、式部卿宮の姫君に送った和歌などを言い立てている。そこへ紀伊守がやってきた。立ち働いている童たちのなかで優美な顔立ちの子に目が止まった。衛門督（えもんのかみ）の子で姉が伊予介（いよのすけ）の後妻となってともにひきとられたという。その姉という人は一時は桐壺帝に宮仕えに出す話もあったのだが、父親を失い零落し、年老いた伊予介の後妻に入らざるを得なかったのである。源氏は女の運命を気の毒に思う。世が世なら、宮中で出会って光源氏と恋人関係になっていたかもしれない人なのだ。

紀伊守は、この女を光源氏の次の間に寝かせていたのである。障子口に立って掛け金を引き上げてみるとあいていた。源氏は暗闇のなかを手探りですすみ、この娘を抱き抱えて自らの部屋に連れて行く。一夜を共にした源氏はこの女に夢中になってしまうが女はつれない。

つれなきをうらみも果てぬしののめにとりあへぬまでおどろかすらむ　光源氏

つれないあなたに恨み言を言い尽くすまもなく夜明けを知らせる鳥の声にせき立てられている、という歌。読者はこの歌ではじめて光源氏の歌を知る。

身のうさを嘆くに飽（あ）かで明（あ）くる夜はとりかさねてぞねも泣（な）かれける　空蟬

女も源氏の歌によく呼応した歌を返す。かなうことなら父が生きていたときの身で源氏に愛されたかった、けれど今は年老いた夫の後妻に入った身なのだ。その身の不運をあきずに嘆いても夜はあけていく、とりの鳴く声に重ねるように私も泣いています、という歌。源氏は女の弟、小君を自らの元に引き取って、なんとかもう一度会いたいと手引きをたのむ。守備よく、再び紀伊守邸に忍び込むも女に逃げられてしまった。そこで源氏が女にあてて読んだ歌。

帚木（ははきぎ）の心を知らで園原（そのはら）の道にあやなくまどひぬるかな　光源氏

「帚木」というのは、虹の橋のたもとのように、近づくと遠ざかっていくという園原（そのはら）（現在の長野県下伊那郡阿智村）にある伝説の木である。近寄っていこうとすると消えてしまう女を追って、心を惑わせている光源氏である。この歌から巻の名はとられている。

第三帖　空蟬　うつせみ

空蟬の身を変へてける木のもとになほ人がらのなつかしきかな　光源氏
空蟬の羽におく露の木がくれて忍び忍びに濡るる袖かな　空蟬

前巻「帚木」の終わりは、女との逢瀬が不守備に終わって、「よし、おまえだけは見捨てないでおくれよ」などと言いながら弟の小君と添い伏し、「つれない女よりしみじみかわいく思っているとか」という一文で閉じられている。「空蟬」巻は、前の巻に時間的に直接接続しており、弟の元服前の長い髪をなでつけながら「こんなふうに嫌われるなんて慣れていないんだ。今夜はじめて世の憂いを知ったよ。あまりのはずかしさに生きながらえる気がしない」などと泣き言をきかせているところからはじまる。小君はすっかり同情して涙目になっている。

女も源氏のことを思い出してはいるのである。このところ文もこなくなったから、ついに愛想をつかしたのだろうと思うとつらいけれど、だからといって夜にまた忍び込んでくることがあっては困る。こうして別れるのが良いにちがいないなどと一人思い決めている。やがて紀伊守が任国に下っていった。小君はいまこそ好機と源氏を紀伊守邸に導き入れた。小君が手はずを整えているあいだ、源氏は、女が碁を打って遊んでいるところを垣間見する。ここではじめて源氏は自分が追い求めている女の姿を見たのだった。

男女の逢瀬は夜の暗闇の中のことだから互いの顔は知らないのである。男のほうは公の行事で外を歩くこともあるから顔を知られている。しかし女はよほど親しい仲になるまで顔を見る機会はない。その上、宮中で見る女たちは源氏の前でかしこまっているのだから、男の目を離れた部屋で女同士がくつろいでいる姿などは見たことがなかったのだ。

女は、小柄で痩せた手つきである。目は少し離れた感じで、鼻もきわだったところはなく老けた感じがする。碁の相手をしているのは紀伊守の妹で、次の「夕顔」巻で軒端の荻と呼ばれることになる若い娘。白くてぽちゃぽちゃとした大柄な体格で、暑くてしどけなく襟元をあけていて豊かな胸があらわになっている。男の目がないと、女はこんなふうなのである。若くてはつらつとしていて活発な分、上品さには欠ける。それに対して目当ての女はいうなれば器量は悪いほうなのだが、身だしなみに隙がなく、若くて美しいほうよりも雰囲気がある。軒端の荻は快活で碁の勝ち負けに昂じて、指を折りながら「十、二十、三十、四十」などと数え上げている。現在でも釣り銭を仔細に数えることをためらう感覚を持つ人は多いが、金勘定でなくとも物を数えることは下品なふるまいなのである。源氏はもう少し落ち着いた雰囲気があればいいのにと思いながら、こちらの女も捨てがたいなどと思っている。

女たちが寝静まると小君が源氏を姉の寝所へと導いて行く。隣には先ほど碁を打っていた娘がぐっすりと眠っている。女は、源氏との夢のような一夜を思い返しては昼間はぼーっと考えごとをし、ぐっすりとは眠れぬ夜を過ごしていた。するとあの晩にかいだ香の匂いがさっとする。頭をもたげてみると几帳の隙間から近づいてくる男の影がみえた。女は驚いて隣室にすべり出た。

そうとも知らず源氏はいわれるままにそこに寝ている女をかき抱く。あの女にしてはずいぶんと肉付きのいい体つきだし、なにより雰囲気がちがう。それは碁を打ち、はしゃいでいた軒端の荻のほうだった。

源氏は人違いだと気づいたけれど、軒端の荻も目を覚ましてしまっている。今さら間違いだといえば、誰に逢いにきたのかはじきに明らかになってしまうだろう。それはこうまでして夫に知られぬようにしている女のためにもまずい。先に覗き見た女ならば悪くないと考えた源氏は、たびたびの方違えであなたに逢いたいと思うようになったなどと適当な誘い文句で女と睦んだ。かの光源氏が自分のもとを訪ねてやってきたのだ！　軒端の荻は浮かれて受け入れた。源氏はかたくなに自分を拒絶する女に引き比べて物足りない思いだ。光源氏ときいてなびかない女はそうはいない。どんな女も自由にできるとうぬぼれていた若い青年は、なかなか手折られない花にこそそそられるのである。

源氏は、こうしたことは秘密にしておいてこそ趣き深いのだよなどと言い聞かせ、逃げていった女が脱ぎ捨てた薄衣を取って出ていく。

自邸に戻ると、源氏は小君の不手際を叱り、女の香のする薄衣を自らの衣の下に引き入れて横になった。しかし女のことを思うといてもたってもいられなくなって、歌を書く。

　空蟬(うつせみ)の身(み)を変(か)へてける木(こ)のもとになほ人がらのなつかしきかな　光源氏

薄衣はまるで、蟬の抜けがらのよう。身をかえてあなたはこの木から飛び立っていってしまったのに、空蟬のはりついた木のそばをあなたを思って離れられずにいるよ、という歌である。

小君がこの歌を姉のもとへ届けると、こんどは無謀な手引きをしたことで姉にこっぴどく叱られる。歌を手渡すと女はさっそく開けて見ずにはいられない。空蟬ということばから、女は自らの脱ぎ捨てた衣を持っていったことを悟って、どんなに汗染みていただろうと恥ずかしくなる。ちょうど光源氏と夢のような一夜を過ごした軒端の荻がやってくる。小君が来ているので源氏からの文が来てやしないかと気になるが、なにもないらしくてがっかりしている。軒端の荻はまだ嫁入り前で無限の選択肢を持っている。受領階級の父親は光源氏にも伝手があるのだから、宮中に女房出仕することだってあるかもしれない。そうすれば、いずれまた光源氏の目にとまることもあるだろう。

　一方、女は、ゆうべ光源氏と夜を過ごしたのが、伊予介の後妻に入る前の、父の生きていた頃の、宮中に女房出仕する予定だった頃の自分であったらと思わずにはいられない。たまさか光源氏の興味をひいたところで、伊予介に恥をかかせるだけで、自分にはもうなんの未来もないのだ。そんなことを思いながら源氏の歌に並べて次の歌を書きつけた。

空蟬(うつせみ)の羽におく露(つゆ)の木(こ)がくれて忍び忍びに濡(ぬ)るる袖(そで)かな　空蟬

実はこの歌は『源氏物語』のオリジナルではない。宇多天皇代に宮中に仕えた女房歌人の伊勢の歌である。空蟬の羽が朝露に濡れるように、私の袖も忍ぶ恋の涙に濡れています、という歌。薄衣を置いて逃げ去った女は、空蟬の女と呼ばれ、巻のタイトルともなった。考えてみると「空蟬」巻の展開は、すでに「帚木」巻で行ったことの焼き直しで、この女は「帚木」巻では近づくと消えてしまう帚木の女として描かれていたわけである。それをあえて「空蟬」の女と位置付けなおしたこの巻は、歌からはじまる『伊勢物語』のようにして、伊勢の一首の歌から着想されたものなのかもしれない。

第四帖　夕顔　ゆうがお

心(こころ)あてにそれかとぞ見る白露(しらつゆ)の光(ひかり)添(そ)へたる夕顔の花　夕顔

寄りてこそそれかとも見めたそかれにほのぼの見つる花の夕顔　光源氏

光源氏が上流階級の女たちとしかつきあいがなかった頃、元東宮妃でいまは未亡人となっている六条御息所を通い所としていた。はじめはなかなかなびかなかった六条御息所と深い仲になると、源氏の夜の訪問は途絶えがちだ。久しぶりに訪れた光源氏が朝帰りしていく姿はあまりに美しい。美醜の区別のつかぬ賤(せん)の者であっても少しでもそばにいたいと思うほどなのだから、貴人であれば我が娘をそばにおいていただきたいと願わない者はいない。そんな人が自分の恋人であれば心配事は尽きない。とりわけ六条御息所は考えこむたちで、物思いが絶えないのである。

しかも雨夜の品定め以降、光源氏の興味は中の品の女に移ってしまっているのである。空蟬との出会いは刺激的だったが拒絶されてしまった。そんなとき、病いがちな乳母(めのと)の見舞いに訪れた五条大路で源氏は新たな出逢いを経験する。

平安宮廷社会では、子育ては産みの親ではなく、乳母が行うのがふつうであった。乳を含ませる役割を果たすには出産経験がなければならないから、乳母にはたいてい近い時期に生まれた実子がいる。それを乳母子（めのとご）とよぶ。惟光（これみつ）は源氏の乳母の子なのである。源氏は惟光ときょうだいのように育ち、成長してのちは、惟光は源氏の従者となって仕えている。

乳母の家の隣家には夕顔が咲きほこっている。随身に一房折ってくるようにいうと、隣家から童女が出てきて、たよりない花なのでこの上にのせてさしあげてくださいと白い扇を差し出した。みると、歌が書いてある。

心（こころ）あてにそれかとぞ見る白露（しらつゆ）の光（ひかり）添（そ）へたる夕顔の花　夕顔

当て推量にあなたではないかと思いました、白露の光を添えたような夕顔の花を、という歌。光添へたるで、あなたは光源氏さまなのではありませんか、という問いかけになる。女の呼びかけに光源氏は興味をそそられる。

寄りてこそそれかとも見めたそかれにほのぼの見つる花の夕顔　光源氏

近くに寄ってそうかどうか見てごらん、黄昏（たそがれ）どきにぼんやりと見た夕顔の花を、と返した。上流貴族ならいざ知らず市井に暮らす中の品の邸に通うとなれば惟光のほうが詳しい。惟光を導き手として隣家の女とあらたな恋がはじまった。

　素性を隠したままでの交際で、ふと光源氏は不安になる。惟光の実家の隣家にいるのはどうやら一時のことらしい。彼女がふいにいなくなってしまったらどこを探したらいいのだろう。そういえば、あの雨夜の品定めで頭中将が話していた常夏（とこなつ）の女はそんなふうに消えてしまったという話だった。

　派手なところがなく、かわいらしくはかなげで、とりたててすぐれたところがあるわけではないが、ほっそりとしてたおやかで、話し方もただただかわいらしいのである。もう少し気取ったところがあってもいいようにも思うが、もっと親しくなりたいと思わせる人。光源氏は、二人でゆっくり過ごそうと、いまは空き家になっている古い邸に連れ出した。女は少しうちとけた様子で源氏にじっと寄り添っている。見知らぬ邸を怖がっているのもなんとも幼げだ。誰にも知られず二人きりで過ごすこと自体、光源氏にははじめての経験なのである。ふと父帝が探し求めているかもしれない、六条御息所は今頃思い乱れているだろうか、うらまれるのも道理だな、などという思いがよぎる。ここで六条御息所のことを思い出したとわざわざ書かれているのはなぜだろう。その想念が恨む女の霊を呼び出してしまったというのだろうか。この邸で、女は物の怪に取り殺されてしまうのである。

　宵すぎて、ふと寝入った光源氏の夢枕に美しい女が現れて、「私がすばらしいと思い申し上げている方を訪ねて来ようともしないで、こんなたいしたことのない女といて、ちやほやなさ

ると は心外でたえがたい」と言いながら隣に伏している女を抱き起こそうとしているのを見た。目を覚ますと、灯りは消えていて真っ暗の闇のなかだ。光源氏は魔除けに太刀を鞘から抜いて枕上に置いた。夕顔の女についてきた侍女の右近は腰を抜かしてしまっている。寝ずの晩をしているはずの男どもに灯りをもってきてもらおうとするが、呼び立てるために手を打つ音が不気味に響くだけだ。光源氏は自ら戸をあけて部屋の外に出ていくがどの灯りもすっかり消えている。随身に灯りをたのんで戻ってみると、女の息がない。ようやく届いた灯りが女のもとを照らすと、夢に現れた美しい女の姿がぼうっと浮かんで消えた。昔物語にこんな怪奇譚はあったけれど、現実にこんなことが起こるだなんて！　光源氏は女に添い伏して揺り動かしてみるがただ体が冷えに冷えていくばかり。とうに息果てていたのである。恋人と一夜を過ごしたとみえて明け方に惟光がやってきた。惟光は源氏を二条の邸に帰し、ひそかに遺体を運び出して葬儀の手はずを整えた。源氏は一度は自邸に帰るものの、荼毘に伏す前にいまいちど女の姿を見たいと言い張り亡骸を見に行く。女は亡くなってなおかわいらしい。光源氏は女の手をとってもう一度声をきかせてほしいと泣きまどう。

自邸に引き取った侍女の右近によると、やはり女は頭中将が雨夜の品定めで語った常夏の女であった。娘を一人もうけてはいたが頭中将の正妻に知れて脅されて逃げ出したのだという。

過ぎにしもけふ別るるも二道に行くかた知らぬ秋の暮れかな　光源氏

雨夜の品定めに触発されて知ったはじめての中の品の女たちは二人とも光源氏の前から消えてしまった。夕顔は死なせてしまった。空蟬はいま夫に伴って伊予に下っていこうとしている。この歌は、亡くなった人もいま別れる人も二道に分かれて行く方しれずとなっていく秋の暮れかな、と詠んだ光源氏の独詠歌である。

　古典和歌には二人でやりとりをする相聞歌（そうもんか）が多くある。現代短歌では相聞歌の文化はすたれて独詠歌が中心となる。独詠とは文字通り独り詠む歌である。いま光源氏は夕顔と空蟬の二人を失い、宛て先のない歌を詠む他はなくなってしまったのである。

第五帖　若紫　わかむらさき

手に摘みていつしかも見む紫の根に通ひける野辺の若草　光源氏
ねは見ねどあはれとぞ思ふ武蔵野の露分けわぶる草のゆかりを　光源氏
かこつべきゆゑを知らねばおぼつかないかなる草のゆかりなるらん　若紫(のちの紫の上)

死の穢れに触れた光源氏は、それから病みついて仏教のまじないである加持をしてもなかなか平癒しない。北山に験力のある高僧がいるというので出かけていく。三月の末で京の桜はみな散ってしまっていたが山桜はいまが盛りである。このような遠出をするだけで光源氏の気も晴れるようだ。絵で描いたような景色だねと源氏がいうと、従者たちは、地方には海や山、富士山など、まだまだ見たことのない美しい景色があるのだと語ってきかせる。従者の良清に、のちに源氏が明石で出逢う女についての噂話をきかされるのもこの時だ。

夕暮れどき、源氏は惟光をともなって女の気配のあった家まで下りてみる。仏に花をたむけている尼と女房たちが見える。そこへ他の童べたちと比べて段違いに美しい十歳ぐらいの女の子が走り込んでくる。泣いたようで顔を赤くして、大切に飼っていたスズメの子をいぬきが逃してしまったと訴えている。顔つきがかわいらしく、眉はまだ化粧していない。額の感じ、髪のかかり具合いが実に美しい。大人になったらどんなだろう。源氏は幼い少女から眼が離せない。そうして、ふいに気づくのである。ああ、この子は私が限りなく美しいと思っている女性によく似ているのだ！　いったい誰なのだろう。決して手の届かないあの方の代わりにそばに置いたらなぐさめとなるだろう。

　ほどなく少女の素性は明らかになる。藤壺の兄の兵部卿宮（ひょうぶきょうのみや）が大納言の娘とのあいだにもうけた子だったのである。母親は亡くなって祖母が面倒を見ているという。叔母、姪の関係なのだからどうりで藤壺に似ているわけである。源氏はこの少女を自分の手元に置きたいと申し出る。幼い少女は、訪ねてきた光源氏を垣間（かいま）見て「父宮よりもすばらしいわね」と言う。「ではあの方の子におなりなさい」と侍女に言われるとその気になっている。以来、人形遊びのときも絵を描くときも、源氏の君さまを仕立てて美しい衣を着せ替えたりなどして遊んでいる。

　そんな折、藤壺の宮が宮中を出て里邸に下がったときく。源氏は事情をよく知る女房の王（おう）命婦（みょうぶ）をせっついて藤壺の宮との逢瀬をとげた。この逢瀬で藤壺はみごもった。里下がりしてからの子とあっては帝の子とするには月日が合わない。宮中にいた頃に子をはらみ、それで気分がすぐれずに里に下がったということにする。桐壺帝がことのほか喜んで使いの者を走らせているのが心苦しいばかりである。

　ちょうどその頃、源氏は不思議な夢を見たのである。藤壺懐妊の報を知って、夢のお告げの意味をさとった。なにも知らない桐壺帝は、藤壺が宮中に戻ると藤壺を喜ばせるためにしきりと光源氏を呼び出しては琴を奏でさせ、笛を吹かせなどしている。藤壺も源氏も御簾を隔てて向き合いながらため息を漏らすばかり。

源氏は藤壺の面ざしをうつした少女にますます執着する。ところが祖母の尼は少女の幼さを理由にまともにとりあってはくれないのである。

手に摘みていつしかも見む紫の根に通ひける野辺の若草　光源氏

別々に咲いた花も地下で根がつながっている紫草のように、藤壺につながっている少女を手元につんでいつか成長した姿をみてみたい、と源氏は願っている。尼君は少女の成長したあかつきにはぜひ源氏の妻の一人にしてほしいと思うようにはなっていたが、まだ婚姻には早いと考えている。

紫式部が宮廷に仕えた頃、藤原道長の娘、彰子が一条天皇に入内するのは十二歳のことだったから年齢が問題なのではない。おそらく尼君は少女が初潮をむかえ十分に女性としての身体的成長がないことを懸念していたのであろう。そうこうしているうちに尼君が急逝し、事情が変わった。

乳母の小納言は、兵部卿宮に娘を引き取ってもらう話もあるが、しかし兵部卿宮の北の方に少女の母親が疎まれていたことを思うと光源氏に引き取ってもらうほうが得策だという考えである。ただ少女が幼すぎるのである。折よく弔問に訪ねてきた源氏に乳母はそのように訴える。ちょうど父宮が訪ねてきたと勘違いした少女が出てきた。源氏がそばにいるとも知らずに「直衣（のうし）を着た人がきたというけど、どこなの？　父宮がいらしたの？」と話しかける少女に、源氏は「宮ではないけれど、あなたを大切に想っている人ですよ。こちらにいらっしゃい」と声をかける。人違いしたはずかしさ、客の前で内輪の会話をしてしまった気まずさに少女は、「あっちへいこう。眠いから」と小納言に甘えて照れ隠しをする。源氏は「私のお膝の上で眠りなさい」と少女の手をとらえて御簾の内にすべり入り抱きかかえた。外では霰（あられ）が降り出し、天気は荒れ模様である。こんなとき男のいない住処はどんなにか心細いことか。女たちは光源氏がいてくれることに安堵する。翌日光源氏が帰っていったあと、父宮が訪れた。少女の衣からは一晩抱かれて過ごした源氏の移り香があやしく香っていることに気づくも、まさか源氏が来たとは思いも寄らない。こんな心細げな山奥にいるのはよくない。今日明日にも娘を迎えようと兵部卿宮は言う。

　父帝に呼ばれて北山を訪ねてはいけない光源氏はかわりに惟光を使いに出した。小納言は惟光に父宮が引き取ろうとしていることを告げる。源氏は父宮のもとへ行ってしまう前に少女を自邸に連れてくることを決め、少女を二条院に迎えた。

　少女の気に入りそうな絵や遊び道具を取り揃え、遊び友だちとなるような童べたちを呼び寄せた。源氏も二、三日こもりきりで少女の遊び相手となって絵を描いたり、手習いをしたりしている。紫色の紙に源氏は「武蔵野と言へばかこたれぬ」と書いた。「知らねども武蔵野と言へばかこたれぬよしやさこそは紫のゆゑ」という歌の一部である。武蔵野は紫草の咲く地である。紫のせいで嘆くばかりだよ、という意味だ。そのわきに源氏は次の歌を書きつけた。

ねは見ねどあはれとぞ思ふ武蔵野の露分けわぶる草のゆかりを　光源氏

寝てはみていないし、根を見ていないけれども武蔵野の地で咲く紫草のゆかりをいとおしく思う、という歌。目の前の少女を見ながら、源氏は藤壺のことを想っている。次の歌は、これに返歌した少女の歌である。まだ上手に書けないといってはずかしがりながら、はじめて書いた歌。

かこつべきゆゑを知らねばおぼつかないかなる草のゆかりなるらん　若紫（のちの紫の上）

「武蔵野と言へばかこたれぬ」に応じて、嘆くべき理由を知らないからはっきりしないけど、どんな草のゆかりだというのかしら、という歌。私は誰のゆかりだというの？　少女は自分がこんなにも美しい男性に愛される理由がどこにあるのか知らないままである。

第六帖　末摘花　すえつむはな

なつかしき色ともなしになににこの末摘花（すゑつむはな）を袖に触れけむ　光源氏

光源氏は、亡くなった夕顔のこと、伊予に下った空蝉のことを忘れられない。間違って関係してしまった軒端の荻にも思い出しては、時折文を出すこともある。そんなとき、源氏の乳母のうち、惟光の母親の次に大切に想っている人の娘でいまは宮中に女房出仕している大輔命婦（たいふのみょうぶ）から亡くなった常陸宮（ひたちのみや）の娘がさびしく独り身であることを聞かされ興味をもつ。大輔命婦は色好みで恋のなんたるかを熟知した女である。その女がまんまと源氏を常陸宮の娘とめあわせる話。女にとって自らが里邸としているところへ源氏が通って来てくれれば、さびれたところもつくろってくれるだろうし、ありがたいのだ。

大輔命婦は源氏を自らの居所に案内し、常陸宮の姫君に琴を弾くよう促す。さっとつまびくところを聞かせるのがよいのだ。それ以上弾かせればボロが出る。源氏の元へ戻ると、あれではぜんぜん腕前がわからないと不満顔である。あきらめてそそくさと出て行こうとするので、大輔命婦は他の女を訪ねていくのだろうと、「桐壺帝が、あなたがまじめすぎると悩んでいらっしゃるのを聞かされて、笑ってしまうわ。こんなふうに女の元をこそこそ訪ねてきているのをみたら、なんと言われるかしら」とあてこする。すると源氏は「君こそ、人のことを言えないじゃないか」と言い返す。乳母子として子どもの頃からよく知った仲なのである。

光源氏は帰ったとみせかけて外から姫君の居室を覗き見ようとする。すると透垣のところに、やはり姫君の様子をうかがうようにして男が一人立っているではないか。近づいてみると頭中将だった。

頭中将は、夕刻、ともに内裏から出たはずの光源氏が、正妻の葵の上の元へも寄らず、自邸の二条院にも行かなかったのを不審がって後をつけてきたのだった。頭中将に「しかるべき従者も連れずに、こんなことをしていてはよからぬことにあいますよ」といさめられた源氏は、そうやって頭中将の恋人だった夕顔に出逢ったのだと思うと内心、得意げである。その晩は、頭中将とともに正妻の待つ左大臣邸へ向かい、久しぶりに婿がやってきて上機嫌の左大臣も加わって音楽を楽しんだ。琵琶の名手で、こんなときには決まって呼び出された左大臣家の女房、中務の君の姿が見えない。中務の君は、葵の上に仕える女房で、源氏とは恋人関係にある召人である。頭中将の誘いを断って源氏一筋という態度。それが左大臣の北の方に知られ、源氏のそばに出さないようにされてしまっているのだった。正妻とのつきあいのついでに男たちはこんなふうにしてそこに仕えている女房と関係を持つ。召人は、妻格としてとりたてられることのない関係で、たとえ子どもが生まれても正妻の子の乳母になるのが関の山。主従関係を飛び越すことは基本的にはない。葵の上を出し抜こうとなどという気はさらさらないのである。それでも光源氏にみそめられればうれしいのだ。

さて、源氏が常陸宮の姫君に興味を示していると知った頭中将は、負けじ魂を発揮してせっせと文を送り、源氏を出し抜いてやろうしている。それを知った源氏もまずは自分が先につきあいたいと執着しはじめる。ところがどちらの文にもなんの返事もない。そこで源氏は例の大輔命婦をせっついて対面の場をもうけてもらう。

若い女房たちはかの光源氏がやってきたというのでめかしこんでいるが、当の姫君はこんな場合にどうふるまうべきかもわかっていない。源氏が何を話しても、歌を詠みかけてもまったく返事をしないのである。やきもきして乳母子の侍従は姫君が答えたようにして返歌する。姫君にしては軽々しいし、まったく手応えがないといらだった源氏は、間を隔てた障子戸を押し開けて中に入っていった。大輔命婦はまずいことになったとあわてるが責任回避のためにさっさと自分の部屋に逃げ出した。

一夜を過ごしても恋の手応えがまるでない。後朝(きぬぎぬ)の歌も夕方近くになってようやく出すような始末。返事はやはり侍従が入れ知恵して書かせるが、恋に手慣れぬ姫君の文はただただがっかりさせられるものだった。もとは紫とおぼしきものが色褪せて灰色になったような古めかしい紙に、楷書のような黒々とした文字で歌が書きつけられていた。源氏はたちまち興味がうせてこの姫君のことを忘れてしまった。ちょうど紫のゆかりの少女を二条院に引き取ったばかりで、六条御息所のところへも足が遠のいていた頃のことである。

すると大輔命婦が訪ねてきて、そんな仕打ちはあんまりだという。こうなったらいったいどんな女なのだかとことん見てやろうと源氏は思い立つ。もしかしてじっくり見たらいい女だということもあるかもしれないと密かに期待もしていた。

やはり気の乗らない一夜を過ごし、朝になって一緒に外を眺めようと誘って源氏ははじめて姫君の姿を見る。ところが女はなぜじっくりと見てみたいなどと思ったのかと後悔したくなるような姿だった。雪の寒い日とて鼻の頭は赤くなっている上に、先の方がゾウの鼻のように下にたれている。昔、流行した毛皮の上着を着ているのも時代がかっていて見苦しい。この姫君は、赤い鼻すなわち、紅花（べにばな）を意味する「末摘花」と呼称されるようになる。なぜこんな女とつきあうことになったのだろう。源氏が書きつけた歌。

　なつかしき色ともなしになににこの末摘花（すゑつむはな）を袖に触れけむ　光源氏

別に好ましい色だとも思わないのに、なぜこの紅花（末摘花）とつきあってしまったのか、というのである。源氏は、それほど美人ではなかった空蟬のことを思い出す。末摘花と比べてみると、あの人は、雰囲気がよくて美しくみえたと思うと別れが残念でならない。

気乗りしない仲ではあっても宮家の姫である。源氏は末摘花をさまざまに援助し困窮から救おうとする。寒々しい格好をしていた女房たちにまで衣装を送ってやりもする。

巻の最後で、源氏は紫と仲良く絵を描いている。ふと鏡に映る自分の顔を見ながら鼻の頭を赤くぬってみせる。どんな美男子でも鼻が赤いとブサイクにみえるものだと源氏は気づく。横で若紫は大笑いをしている。ここは源氏の恋の失敗談を語る巻。さいごは笑い話でしめくくられるのである。

第七帖　紅葉賀　もみじのが

もの思ふに立ち舞ふべくもあらぬ身の袖うちふりし心知りきや　光源氏
唐人(からびと)の袖ふることはとほけれど立ち居(ゐ)につけてあはれとは見き　藤壺

紅葉の美しい頃、かつての天皇である朱雀院へ桐壺帝が赴(おもむ)き宴を催す。当代一の貴族たちが総動員されて、音楽あり、舞いあり の絢爛(けんらん)たる一大イベントである。朱雀院の邸へ出向くのは男たちばかりだから、桐壺帝後宮の女たちはそれを見ることができない。帝は藤壺が源氏の晴れ姿を見られず残念がるだろうと思いやって宮中でリハーサルを行わせた。

光源氏は頭中将とともに青海波(せいがいは)を舞う。格別に美しい貴公子である頭中将も光源氏と立ち並ぶと満開の桜のとなりにたつ平凡な山奥の木といった風情。なにしろ光源氏は、いつもよりいっそう光り輝いているのである。

翌朝、源氏は藤壺に歌を送る。

もの思ふに立ち舞ふべくもあらぬ身の袖うちふりし心知りきや　光源氏

いま藤壺は光源氏の子をみごもっている。この一大事を前に優雅に舞いを披露すべき身ではないが、あなたへの想いをこめて袖を振ったことをわかっていただけたでしょうか、という歌。青海波の舞いに袖を返す所作がある。袖を振るのが求愛のしぐさであることは、『万葉集』額田王（ぬかたのおおきみ）が狩り場で大海人皇子（おおあまのおうじ）に詠みかけた歌「あかねさす 紫野（むらさきの）行き標野（しめの）行き野守（のもり）は見ずや君が袖振る」にもある。このごろは源氏の文には返事をしていなかった藤壺も、ひときわ輝いている源氏の姿をみたことで感に堪えなかったのであろう。次の返歌をする。

唐人（からびと）の袖ふることはとほけれど立ち居（ゐ）につけてあはれとは見き　藤壺

袖をふる唐人の舞いには疎い私ですが、あなたの舞い姿を胸がいっぱいになって見ていました、という歌。源氏は異国の唐を引き合いに出すとはさすが后にふさわしい人だとうれしくなって、まるで仏教の経典のようにしてこの文を何度も何度も眺めている。

やがて臨月が近くなって藤壺は宮中から里邸にさがった。源氏はいまひとたび逢うことはできないかとうろつきまわっているが甲斐（かい）がない。源氏がちっとも訪ねてこないので、葵の上のまわりの女房たちは、源氏が自邸に女を迎えたらしいと騒いでいる。いまや源氏の心を慰めるのは藤壺の姪の幼い若紫だけである。乳母の小納言はこの成り行きに満足げだ。願わくば若紫が早く成長をして妻としての地位を確立してほしい。いまだ人形遊びにかまけて、源氏の君さまと決めた人形を動かして、宮中に出かけたところ、などとやっているのを見て、小納言はため息まじりに説教をする。「今年こそ少し大人らしくなさいませ。十歳をすぎていたらもう人形遊びなどはしないものですのに。こうして夫を持ったのですから、妻らしくしっかりとなさらないと。髪をすくのさえいやがるのですからね」。

それを聞いた若紫は心のなかで「じゃあ、私は夫をもったのだわ。ここにいる女房たちの夫ときたら醜いばかりだけれど、私はあんなにもすてきに若い人を夫にもったのね」と思うのだった。

藤壺が産み月を過ぎてもなかなか出産しないので、源氏は日を数えてやはり自分の子だと確信する。密かに僧に安産の修法（しゅほう）を頼んだ。生まれてきた子は男御子だった。光源氏を写しとったような顔ばせで、藤壺はただでさえいかにおとしめてやろうと手ぐすねを引いている人の多い世の中でどんなことになるかと思い悩む。源氏はなんとか藤壺と密会したいと王命婦という女房に泣いてすがるが、二人の子だと噂されでもしたらとんでもないことになると思う藤壺は王命婦をもさけている。

赤ん坊がようやく寝返りなどをするようになった頃、藤壺は宮中に戻った。いまかいまかと待ちかまえていた帝は、源氏によく似た子をみて、比べものにならないほど美しいというのは、こうも似た顔なのだなと感心し、光源氏を位をつけることができず臣籍降下（しんせきこうか）してしまったことを悔やんでもいたので、この子こそは即位させたいと思うのだった。

光源氏が宮中に参ったとき、帝はその子を見せてやって、こういうのだ。「御子たちは多くいるけれど、幼いときから明け暮れ見ていたのはあなただけだ。だからだろうかね、この子はあなたによく似ていると思うんだよ。小さいときというのはみんなこんなふうなものなのかしらね」。源氏はさっと青ざめて、おそろしくもかたじけなく、うれしくもあわれと、さまざま気持ちが入り乱れて思わず涙する。はたで藤壺は冷や汗をかいている。

　物語の核心をつく最大の秘事が展開している緊張度の高いこの巻の後半部は、光源氏が父の恋人だった古女房の源典侍（げんのないしのすけ）の術中にはまって性愛関係にもつれこむ滑稽話となる。ここに源氏とはりあう頭中将が割り込んでくることでドタバタの喜劇に転じるのだ。読者はここを笑って読むのだが、一方で、桐壺帝の女であった源典侍に手をかける筋立ては、絶対の秘密である藤壺と源氏の関係を裏に響かせてもいて、読者は笑いのなかにもある種の不穏さを感じずにはいられない。

　桐壺帝は、年をとったといっても性愛関係の方面ではいまだ旺盛で、下級の女官などにも選りすぐりの女たちを配し、魅力的な女たちを多く集めている。源典侍は桐壺帝の寵愛あつい女房で、五十七、八歳になろうというところだが、それでもまだまだ色恋の噂の絶えない人である。源氏は興味をひかれて源典侍に声をかけた。艶めいた女からの応答に源氏はやや逃げ腰だ。このやりとりを覗き見た帝は「色恋に興味がないという話ばかりきいていたが、やはりいい女は逃さないのだな」などと言って笑っている。ここは、源氏の秘密を知っている読者は苦笑いするところ。

この巻の終わりに、藤壺は后の位にのぼった。桐壺帝は自分が退位したあと、藤壺の生んだ子を東宮に即位させようと考えている。母、藤壺を盤石な後ろ盾にするために東宮の母である弘徽殿女御よりも先に后の位につけたのだ。弘徽殿女御はおもしろくない。しかし東宮が帝になったときにはかならず后の位につくのだからと帝は押し通した。藤壺立后の儀式には源氏が供奉した。子はしだいに源氏と見分けがつかぬほどに生い立つが、よもや源氏の子だと思う人はいないようだ。むしろその二人の輝きを、人々は空に浮かぶ月日の光のようにめでているのである。

第八帖　花宴　はなのえん

大方（おほかた）に花の姿を見ましかば露も心の置かれましやは　藤壺
深き夜のあはれを知るも入る月のおぼろけならぬ契りとぞおもふ　光源氏
うき身世にやがて消えなばたづねても草の原をば問はじとや思ふ　朧月夜

如月の二十日をすぎた頃、今の暦なら三月半ば、宮中の南殿の桜が見頃となったので花見の宴が開かれた。宴会の男たちの催しを藤壺中宮と弘徽殿女御は居並んで御簾越しに見物をする。青空に鳥のさえずりがひびく春らしい陽気。まずはくじ引きのようにして引き当てた漢字を使って即興で漢詩文をつくる探韻（たんいん）が行われた。いま宰相中将（さいしょうのちゅうじょう）となっている光源氏が「春という文字をたまわりました」と言った声のうるわしさといったら！　次に声を出す頭中将はどんなに劣って聞かれるだろうかと分が悪いが、落ち着いておごそかな声を出す。こうした知的な遊びがおもしろく行われるのは、すぐれた天皇の御代だからである。

音楽も念入りに準備され、夕方には春鶯囀（しゅんのうでん）の舞いが披露される。朱雀院の紅葉賀（もみじのが）での光源氏の舞いを思い出し、東宮は源氏にぜひに舞えと所望する。源氏はほんのひとくさり、袖を返す所作のところを舞ってみせるが、それがまたこの世のものと思われないうるわしさである。

左大臣は、娘に熱心に通ってくるでもないつれない婿だと思いつつも感涙している。

源氏が舞えば二番手は左大臣の惣領息子、頭中将の出番である。柳花苑という舞いを少し長めに舞ってみせた。どうやら頭中将はこういう即興の出番がありそうだと、前もって周到に用意していたらしい。すぐれた舞いだったので褒美として衣をたまわった。

こんな催しのときには、なんといってまず源氏の光輝く姿が見どころとなる。藤壺は、こんなにすばらしい人をどうして弘徽殿女御は嫌うことができるのだろう、どうしても惹かれてしまう心をおさえきれないというのに、と思う。


大方に花の姿を見ましかば露も心の置かれましやは　藤壺

なんのわだかまりもなく花の姿を見ることができたなら、こんなにも辛くはなかったろうに、という歌。藤壺が心のなかでひそかに思った読者だけに知らされる歌である。

宴会には当然酒も出る。宴果てて源氏は酔い心地にふらふらと藤壺の居所のあたりへ行ってみるが厳重に戸締りがされている。あきらめきれずに弘徽殿女御の居所に立ち寄ってみると開いている戸口がある。弘徽殿女御は今夜は帝の寝所に呼ばれていて不在だ。源氏は、こうして男女のあやまちというのは起こるのだなと思いながら、中をうかがってみる。すると若くて気持ちのいい声の姫君が「朧月夜に似るものぞなき」と口ずさみながらこちらへやってくる気配がする。大江千里（おおえのちさと）の「照りもせず曇りもはてぬ春の夜の朧月夜にしくものぞなき」という歌の一部を少し改変したもの。春の夜空に浮かぶ月は朧に霞（かす）んでいるのである。源氏は興に入って女の袖口をとらえ、歌を詠みかけた。

深き夜のあはれを知るも入る月のおぼろけならぬ契りとぞおもふ　光源氏

こんな深夜に入り方の月に誘われるようにやってきたあなたと出逢えたのは朧げならぬ深い縁だと思います、という歌。源氏は、女をさっと抱き上げ部屋に入って戸をたてた。女は驚いて人を呼ぼうとするが、「私は何をしようと許されているのですから、人を呼んでも無駄ですよ。お静かに」という声で、光源氏だと気づいて安心する。あっという間に夜明けが近づいてくる。源氏は、「名のってくださらないと、どうやってあなたに文を送ったらいいでしょう。これきりの関係とはお思いにならないでしょう」と女の素性を知ろうとする。女は、草の根をわけても探し出してはくれないということね、と歌で返す。

うき身世にやがて消えなばたづねても草の原をば問はじとや思ふ　朧月夜

憂い多いこの世から私が消えてしまったら、草の原を訪ねてでも探してはくれないのかと思います、という歌。これがなんとも艶っぽい。源氏はそれももっともだと思って、深く問い詰めることができない。せめてものしるしとして扇を取り替えてそのまま別れた。

宮中の女房たちは源氏の朝帰りに耳ざとく気づいて寝たふりをしてやりすごしている。源氏は女を忘れられないのである。弘徽殿女御の妹であろうが、五の君、六の君のどちらだろう。頭中将の妻となっている四の君だったらおもしろいのにな、六の君は東宮への入内が決まっているときいているから、これはまずいことになるな、と想像をめぐらせる。こういう恋愛沙汰ですこぶる頼りになる良清と惟光にこっそり探らせてみると、宴の見物のために弘徽殿女御のもとに集まっていた女たちは車で右大臣家へ戻ったという。女は「草の根わけても探し出してはくれないの」と問うたのだ。なんとしても見つけ出したい。

女のほうでは、四月には東宮の元へ入内することになっているというのに、夢のような一夜を思い出しては思い乱れている。三月二十日過ぎ、右大臣家で藤の宴が催された。桜の花盛りは過ぎたけれども庭の二本の遅咲きの桜が満開となっている。右大臣はこんなときに源氏がいないと座が盛り上がらないと考えて息子を迎えに送る。源氏は日も暮れ方になって、あちらがしびれをきらす頃に悠然と姿を現した。他の客人たちはみな正装をしているのに、源氏は直衣姿で後ろに長く引く下襲（したがさね）というややくだけた装束。天皇の子息らしい堂々たる姿である。音楽を奏で、酒をふるまわれ、夜が更ける頃、酔いがまわったふりをして源氏は女たちの居室のほうへと歩いていく。ここは右大臣家で、あの晩に逢った女の住まうところだ。女たちは源氏はもとより多くのすてきな男性たちが集まっているのを知っていてお香を炊いてよい香りをたてたり、めかし込んだりして今日の宴を見物していたのである。そこへ源氏がやってきて「扇をとられて、からき目を見る」と声をかけた。これは楽器をともなって歌われる「石川」という催馬楽(さいばら)の歌詞「石川の高麗人(こまうど)に帯をとられてからき悔いする」をもじったものだ。「石川」の一節だとピンときて「帯ではなくて扇だなんて、変わった高麗人ですこと」と答える女房がいる。その陰で、違うのに……とでもいいたげにため息をついている女がいた。几帳ごしに手をとらえて源氏は歌を詠みかける。

梓弓(あづさゆみ)いるさの山にまどふかなほの見し月のかげや見ゆると　光源氏

月の入る、いるさの山で道に迷っています。ぼんやりと見た月の姿が見えるかと、という歌。女はすぐさまこう返す。

心いる方ならませば弓張りの月なき空にまよはましやは　朧月夜

心にかけてくださるなら、月のない空でも迷うことはないでしょうに。それはあの人の声だった！　この巻は、これで幕切れ。かっこよく印象的なエンディングだ。

第九帖　葵　あおい

影をのみみたらし河のつれなきに身の憂きほどぞいとど知らるる　六条御息所

袖濡る恋ぢとかつは知りながら下り立つ田子の身づからぞ憂き　六条御息所

なげきわび空に乱るるわが魂を結びとどめよしたがへのつま

葵の上にとり憑いた六条御息所

桐壺帝が譲位し、政界の勢力図は一変した。弘徽殿女御の息子が即位し、弘徽殿女御の父、右大臣が天皇の外祖父として実権を握る。権勢は桐壺帝の信任が篤く源氏の後見をしてきた左大臣方から右大臣方へと移ったのである。

伊勢の斎宮も交代し、六条御息所の娘が選ばれた。源氏が通いどころとしていることは世の人々にも知れ渡っているが、御息所が源氏よりずいぶんと年上であることを気にしているのをいいことに源氏は妻格の待遇をしていない。御息所は、いっそ娘について伊勢に下ってしまおうかと考えている。

そんな頃、源氏の正妻、葵の上が懐妊する。賀茂神社の斎院の代がわりがあって、弘徽殿女御の娘が選ばれたこともあって、儀式、祭が華やかに行われる。光源氏も供奉する行列を見るために人々は一条大路に物見車(ものみぐるま)でつめかける。葵の上はもともとこうした見物は好まない上に妊娠中だからというので出かける予定はなかった。だが、周りの女房たちは祭見物に行きたいのである。しかも光源氏の正妻のおつきの女房として晴れがましさを味わいたいのである。葵の上は母親の勧めもあってだいぶ遅れてから出かけていった。すでに見やすい場所は見物客で埋まっている。従者たちはいまをときめく光源氏の正妻の威を借りて先にきていた車を乱暴に蹴散らしていく。そこに六条御息所の車があった。せめてものなぐさめに源氏の姿をみたいと忍んできたのである。ところがこちらは正妻、そちらは妾といわんばかりに車をのけられてしまった。しかも榻(しじ)とよばれる支えの台座も折られてしまい、よそ様の車に寄り掛けてようやく車を立たせるありさまである。悔しい。なんのために来たのだろう。

ちょうどそこへ光源氏の列がとおりかかった。源氏は葵の上の車は目立つので礼をつくすが、奥まったところにいる六条御息所には気づきもしない。それでもあの目にもあやなる姿を見ずにはいられなかったろうと御息所は思う。

影をのみみたらし河のつれなきに身の憂きほどぞいとど知らるる　六条御息所

姿を映しても流れていってしまうみたらし河のようにつれないあなた。我が身の不幸を思い知らされた、という御息所の歌である。それからというもの御息所の心を占めているのはあの日の屈辱である。魂がふっと身を離れていくような感じがする。

一方、葵の上は物の怪に憑かれている。物の怪、生き霊が数多くとり憑いているのを、加持祈禱をして、一人一人寄り坐しにかり移して退散させていく。しかしなかにぴたりととり憑いて片時も離れようとしない一体がいる。女房たちは、源氏の通いどころの女なのではないかと噂して、「六条御息所、二条院に引き取られているという女君あたりは、恨みの心も深そうだ」などとささやきあっている。

御息所はやまぬ物思いを鎮めてもらおうと修法を受けてみもする。そこへ源氏が久しぶりに訪ねてきた。源氏は葵の上の具合が悪いことを語って聞かせ、親たちがうるさくて離れられないのでこんなふうに無沙汰を重ねていることを許してほしいなどという。一夜を共にしたあと、また次はいつとは知れない訪れを待ち続けるのだと御息所はさらなる物思いに沈んでいく。後朝の文も暮れ方になってようやく届いた。歌もない。六条御息所が独り詠んだ歌。


袖濡るる恋ぢとかつは知りながら下り立つ田子の身づからぞ憂き　六条御息所

涙のかわくことない不幸な恋と知りながら、あえて泥沼に立つ田植え人のように恋の沼にはまっていく自らの身がつらい、という歌。「恋ぢ」には、「恋路」と「泥」がかけられている。

この歌に源氏は、私の想いがいかに深いかは今度お会いしてお見せしましょうと、次の歌をよこす。

浅みにや人は下り立つわが方は身もそほつまで深き恋ぢを　光源氏

あなたは袖が濡れる程度の浅いところにいるでしょうけれど、私は全身がぬれそぼつ深みにいて、あなたを深く想っているのですよ、という歌。しかし、この歌が届いたのは、日が暮れきった頃だった。適当にあしらわれている。軽い扱い。それは車争いで受けた屈辱を思い出させるものだった。御息所の歌にくり返される「憂き」ということば。鬱々とした思いが心に堆積していく。そうしてふとまどろんだ夢に御息所は、葵の上とおぼしき女の元へ行って、どこからわいてくるのか凶暴な気持ちで女を思い切りひきずりまわす光景を見る。

葵の上には相変わらず一体の物の怪が執念深くとり憑いていて、名だたる験者も扱いかねている。苦しげにうなされて泣いていた葵の上が「すこし祈禱をゆるめてください。源氏に申し上げることがあるのです」というので人々はその場を退いて源氏と二人きりにする。源氏がさまざま慰めを言うのをさえぎって葵の上は「そうではない。身が苦しいので少し祈禱をやすめてくれと言ったのだ。こうしてここへやってくることになろうとは思いもよらなかった。物思いする人の魂というのはほんとうにふらふらと出ていってしまうものなんですねぇ」と言う。

なげきわび空に乱るるわが魂(たま)を結びとどめよしたがへのつま
葵の上にとり憑いた六条御息所

悲嘆にくれて空にあくがれでてしまった私の魂をどうか衣のすそに結びつけてください、という歌。その声、様子は、葵の上のものではなかった。それは、かの六条御息所そのものだった。そう源氏は気づいたが、「そういうあなたを私は知らぬのだ、名乗りたまえ」とそらとぼけてみせる。すると霊はそれに恥じ入って消え去った。その瞬間、葵の上は男児を出産した。加持祈禱の験者たちはほっとして安産の報に得意げである。

六条御息所の耳にも男児出産の知らせが入ってくる。葵の上は瀕死の重体だと聞いていたのに、なぜ？　と思うと、なにやら荒々しい思いが湧いてくる。六条御息所の霊は再び葵の上の元へ飛んでいく。人々が油断しきったあと、葵の上は急に胸をせきあげて亡くなった。

正妻を失った光源氏は、すっかり大人びてきた若紫と夫婦の関係となる。三日三晩、夜をともにして三日夜の餅も共に食した。若紫の成人の儀式、裳着(もぎ)には父親の兵部卿宮に知らせよう。こうして光源氏は若紫を正妻とする準備を整えるのである。

第十帖　賢木　さかき

浅茅生の露の宿りに君をおきてよもの嵐ぞ静心なき　光源氏

風吹けばまづぞ乱るる色変はる浅茅が露にかかるささがに　紫の上

六条御息所は、娘について伊勢に下ることを決めた。源氏は精進潔斎のために滞在している野宮を訪ねていく。野宮は艶に風情があって、なぜもっと早く訪ねてこなかったのだろうと源氏は思う。別れの決まっている再会はこれまでの恨みも忘れてただただ昔の睦まじかったときを思い出させるばかりである。互いに夢中になっていた日のことを思い出しながら遠く別れていくのである。

やがて桐壺院が病臥する。帝に東宮のことをくれぐれも頼み、かつまた「光源氏は臣籍降下をしたのだけれど世を保つべき相がある人だから朝廷の後見役にと考えてきた私の思いを無にせぬよう」と遺言して亡くなってしまう。弘徽殿女御はもはや誰をはばかることもなくなった。帝は桐壺院の遺言を思いつつも若いせいで母弘徽殿女御や祖父右大臣の言うなりである。

そうしたなかで朧月夜は尚侍に昇進し、居所も登花殿の奥まったところから天皇の寝所のそばの弘徽殿に移った。お付きの女房たちもあらたに集ってきてはなやいでいる。それでも光源氏との関係は切れずにいたのである。危険な関係になればなるほどかえって盛り上がるというもの。宮中で行われる五壇の御修法で帝のお召しがないすきに、源氏ははじめて出逢ったときのように弘徽殿に入り込んで朧月夜と一夜を共にする。すぐそばには天皇がいるのを空恐ろしく感じつつも、たまさかの逢瀬でいちだんと離れがたい。源氏と知れぬようやつし姿で忍び込んだつもりだがあかつき方の出でがてにちょうど恋人を訪ねてきた承香殿の女御の兄の藤の少将に目撃されたことを源氏は知らない。

桐壺院亡きあと、藤壺は実家の三条邸に戻っている。藤壺は、源氏の執心がやまず、東宮のためにもよからぬことが起こるのではないかと恐れて、密かに源氏の恋心を冷ますための祈禱を依頼したりしていた。ところがどうしたことか源氏が忍び込んできたのである。藤壺はあまりのことに前後不覚に陥り、介抱に女房たちが寄り集まってきたので、源氏は抜け出すすきを失った。わけ知りの女房たちが塗籠といって奥の納戸のようなところに源氏を押し込めて隠す。藤壺の兄の兵部卿宮などがやってきて修法の僧を召すよう采配している。大騒ぎの末、その日の暮れ方に落ち着きを取り戻した藤壺は、源氏が塗籠に押し込まれていることを知らない。安心して人々が去っていったあと、源氏はこっそり這い出してきて、屏風のはざまに入り込んで、藤壺の様子を垣間見する。御簾越しの対面しか許されず、夜には暗くて姿を見ることもできないでいた源氏は、久しぶりにじっくりと藤壺の姿を見る。その姿はあまりに美しい。紫の上となんとよく似ていることだろうか。源氏は思わず、藤壺のそばに寄って衣の裾を引く。驚いた藤壺は衣を脱ぎ捨てて奥に入ろうとする。源氏は長い髪をつかんで離そうとせず、泣きながら恋情を訴える。藤壺は怖いのである。弘徽殿女御が思うままに宮中に君臨しているいま、東宮の本当の父親が源氏だと知れてしまえば東宮の未来はない。藤壺は密に出家を決意する。

藤壺は、出家の前に宮中にのぼって東宮にそれとなく別れを告げる。「久しくお目にかからないうちにかたちがすっかり変わってしまったら、どう思うかしら」と問うてみるが、幼い東宮はよもや出家するとは思い至らない。その無邪気さに藤壺の心は揺れる。

源氏もまた雲林院に参籠し、心を鎮めようとする。このまま俗世を捨ててしまおうか、と思うとき、心にかかるのは自分をたよりにしている紫の上のことだった。

浅茅生の露の宿りに君をおきてよもの嵐ぞ静心なき　光源氏

草原のはかない宿にあなたを残してきて、嵐の音をききながら心が騒いでいる、という歌。

紫の上は悲しくなって返歌する。

風吹けばまづぞ乱るる色変はる浅茅が露にかかるささがに　紫の上

風が吹けばまず乱れるのは、あなたの心変わりに草原で露にぬれている蜘蛛のような私のほうです、という歌。源氏はこの文をみて、自分とやりとりしてばかりいるから紫の上は筆跡が自分に似てしまっているな、もう少し女性らしいところを添えなくては。それにしてもなんとすばらしい女性に成長したことだろう、などと思うのである。源氏は自邸に戻っていった。「色変はる」だなんて嫉妬心をあらわにしたりするようになって紫の上がすっかり大人びていることに源氏は気づかされ、それからは一人前の女性として語らうようになった。

やがて桐壺院の一周忌がめぐってきた。藤壺は一周忌の法要の他に、法華八講を主催する。法華経を四日に分けて講じるのである。藤壺は最終日に、我が結願として出家することを明かし、横川の僧都をして髪をおろしてしまった。人々は驚き泣きまどう。源氏は思いがけないことにただ呆然としている。

藤壺が出家したことで、右大臣家はあからさまに藤壺を中宮の扱いからはずし、思うままに宮廷を支配している。左大臣ももの憂く思って位を退いた。右大臣の四の君の婿である頭中将も昇進できなかった。政界から排除された者同士、源氏と頭中将は漢詩文を競う催しをしたり、音楽を楽しんだりしながら憂さを晴らしている。

そんな頃、朧月夜がわらわ病みを患って宮中を退出した。修法のおかげで快癒したときいて、源氏は夜な夜な逢いにゆく。ある晩、ひどい雷雨となって人々が起き出し邸内が大騒ぎとなった。源氏は抜け出すすきを失ってしまう。翌朝、嵐が去った頃、右大臣が無事を確認しに朧月夜の居室へやってきた。右大臣は相当に無粋な人で、相手の返事も待たずに、「大丈夫か。ひどい夜だったので心配していたのに来られなかったのだ。中将や宮の亮たちがここにきてくれていただろうか」などと話しながらずかずかと中に入り込んでくる。朧月夜は、父の前に出ていったが、あわてていたので源氏の脱ぎ捨てた帯を引きずって出てしまっていた。右大臣が不審がって見ると、二人が交わした手紙などがちらかっている。驚いた父親は「これはいったい誰なんだね。なにが起こっているというのだ。それをわたしなさい。誰の文なのか見てやろう」と言いながら、几帳の中をのぞいてくる。源氏は隠れるまもなく、ゆっくりと顔を隠しはしたものの、悠然とそこに寝転がっているしかなかった。驚いた右大臣は、その文をもって去った。

右大臣はこういうことを隠しておける人ではないので、弘徽殿女御にさっそく言いつけるのである。弘徽殿女御は、昔からみな源氏を持ち上げて我が息子をおとしめてきたが、後宮の尚侍に手を出してくるなんて、息子を馬鹿にするのにもほどがあると怒り心頭である。弘徽殿女御はこれを機に源氏を政界から追い出そうと企むのだった。

第十一帖　花散里　はなちるさと

たちばなの香をなつかしみほととぎす花散る里をたづねてぞとふ　光源氏

巻があけると、すでに源氏の政治的立場は相当に悪くなっている。時の天皇の母（弘徽殿女御）と祖父が睨みをきかせているから、これまで味方と思われた人たちも源氏の元から次々に去っていった。父、桐壺院の生きていた頃、桐壺院が帝だった頃が無性になつかしくなった源氏は桐壺帝後宮に仕えていた麗景殿女御を訪ねていく。麗景殿女御には子がなく、桐壺院の庇護下に生きてきたが、その支えを失って今は光源氏が面倒を見ている。というのも、内裏にいた頃、麗景殿女御の妹と光源氏は恋人関係にあったからだ。

麗景殿女御を訪ねていく道中、源氏は琴をつまびく音を耳にする。門から中をのぞいてみると、一度だけこの家の女と睦んだことがあったことを思い出す。折しもほととぎすが鳴いている。源氏は、車をひきかえすよう命じて、惟光に次の歌を持たせる。

をち返りえぞ忍ばれぬほととぎすほの語らひし宿の垣根に　光源氏

立ち戻って恋しさに耐えかねてほととぎすが鳴いています。ほのかに語らった宿の垣根で、という歌。惟光を知っている女房がとりつぎに出て、こんな歌を返してきた。

ほととぎす言問ふ声はそれなれどあなおぼつかなさみだれの空　女

ほととぎすの訪ねてきた声は昔のそれだけれど、さあはっきりしませんね、五月雨の晴れない空のように、という歌。光源氏とわかってそらとぼけているのである。惟光はむっとして「よしよし、植ゑし垣根も、だ」と言い残して出てくる。「花散りし庭の木の葉も茂りあひて植ゑし垣根も見こそわかれね」という歌の一部で、庭木が茂っていて垣根を見間違えたようだな、といった意味。

いま、光源氏と懇意にしていると知られることは時の権力者の不興を買うばかりで、宮中に出入りする父親がいるなら避けるべきことなのである。源氏は、こうしてたいして深い縁がなくてもかつてつきあった女たちを忘れずに通ってくるのだが、いまや相手の女たちにかえって迷惑がられている始末。それと対比するように麗景殿女御姉妹の源氏の歓待ぶりが描かれていく。

麗景殿女御としっとりと思い出話をしていると花橘（はなたちばな）の香りがしてくる。さきほどの女の家で鳴いていたほととぎすが同じ声で鳴いている。私のことを慕ってこっちの庭にきたのだなと源氏は「いかに知りてか」と口ずさんだ。『古今和歌六帖』に収められた次の歌の一部である。

いにしへのこと語らへばほととぎすいかに知りてか古声のする

昔のことを語らっているとどうして知ったかほととぎすが昔の声で鳴いている、という歌。続けて源氏の歌である。

たちばなの香をなつかしみほととぎす花散る里をたづねてぞとふ　光源氏

橘の香りをなつかしんで、ほととぎすが花散る里を訪ねています、という歌。この歌から麗景殿女御の妹は「花散里」と呼称されるようになる。花散里は、形勢不利になった光源氏に信頼を寄せ続けた女君として生涯、光源氏のそばにいることになる。しかしこの短い巻で源氏と歌を交わすのは姉の麗景殿女御のほうだけである。読者はまだ花散里がどういう人なのか知らないままだ。

麗景殿女御の返歌。

人目なく荒れたる宿(やど)はたちばなの花こそ軒(のき)のつまとなりけれ　麗景殿女御

こんな荒れた宿では昔を思わせる花橘の香りこそがあなたを誘うよすがですね、という歌。『古今和歌集』の夏の歌には、五月、花橘、ほととぎすが読みこまれる歌がいくつもある。なかでも橘の香りは昔の恋人の袖の香りを思い出させると詠んだ「五月待つ花橘の香をかげば昔の人の袖の香ぞする」がイメージの中核にある。ここでの二人のやりとりもこの歌を響かせているのである。

第十二帖　須磨　すま

身はかくてさすらへぬとも君があたり去らぬ鏡の影は離れじ　光源氏
別れても影だにとまるものならば鏡を見てもなぐさめてまし　紫の上
生ける世の別れを知らで契りつつ命を人に限りけるかな　光源氏
をしからぬ命に代へて目の前の別れをしばしとどめてしかな　紫の上

巻あけて光源氏は三月二十日過ぎには須磨に蟄居することになっている。官位を剝奪されて宮中の職務から解かれてしまったのである。巻の前半部はひたすら別れの場面となるが、源氏の蟄居を惜しむことすら政治的にあやういので人々は寄ってこない。すでに政界を追われたも同然の左大臣家で別れの盃を交わすことになる。ここには源氏と亡き葵の上とのあいだに生まれた息子がいるのだ。葵の上に仕えていた女房で源氏と恋人関係にあった召人の女房たちは、女主人の死後も左大臣家に居残った。別れの晩に源氏はそんな女房の一人、中納言の君と一夜を共にするのだった。注意深く読んでいると、こうした女房階級で源氏と関係を持っている女たちがしっかりと書き込まれていることに気づく。当時の『源氏物語』の読者には受領階級の女房たちが多くを占めていたはずだから、光源氏のような人の妻格の女君にはなれない。それゆえにふっとしたところで光源氏との関係を示唆される女房たちに心を寄せた読者も多かっただろう。同じく受領階級に属する作者紫式部は、姫君には生まれついてはいないけれど、光源氏の恋人になれる、こんな召人関係にこそ感情移入できる読者たちへの目配せも忘れないのである。

紫の上の実の父親である兵部卿宮は政治的に不利になることをきらって源氏を遠ざけている。そのかわり源氏の弟にあたる帥（そち）の宮（のちの蛍兵部卿宮）は変わらぬ厚情を示し、頭中将などと共に源氏の邸にやってくる。客人を出迎えるために、源氏は位を剝奪された者として無紋の直衣という地味な衣に着替え、髪を整えるために鏡台に向かう。面痩せした姿をみて、源氏は紫の上に「すっかりやつれてしまったね」と言いながら、次の歌を詠みかけた。

身はかくてさすらへぬとも君があたり去らぬ鏡の影は離れじ　光源氏

こうしてさすらいの身となっても、鏡に映した姿はあなたの元を離れないよ、という歌。鏡に映した姿は、そこに写真のようにとどまるという発想である。紫の上の返歌。

別れても影だにとまるものならば鏡を見てもなぐさめてまし　紫の上

別れ別れになってもそこに姿がとどまるというのなら、その鏡を見て慰めにしたいという歌である。旅立ちの前に源氏は花散里を訪ね、別れの歌を交わす。

月影の宿れる袖はせばくともとめても見ばや飽かぬ光を　花散里

月影の映っている袖は狭くともここに留めていつまでもすばらしい光を見ていたい、という歌。月あかりに光源氏の「光」をかけた歌である。

行きめぐりつゐにすむべき月影のしばし曇らむ空ななかめそ　光源氏

時がめぐればかならずや澄んだ月あかりとなるから、しばしのあいだ曇っている空を嘆かないで、という歌。

須磨へ旅立つ前に、桐壺院の御陵へ挨拶参りにいき、尼となっている藤壺を訪ね、東宮を訪ねる。伴のなかにはやはり位を剝奪された右近の将監（ぞう）の蔵人だった人もいるとわざわざ書かれているから源氏と近しいばかりにとばっちりを受けた人も大勢いたのであろう。

出立の直前に源氏は再び紫の上と歌を交わす。

生ける世の別れを知らで契りつつ命を人に限りけるかな　光源氏
をしからぬ命に代へて目の前の別れをしばしとどめてしかな　紫の上

生き別れるなどということがあろうとも思わずに、命の限り共にいようなどと約束していたのだなぁという源氏の歌。紫の上の返歌は、私の命など惜しくはないから、もし叶うなら命に代えてこの別れをとどめたい、というのである。源氏は紫の上をひそかに連れていきたいとなんども逡巡するが思いとどまった。

船を漕ぎ出し、須磨の浦に着く。そこは在原行平が罪にとわれて隠棲した場所として知られている地である。『古今和歌集』に「わくらばに問ふ人あらば須磨の浦にもしほ垂れつつわぶと答へよ」という歌が収められている。

「須磨」はとりわけ和歌の多く含まれている巻だ。遠方に出た源氏が女たちと文を交わし、歌を交わすからである。都を離れる心細さを味わって、源氏は伊勢に下った六条御息所ともやりとりする。遠路、文を携えてやってきた使いの者を源氏は二、三日引き留めて伊勢での暮らしぶりを尋ねたりもする。

自分との恋愛のせいで光源氏を窮地に追い込んだと知る朧月夜は、帝に寵愛されていながらも光源氏のことを想わない時はない。それを知ってか、帝も桐壺院の遺言をたがえて源氏を追いやっている罪の意識を心弱げに吐露したりする。帝にとって源氏に心を寄せていることを打ち明けられる相手は、同じく彼に心を寄せている朧月夜しかいないのである。

その頃、明石の浦では源氏がほど近い浦にやってきたと知って、娘を都人に縁付けたいと喜んでいる人がいた。明石の入道である。ところが明石の入道の妻のほうは、とんでもないことだと断固反対する。都人の噂によれば、源氏にはやんごとなき妻が多くいて、その上に忍び歩きをして、帝の御妻（みめ）と過ちを犯した人ではないかというのである。ここで帝の御妻と過ちをしたといわれているのは、今の朱雀帝の妻格の尚侍として宮中に出仕している朧月夜をさしているわけだが、藤壺と源氏の秘密を知る読者は、桐壺院の后、藤壺との関係を思いながらこの箇所を読むのである。明石の入道は源氏の母親だって按察使（あぜち）大納言の娘にすぎなかったのに帝に愛されてあのような美しい子をもったのだから女は志を高くもつべきだと息巻いている。というのも、源氏の母桐壺更衣の父親は明石の入道のおじにあたっており、桐壺更衣とはいとこ関係にある入道にとっては無理筋の夢物語でもないのだ。

桜の盛りになると源氏は桐壺帝の元で行ったうるわしい花の宴を思い出し恋しく思う。ちょうどそんなときにいまは宰相中将に昇進したかつての頭中将が訪ねてきた。酒を酌み交わし、泣いたり笑ったりしながら語り明かす。次にはいつまた会えるだろうと宰相中将が言うと、源氏は、私は一点の曇りもない潔白の身なのだよと歌を詠む。


雲近く飛びかふ鶴（たづ）も空に見よ我は春日（はるひ）のくもりなき身ぞ　光源氏

三月三日の上巳（じょうし）の祓（はら）えに、源氏は陰陽師を召して厄払いを行う。現在の流し雛のように、厄を負わせた人形を舟に乗せて海に流すのである。

やほよろづ神もあはれと思ふらむをかせる罪のそれとなければ　光源氏

八百万（やおよろず）の神も、あわれと思ってくださろう、それといって犯した罪がないのだから、という神への呼びかけの歌を源氏が詠むと、一転、空がかき曇り、大嵐となった。高潮がやってくるというので人々はまんじりともせず夜を明かす。源氏はうたた寝にこの世のものと思われぬ様子の人に「なぜ宮中からお召しがあるのに参らぬのだ」と言われた夢を見た。源氏は、海の中にいる竜王に愛でられて取り憑かれたのだろうと思うと、ここから一刻も早く出ていきたいと思うようになるのだった。

第十三帖　明石　あかし

むつごとを語りあはせむ人もがなうき世の夢もなかば覚むやと　光源氏
明けぬ夜にやがてまどへる心にはいづれを夢とわきて語らむ　明石の君
うらなくも思ひけるかな契りしを松より波を越えじものぞと　紫の上

嵐は静まる気配がない。夢にでてきた異界のものはいまだ源氏にまとわりついている。海辺に住まう源氏を案じて紫の上が使いの者をよこした。都からこの風雨のなか、文を運んできた人はずぶぬれでうっかり門前払いをしてしまいそうな見苦しい身なりに成り果てていた。それでも慕わしく思えるほどにうれしい来訪だ。使いによると都でも荒天が続いているらしい。

明け方、雷がはげしくなった。源氏がさまざまに願を立てて海や河を守る住吉の神、海の中の竜王に語りかけるも、落雷を受けて廊が焼けた。源氏は貴人が立ち入ることなどない調理場の大炊殿に避難し、一日中念仏を唱えて過ごす。疲れ果ててまどろんだ源氏の夢に亡き桐壺院が生きているかのように現れて「なぜ、このような粗末な場所にいるのだ」と言いながら手をとって立ち上がらせてくれるのをみた。「住吉の神のお導きにしたがって、舟を出してはやくこの浦を去りなさい」と言う。父院はこれから天皇に言うべきことがあるからと去っていった。

あかつき方に明石の浦から舟がやってきた。源氏は夢のことを思いながら舟に乗った。

明石の邸で源氏を迎えた入道は、夢のお告げで迎えの舟をよこしたのだと語る。風雨は去った。ある晩、源氏のつまびく琴にひかれて、やってきた入道は自ら琵琶や箏（そう）の琴（こと）を弾いてもてなす。入道は、延喜の帝と呼ばれた醍醐天皇の手を伝授されているが娘も自然とその手を覚えてしまっているという。都では嵯峨天皇の手を女五の宮が伝授したというが、それ以降伝わっていない。都で聞かれなくなった弾きぶりがこんな片田舎に伝わっているということに源氏は驚く。それだけの能力があれば都でもさぞや珍重されるだろう。入道は、この十八年間というもの、娘を都人に縁づけたいと住吉の神に祈願してきたのだと語る。源氏は、無実の罪で思いがけずこの浦にくることになったのもこうした縁が結ばれているためなのかもしれないと思う。心細い独り寝のなぐさめにもぜひ娘と逢いたいと入道に告げた。

さっそく源氏は明石の君に歌を送るがなびいてこない。源氏は女のほうが積極的なら女房として引き取ってしまおうと考えるけれども、一人前の女君としての扱いを求めているらしく、我慢比べになっている。

その頃、京の都では、夢に桐壺院が現れて憤怒の形相でにらみつけられて以来、朱雀帝が目を病んでいる。母の弘徽殿女御に父院の不興をかったのだと言ってもとりあってもらえない。そうこうしているうちに右大臣が亡くなった。弘徽殿女御も病いに倒れた。

源氏は明石の入道に娘をこちらにこっそり参らせるように言うが、明石の君はとんでもないことだと思っている。そこで入道は女君の住まうところを磨き立てて源氏を招いた。女が参上するのでは女房扱いだが、男が訪れるならこれは恋愛になる。

むつごとを語りあはせむ人もがなうき世の夢もなかば覚むやと　光源氏

明けぬ夜にやがてまどへる心にはいづれを夢とわきて語らむ　明石の君

源氏は睦言を交わせる人がいたならば、ここにこうしている悪夢から半ば覚めることができるのではと語りかけていて、この地にいるのはなにかの間違いだと思っている様子。しかし女はここに住まっているのである。明けぬ夜を過ごす私にはなにが夢でなにが現実だといえるでしょうかと返歌する。源氏は、女の様子が六条御息所によく似ていて田舎人として侮るわけにはいかないと感じている。女はあくまで気を許さないでいるが源氏はなかば強引に関係を持つ。それからは忍んで女のもとに通うようになった。そうなって源氏がまっさきに思うのは、都で源氏を案じて待っている紫の上のことである。風の噂でこの関係が知られてしまう前にこれを伝えて隠し事などなにもないのだと示そうと文を送る。紫の上はまったく無邪気に浮気などしないと約束したあなたのことを信じていた、という歌を送ってくる。

うらなくも思ひけるかな契りしを松より波を越えじものぞと　紫の上

この歌は、『後拾遺和歌集』七七〇番に恋の歌として収められた清少納言の父、清原元輔(きよはらのもとすけ)の歌「契りきなかたみに袖をしぼりつつ末の松山波こさじとは」を踏まえている。互いに泣きながら約束したのに、浮気したんだね、という歌である。末の松山を波が越えることは、大津波のようにめったにないことなので、浮気をしないという固い約束をする意味で使われていた。よもや浮気はしないと信じていたのに、という紫の上の歌を見た源氏は明石の君のもとへ通うのも途絶えがちになる。紫の上を喜ばせたい一心で源氏はこの浦のさまを絵に描いて送る。紫の上も同じように絵を描いて日々の様子を日記のようにして送ってくる。

新年があけて、京都では朱雀帝が譲位を考えている。東宮の後見役の源氏をこのままにしておくわけにはいかない。弘徽殿女御も物の怪に悩まされているし、天変地異は天皇の失政のせいなのである。帝は弘徽殿女御の反対を押し切って源氏に帰還するよう宣旨を出す。

帰京が決まって、源氏は別れがたくなった明石の君の元へ毎夜通っていた。ついに出立という頃になって明石の君が懐妊していることを知る。源氏は琴を渡して、この調弦がゆるんでしまう前に必ず迎えにくると約束して去っていった。

都にもどるとただちに源氏は定員外の権大納言につき、その他官職を解かれていた人々も元の職に戻された。源氏は朱雀帝と対面して和解の和歌を詠み合う。

わたつ海（み）にしなえうらぶれ蛭（ひる）の子の脚（あし）立たざりし年は経（へ）にけり　光源氏
宮柱（みやばしら）めぐりあひける時しあれば別れし春のうらみのこすな　朱雀帝

ともに『日本書紀』を踏まえた歌のやりとりである。イザナギ、イザナミが国生みに失敗して三年たっても脚のたたないヒルコを葦舟に乗せて海に流したという話を踏まえて、海をさまよって脚の立たない年月を過ごしたという源氏にたいして、朱雀帝はイザナギ、イザナミが宮柱をめぐって国生みした話を引いて、めぐりあったのだから別れた恨みを残すなと応じている。

源氏は帰京したが以前のように女たちの元へは通ってはいない。花散里にも文を送るばかりである、と述べられて、この巻は閉じられている。

第十四帖　澪標　みおつくし

みをつくし恋ふるしるしにここまでもめぐりあひけるえには深しな　光源氏
数ならでなにはのこともかひなきになどみをつくし思ひそめけむ　明石の君

源氏は、須磨で見た夢に現れた桐壺院のことが気がかりで、後世を弔うために法華八講を行った。世の人々が昔のように集ってきて政界の風向きが完全に変わったことがわかる。朱雀帝は譲位の気持ちを固めているが、朧月夜のことが気になっている。「あなたが源氏のほうを好いていることはわかっているけれど、並々ならぬ愛情を注いできたのですよ。どうして子どもができなかったのだろうね。源氏とのあいだにならすぐにも子ができたのかもしれませんが、その子は臣下の子となるだけですよ」などと言われて、朧月夜はこんなにも想ってくださる人がいるのに、あんな騒ぎを起こして光源氏を須磨へ追われるめに遭わせたりして、まったく若気の至りだったと今では思い直している。源氏は相変わらず朧月夜に言い寄ってくるが朧月夜はもう相手にしない。

　東宮が十一歳になり元服した。源氏の顔を二つに写したようだと人々がほめそやすたびに、藤壺は気が気ではない。その同じ月に朱雀帝は譲位した。源氏と藤壺の子が天皇に即位したのである。源氏は左大臣、右大臣の位がすでに埋まっていたので内大臣となった。幼い帝の摂政となるべきだったが、この役を源氏はかつての左大臣に譲った。桐壺院の死後、引退していた身でありながら、六十三歳で太政大臣として政界に復帰したのである。かつての頭中将は権中納言となった。源氏と葵の上とのあいだの息子も殿上している。源氏不遇の間もこの若君に乳母や女房として寄り添い続けてくれた女たちを源氏はねんごろにねぎらった。

　自邸の二条院でも、じっと待っていてくれていた中将の君、中務の君などの源氏と恋人関係にある女房たちにも情けをかけるので、なかなか通いどころの女たちに会いにいく暇がない。桐壺院の所領であった二条院の東にある邸を譲り受けた源氏は、ここを改築して花散里などの女たちを住まわせてやろうと考えている。花散里を思うとき、源氏はいつも五節の舞姫だった恋人のことを思い出す。この人は父が大宰府赴任となって筑紫に下ったあと、京に戻ってくる舟旅の途中、須磨にいる源氏に歌を送ってきたのである。花散里とならんで源氏不遇のときにも変わらぬ厚情を示した人だ。しかし五節の君は物語中で十分に描かれることがない。花散里も地味な部類に入る女君だが、さらに大勢の恋人たちのなかから選ばれし者であることが、こうしたさりげない逸話でわかるようになっている。

　こんなわけだから明石の君の元へも忙しさにまぎれて消息のないままだった。そろそろ産み月ではないかと源氏が使者を送ると、女の子が生まれたとの知らせが入る。源氏は宿曜の占いに「御子三人。帝、后かならず並びて生まれたまうべし。中の劣りは、太政大臣にて位を極むべし」と言われていたことを思い合わせて、須磨への流離はこうした運命のさしむけだったのだと考える。藤壺との間の子が帝になっている。葵の上との間の息子が太政大臣になるのだろう。すると明石の君が産んだ娘は后の位にのぼるだろう。はやく娘を都に呼び寄せて立派に育て上げねばと邸の改築にも熱が入るのだった。源氏は、かつて桐壺院が帝だった頃に宣旨（せんじ）として後宮にいた人の娘が、子を産んだものの、親も亡くなって夫もなく頼りなく暮らしていると聞き及び、明石の姫君の乳母として明石に送る。送り出す前に源氏は宣旨の娘をわざわざ訪ねて、必ず都へ迎えとるつもりだから、私自身もそこにいたことを思って、しばしのあいだ田舎暮らしを我慢してほしいと頼み、事情を説明する。女はどうせなら源氏のそばに近くに仕えたいものだと思いながらも出かけていくのである。

　秋、源氏は無事に須磨、明石から帰還したことのお礼参りに住吉詣（もう）でに出かけた。いまを時めく光源氏のもの詣（もう）でということもあって飾り立てた従者たちや楽人をしたがえた壮麗な行列がいくのである。ちょうどそのとき、明石の君は毎年恒例にしていた参詣に向かっていた。偶然鉢合わせし、明石の君は、源氏との圧倒的な身分差を見せつけられることになった。明石でみかけていた良清の姿も見違えるようである。かつて源融がした例にならって童随身（わらわずいしん）を十人も従えている。そのなかに源氏の息子もとりわけ美しく着飾って混ざっている。なぜよりにもよって、この同じ日に参詣に行こうとしたのだろう。明石の君は難波でやりすごすことにする。

　源氏は、惟光にこっそりと明石の一行と行き遭ったことを知らされて気の毒に思う。惟光は気を利かせて文でも送ったらどうかとさっと筆をとりだす。

みをつくし恋ふるしるしにここまでもめぐりあひけるえには深しな　光源氏

澪標は水深を舟に知らせるために立ててあるしるしである。難波の景物である「澪標」と「身を尽くし」がかけことばになっている。身を尽くしてあなたに恋しているしるしでしょうか、こうしてここでめぐり逢ったあなたとの縁は深いのですね、という歌。明石の君は、源氏の思いやりに泣き、返歌する。

数ならでなにはのこともかひなきになどみをつくし思ひそめけむ　明石の君

自分など人数にも入らぬ者が、なにをしても甲斐がないのになぜ身を尽くしてあなたに恋してしまったのだろう、という歌。「難波」と「何は」、「貝」と「甲斐」がかけことばになっている。源氏は人目についてもかまわないから、明石の君に逢いたいと思うものだから、旅の風物である遊女たちの芸事にも華やいだ気になれないでいる。

天皇の代替わりがあったので斎宮として伊勢に下っていた六条御息所と娘も京の都に戻った。御息所は重く患っていて伊勢神宮の神事に仕えていたことで仏道をおろそかにした罪ほろぼしに出家して尼になってしまった。源氏はそれを聞きつけて御息所を訪ねていく。御息所は、源氏に残していく娘の後見を頼む。加えてくれぐれも男女の仲になるなと警告することも忘れない。源氏は実のところ、娘盛りに成長したであろうこの娘に興味があったのだが、心清くいようと決意し、冷泉帝に入内させようと考える。実は退位した朱雀院も前斎宮のこの娘を仕えさせるように所望しているという。源氏は、横取りするようで申し訳ないと感じ、冷泉帝の母である藤壺に相談する。冷泉帝はまだ幼く、入内した女たちも若い。前斎宮のような年上の女性がそばにいたならどんなにか心強いだろうと藤壺は言うのだった。冷泉帝とは源氏と藤壺の子である。いまやこの二人は息子の後宮運営を親身になって話し合う仲になっているのである。

第十五帖　蓬生　よもぎう

藤浪のうち過ぎがたく見えつるは松こそ宿のしるしなりけれ　光源氏
年を経て待つしるしなきわが宿の花のたよりに過ぎぬばかりか　末摘花

「蓬生（よもぎう）」巻は源氏が須磨、明石に流され、帰還した後に末摘花を見出すまでの物語で、時系列でいうと、少し前の巻の裏話である。末摘花がはじめに登場する「末摘花」巻も光源氏が北山で若紫を見出し、二条院に引き取る経緯を描いた「若紫」巻と同時に起こっていた。その意味で、末摘花の物語というのは、源氏の恋愛関係を描く本編に対してスピンオフ的な巻である。

さて源氏に見出されるまでの末摘花は、光源氏が須磨、明石にいるあいだ、源氏にも忘れ去られて経済的にすっかり困窮しきっている。源氏が須磨へ行く前には彼の庇護下にあって、なまじ人並みの暮らしをしたがために、女房たちも貧窮ぶりに耐え難くなっており、一人また一人とあたらしい職場を求めて末摘花の元を去っていくのだった。庭の手入れをする人もなく狐やらフクロウやら、木霊までも住み着いて薄気味の悪い場所になっている。この邸を売ってくれだとか、調度品を譲ってくれだとかいい寄ってくる人もあったが、末摘花は父常陸宮が自分のためにしつらえてくれたものをどうして下賤の者の家の飾りになどできようかといって絶対に手放そうとはしない。

　源氏が、須磨で雷雨にあっていた頃、京の都にもたいへんな台風がきて、ただでさえがたがきていた廊や板葺の下屋は倒壊し崩れ落ち骨組みを残すのみという状態になっていた。泥棒さえもこんなところに用はないと素通りするありさまで、おかげで宮家に代々伝わる古めかしくも立派な調度品は無事なのだった。あばら屋の奥で末摘花は以前と変わらぬ暮らしを誇り高く続けていた。かぐや姫の物語を絵に描いたものなどを取り出して無聊を慰め、和歌の本などを見ることもあるが、当世風に仏教の経典を開いて読んだり数珠を持って念仏をとなえたりなどはしない。漢字ばかりの経典を読むなど女のすべきことではないという古風な習わしを守っているのである。

　母方のおばは、受領階級の妻であり、常陸宮に入った末摘花の母は生前、我が身の恥と見下していた。それを恨みに思っているおばは、宮家の姫として育った末摘花を自分の邸に引き取って下女扱いしてやろうと企んでいる。このあたり『落窪物語』で継母に下女扱いされて、邸のおちくぼんだところに閉じ込められて縫い物ばかりさせられている女主人公の話を彷彿とさせる。『落窪物語』は主人公に仕えるあこきが助けてくれる物語なのだが、末摘花は乳母子として共に育った侍従にも裏切られてしまうのである。

　おばの夫は大宰府に赴任が決まった。その頃、光源氏は帝の許しを得て京の都に帰還している。しかし源氏は末摘花の存在をかえりみる暇はなく、そもそもすっかり忘れているのである。

源氏の帰還を待ち続けて、帰ってくればなんとかなるのではないかと期待していた女房たちの心は折れた。乳母子の侍従も九州に下ることを決めるのである。

源氏は、亡き桐壺院のために法華八講を催す。末摘花の兄の禅師の君もこれに呼ばれた。帰りがけに末摘花の元を訪れた兄は、末摘花が明らかに源氏の庇護下にはなく、こんなにも貧窮していることに目もとめず、この世の極楽とでもいうべき飾り付けのなかで光源氏は仏菩薩が変化してこの世に現れたかのようだったとうっとりと語りきかせて去っていく。末摘花は、自分のことを守ってくれないのに仏菩薩もないものだとつらくなるばかりである。

おばが大宰府に下向する日がきた。長年そばで仕えてくれた侍従に、末摘花は自らの豊かな髪の抜け毛を集めてつくった九尺あまりの鬘(かずら)を箱にいれ、香をひと壺添えて贈った。

絶ゆまじき筋(すぢ)を頼(たの)みし玉かづら思ひのほかにかけ離れぬる　末摘花

仲が絶えるとは思えない乳母子を頼りにしてきたのに、思いの外に別れることになってしまった、という歌。贈り物の鬘にかけた玉鬘(たまかずら)は、「絶ゆ」「筋」「懸け」を縁語として導き出すことば。「かけ」には姿を意味する「影」もかけられている。「末摘花」巻での不調法な恋歌とは異なる立派な歌である。

さて、その年も暮れて、四月、源氏は帰京以来、文のやりとりしかしていなかった花散里を久方ぶりに訪ねていく。その日の昼寝の夢に末摘花は父常陸宮が現れるのを見た。父宮のいた頃をなつかしく思って末摘花は邸を掃除させ姫らしく暮らすのだと心を入れる。源氏は、道中、高い松の木をつたう藤の花が月影に揺れているのを見る。ふと気づくとそこは常陸宮邸ではないか。源氏は惟光をして中をうかがわせる。すると昔に変わらず姫君が待っているというのである。源氏はこの機会に末摘花を訪ねることにする。雨上がりでうっそうと生い茂った蓬は露でぬれている。小高い木々に溜まった雨露がときおりどっと降ってくる。惟光は源氏に傘をさしかけ、馬の鞭(むち)で露を払いつつ、源氏を導いていく。「源氏物語絵巻」の「蓬生」巻にはこの場面が描かれている。

末摘花は、気に入らないと手もつけていなかったおばの贈ってきた真新しい衣に着替えて源氏を迎えた。源氏は、いつになったら私に文をくださるかと我慢比べしていましたが、根負けして訪ねてまいりましたなどと思ってもないことを言う。

藤浪のうち過ぎがたく見えつるは松(まつ)こそ宿のしるしなりけれ　光源氏

年を経て待つしるしなきわが宿の花のたよりに過ぎぬばかりか　末摘花

源氏が藤浪がかかって素通りしがたく見えたのは、あの松がこの宿のしるしとなっていたからですねと詠みかける。「松」は「待つ」とのかけことば。末摘花は、年を経てじっと待っていた甲斐もなくあなたは我が宿を花の美しさのせいで通り過ぎなかっただけだというわけですね、と返歌する。私に会いたいわけじゃなくて、立派な藤の花に引かれて立ち止まったというのですね、という見事な切り返しで、源氏は彼女も成長したのだなと過ぎ去った歳月を知るのである。源氏は待っていた姫君をいじらしく思うものの、その夜は同じくじっと待つ女であった花散里の元へと渡った。物語は、花散里も地味な女君なので落差に驚くことはなく末摘花の欠点もめだたなかったなどと書いていて、末摘花に冷たい。源氏はさっそく末摘花の邸の修理を命じ、二条院を建て替えたら必ず迎えとるからよき女房たちを集めておくように言う。この巻の最後はおもしろい。語り手が全面に出てきて次のように語るのである。大宰府に下った侍従は源氏に見出されたことを知って、もう少し辛抱していればと後悔した話なども聞かせたいがなにしろ頭が痛くてたまらないので、この続きはまたいつか。こんな一文で巻は閉じられている。

第十六帖　関屋　せきや

逢坂（あふさか）の関やいかなる関なればしげき嘆きの中を分くらん　空蟬

「関屋」巻は、空蟬の後日譚を語る非常に短い巻である。ここで物語は空蟬と呼びならわしている女君を「かの帚木」と呼んでいる。空蟬の夫、伊予介は桐壺院の死後、常陸介（ひたちのすけ）となって東国に下っていた。源氏が須磨に蟄居したという噂は東国にも伝わっていたが、文を送る手立てもないまま音信は途絶えていた。

源氏が須磨、明石から帰京した翌年、常陸介もまた京に戻ってきた。常陸介の一行が逢坂の関を通るちょうどその日に、光源氏は、石山寺参詣に出かけてきており、ちょうど行き逢うことになった。常陸介一行を出迎えにきた紀伊守の子に源氏が来ていることを告げられ、打出（うちいで）の浜あたりで、源氏一行が粟田山（あわたやま）を越えてまもなくこちらに到着すると聞かされる。常陸介一行は、源氏一行に道をゆずるために車を降りて止まった。源氏は、通りがかりに女車が止まっているのを見て斎宮が伊勢に下って行ったときの物見車のようだなどと興味をひかれている。

時は九月の末、紅葉の色は鮮やかで、霜枯れの大地に源氏一行の色鮮やかな装束が映えている。源氏は、かつて小君と呼ばれていて、いまは右衛門佐（えもんのすけ）となっている者を召し寄せて、「今日私が関迎えにきたことをおろそかにはできまい」と空蝉に伝言させる。実際には石山詣でにきて偶然、京にのぼってきた空蝉と鉢合わせしただけなのだが、これを関まで迎えにきたものとしているのである。女はいまだお忘れではなかったのだと感じ入り、思わず歌を詠む。

行(ゆ)くと来(く)とせきとめがたき涙をや絶(た)えぬ清水(しみづ)と人は見るらむ　空蝉

行くも来るも堰(せ)き止めがたく流れる涙を逢坂の関の清水だと人は見ることでしょう、という歌。しかし空蝉の悔恨まじりの源氏への想いは伝えられることがないままである。

源氏が石山寺参詣を終えた頃、出迎えに右衛門佐(小君)がやってくる。昔、元服前の童のときにかわいがられ、元服も源氏の後見で行ったのだが、源氏が右大臣家の怒りにふれて須磨へ蟄居する事態になると、保身に走って姉とともに常陸国へ下ったのだった。源氏は苦境に立たされたときに小君が手のひらを返したように去って行ったことをよからぬものに思わないでもなかったが、そんなそぶりは見せずに、昔のようにとはいかないまでも親しき家臣として扱う。紀伊守だった人はいまは河内守(かわちのかみ)になっている。河内守の弟の右近の将監は、かつて葵祭の日に源氏に供奉したのだが、源氏が政治的に排斥されると自らも位を失って、源氏とともに須磨に下った忠臣だった。いまや権力の中枢に返り咲いた源氏を見るにつけ、河内守は弟との格差を目の当たりにしてなぜ時勢におもねったりなどしたのだろうと悔いる。

源氏は、右衛門佐を呼び寄せて、空蟬に文を送る。

わくらばに行(ゆ)きあふ道を頼みしもなほかひなしや潮(しほ)ならぬ海　光源氏

偶然に行き逢った運命によりかかろうにも甲斐がないのですね、近江は潮のない海ですから、という歌。石山寺のそば近くには琵琶湖がある。「近江(あふみ)」と呼ばれて「逢ふ」「海」とのかけことばになっている。淡水湖だから潮あるいは塩がないというので、「貝がない」で「甲斐がない」というわけである。源氏は右衛門佐に「長いあいだ無沙汰を重ねていて、いまさらという感じもするけれど、心のなかではついこの前のことのように感じるのが習い性で。色めいていると嫌われるかしら」と言い添えた。右衛門佐は、不遇のときに源氏を避けていたにもかかわらず昔に変わらぬやさしさで接してくれることがありがたくて、是非にも返事をするように促す。女のほうもこうして声をかけてくださったことがうれしくて「夢のようです」と添えて返歌する。

逢坂(あふさか)の関やいかなる関なればしげき嘆きの中を分くらん　空蟬

逢坂(おうさか)の関はいったいどんな関で茂木(しげき)のような嘆きの中を分けゆくことになるのでしょう、という歌。「逢坂」には「逢う」がかけられていて、恋人同士の逢瀬を連想させる。茂った木々のあいだを分け行くようだということばに、「しげき」、「投げ木」と「木」の音を重ねている。これ以後、源氏は時折文を送ってくるようになった。

そうこうしているうちに夫の常陸守が後妻のことをくれぐれも頼むと遺言して亡くなった。河内守（先の紀伊守）はもともと若い継母に気があったのでさっそく言い寄ってくる。空蟬はこの世にとどまって恥をかくよりはと誰にも知らせずに尼になってしまった。河内守は、まだまだ余生は長いのにいったいどうやって生きていくつもりなのかと、無駄なおせっかいをやいているということだと巻は閉じられる。

第十七帖

絵合　えあわせ

みるめこそうら古(ふ)りぬらめ年経(へ)にし伊勢をの海人(あま)の名をや沈めむ　藤壺

六条御息所の遺児、前斎宮（斎宮女御(さいぐうのにょうご)）が冷泉帝に入内し、いよいよ源氏と権中納言(ごんのちゅうなごん)（かつての頭中将）との入内をめぐる権力争いの火蓋が切られた。冷泉帝にはすでに権中納言と正妻である右大臣家の四の君のあいだの娘が弘徽殿女御として入内している。弘徽殿女御は冷泉帝と歳の頃が同じで、幼い遊び友だちのような関係である。それに対して源氏が後見する六条御息所の娘の斎宮女御は帝よりかなり年上なのである。藤壺はこうしたしっかりした年上の妻がいるのが好ましいという考え。紫の上の父親である兵部卿宮もまた娘を入内させたがっているが源氏に先を越されてしまったかたちだ。こうした父親による娘の入内合戦の行方は、いかに天皇の気をひいて、いち早く次代の天皇になるべき男御子を出産できるかにかけられている。そのためにはまずは天皇が娘のところへ通いたくなるような動機づけが必要となるわけである。

あたらしく入内した斎宮女御は絵を描くのがうまくて、さっそくに絵が好きな帝の興味をひきつけた。そうと知ると、権中納言は物語絵などをあたらしく描かせて娘のもとに届ける。源氏もまた厨子をあけさせて伝来のとっておきの絵巻を用意する。権中納言は、娘の元に送った絵を斎宮女御には見せないようにするなど、囲い込み作戦ではりあっている。

こうして娘のサロンに帝の関心をひくために、父親同士が競い合う構図は、『源氏物語』が書かれた時代の現実の後宮の姿を映しているだろう。先に一条天皇に入内していた中宮定子の元には清少納言がいて『枕草子』で評判をとっていた。幼い娘の彰子を後から入内させた藤原道長は、物語好きな一条天皇の関心をひくために『源氏物語』を書いている紫式部、『和泉式部日記』で歌物語を書いた和泉式部、赤染衛門などのとびきりの女性作家たちを集めたのだった。平安宮廷で女たちによる文芸がかくも華やかだったのにはこうした背景があった。

弘徽殿女御方と斎宮女御方がとりそろえた数々の絵巻がそろった頃、藤壺が内裏にやってきた。藤壺は絵に詳しいご意見番の女房を左右のチームに分けて、双方が一点一点出した絵を批評しながら勝ち負けを競う、絵合を始める。まずは左方、斎宮女御方が、「物語の出でき始めの祖」たる『竹取物語』を出す。右方の弘徽殿女御方は『うつほ物語』をぶつけてきた。右方は、かぐや姫が最後に登った月の世界というのは誰も見たことがない、けれどもこの世の縁が竹の中で結ばれたとあっては、いささか下賤すぎる話ではないかと難じる。絵は醍醐天皇代の絵師、巨勢相覧のもの、詞書は紀貫之の手になる立派な絵巻である。右方の『うつほ物語』は、絵は村上天皇代の絵師、飛鳥部常則、詞書は藤原佐理、藤原行成とともに書の達人たる三蹟に数え上げられている小野道風のもの。いずれとも決しがたい。次に『伊勢物語』と『正三位物語』を合わせる。『伊勢物語』は古典である。しかし『正三位物語』は当時の現代小説で興味をひかれる。双方の女房たちは歌で議論をし始めた。左方の平内侍の歌。

伊勢の海の深き心をたどらずて古りにしあとと波や消つべき　平内侍

伊勢の海の深い趣きを理解しないでただ古いと言ってしまっていいものかしら、と疑問を呈する歌。

雲の上に思ひ上れるこころにはちひろの底もはるかぞ見る　大弐典侍

雲の上とも言うべき宮中からみれば深い海などはるか下のほうにあるようですけれど、という反論である。これに対して藤壺は、次の歌で応えている。

みるめこそうら古りぬらめ年経にし伊勢をの海人の名をや沈めむ　藤壺

見た目こそ古びているようですが、年を重ねている伊勢の海人の名声を沈めてよいものでしょうか、という歌。「みるめ」は「見る目」と「海松布」という海藻のかけことばである。まわりの女房たちは、女たちの言い合うのを聞くだけで、実際の絵を見ることができずにやきもきしている。そこへ源氏がやってきた。源氏はおもしろがってせっかくだからこの絵合を天皇の御前でやろうと提案する。

本格的な御前試合になると知った権中納言はしゃかりきになってあたらしい趣向の絵巻をあつらえさせている。朱雀院のところにも母の代から伝わる絵がいくつもあった。朱雀院のもとにいる朧月夜も大の絵巻好きとあってさまざま手元にもっていた。これらを朱雀院は斎宮女御のもとへ届けさせた。朱雀院はもともと斎宮女御をぜひに自分の元へと望んでいたのだが、源氏を追放した報いだろうか、そうした希望はかき消えてしまったのである。

絵合の当日、源氏と権中納言が居並んだ。そこへ源氏の弟で、源氏が須磨に蟄居する直前にも挨拶に訪れ源氏に心を寄せ続けた帥(そち)の宮がやってきたので、判者となった。双方、華麗な絵巻を出し続けている。藤壺もそこに列席しており、帥の宮の判じあぐねているところに意見を述べたりする。勝敗決しがたく、夜になった。

左方、源氏の側が最後に出してきたのが、「須磨の巻」である。むろん権中納言も最後にはとっておきの一巻を用意してはいたのだが、源氏が須磨で蟄居していたときにその景色を描きとり、それに日記や歌を添えたものがでてきたのである。あのときの深い哀しみを知らぬ者はいないのだから、みな心打たれ、左方の勝利が決まった。その後は酒がまわっての宴会である。

源氏が幼いときより学問などより芸事をするように言われてさまざまやってきたものの、たいして上達はしなかった、けれども、絵を描くことだけは好きだったのだと言う。それに対して帥の宮は、熱心に練習して上達することもありましょうが、絵と囲碁はどんなに努力してもかなわない才能がある人というものがあるものだと応じて源氏を讃えた。

宴会の最後には、おのおのが得意とする楽器で合奏となる。権中納言は和琴（わごん）、源氏は琴（きん）の上手である。この演奏の褒美として、藤壺から贈り物が贈られた。

源氏の描いた「須磨の巻」は誰もが続きを見たがっていたが、藤壺に献上された。こうして公式の行事のほかに人々の興味をかきたてる催しが行われ、まさに光源氏の盛りの世といった風情である。しかし源氏は、そうした俗世の栄えなど、すぐに一変するむなしいものと知っているからだろうか、山里に御堂をつくらせるのだった。

第十八帖

松風　まつかぜ

月のすむ川のをちなる里なれば桂（かつら）のかげはのどけかるらむ　冷泉帝

光源氏は二条東院を増改築して里邸を整え、花散里を呼び寄せた。平安時代の建築は寝殿造で寝殿とよばれる母屋に東西あるいは北に対屋（たいのや）が延びているかたちで対屋ごとに別棟となっている。源氏は、花散里を西の対に住まわせ、東の対には明石の君を呼び寄せようと考えている。明石には文を送ることはあっても源氏自らが訪問することはできていない。源氏は京にくるようにいうのだが、明石の君は住吉詣でで目の当たりにした源氏の権勢に圧倒されて、都会で恥をかくのではないかと決心することができない。それでいて娘が田舎に生い育ち源氏の正式な子として扱ってもらえないようでは子のためにならないと悩んでいる。

そこで、都の北のはずれ、大堰川（おおいがわ）のほとりの、明石の君の母方の祖父、中務宮が所領としていた別荘に移り住むことにする。明石の君の母親は宮家の出なのである。別荘は、源氏が嵯峨野の大覚寺南に造営している御堂にほど近い場所にある。跡を継ぐ者もないまま荒れ放題となっていた邸の手入れを頼むと、宿守（やどもり）は源氏が御堂をつくるとかでたいそうにぎわっているから静かな場所をお探しならふさわしくないといってしぶっている。それもそのはず、宿守はここに田畑を開いてこの邸の下屋に住み着いていたのだから追い出されては困るのである。鼻を赤くして文句を言う宿守の姿は荘園経営の現実を描き出しているようで興味深い。

光源氏は大堰への転居の話を知って、秘密の色恋沙汰にはすこぶる頼りになる惟光を大堰に送り邸を整える手配をさせた。

いよいよ転居のときがやってきた。明石入道は明石にとどまるのである。母君は、明石を離れること、そして長年ともに暮らした夫を置いていくことを心細く思っている。若い女房たちはようやく都へのぼれることがうれしくてならないが、もう二度と明石には戻らないと思うと名残惜しくもある。明石入道はなついていた孫と別れるのがつらい。しかし娘と孫が都にのぼることは、明石入道が長年祈願してきたことでもあるのだ。いまさら受領階級の祖父が都に出て行って孫娘の名をさげるようなことがあってはならない。自らは出家者としてただただ孫の幸いを祈るのがよいと考える。

源氏は明石の君を訪ねて行きたいが、なかなか紫の上に言い出せず日がたってしまった。明石の君が大堰に来ていることが他から耳に入るのはよくないと思った源氏は、桂に増築している邸を見にいく必要があると口実をつくって、どうもその近所に明石の君がきているようだからついでに見てくる、嵯峨野の御堂にもこもるので二、三日過ごしてくると言うのだった。紫の上は「斧の柄が朽ちて新しいのととりかえるということかしら」と不機嫌である。斧の柄が朽ちるというのは何かに夢中になっているあいだにあっというまに長い時間がたってしまったという故事をさしていて、こちらは長く待たされることでしょうね、と言い添えている。源氏は紫の上のご機嫌とりをして日が高くなってから出かけて行った。

明石の御方は、なぜ光源氏などに関わってしまったのだろう。源氏など知らない女たちがかえってうらやましいとまで思っていたが、いざ目の前に源氏が現れるとこの世のものとは思えないほど優美で輝くばかりの美しさに、思い悩んでいたことが吹き飛んで心が晴れわたっていくのだった。源氏は、姫君をみて、葵の上の産んだ男児を世の人は美しいとほめそやすけれど、それは源氏の子として贔屓目にみているからだったのだ、この娘こそ本当に美しいと思うのだった。

源氏は昼間は、自らが造営した寺にこもって、夜には明石の御方を訪ねていく。明石の御方が別れたときに手渡された琴を差し出すと、源氏はそれを掻き鳴らす。変わらぬ調べに別れのときを思い出す。

契りにし変はらぬことの調べにて絶えぬ心のほどは知りきや　光源氏
変はらじと契りしことをたのみにて松の響きに音を添へしかな　明石の御方

源氏が、約束通り、調弦の緩む前に再会できたことに、絶えず変わらずあなたのことを想っていた私の心がわかったでしょう、と詠みかけると、心変わりはしないと約束したことを頼りに松を揺らす風音にこの琴の音を響かせておりました、と返歌した。「音（ね）」には、琴の「音（ね）」と不安に泣き暮らした声がかけられている。

翌日、帰ろうとしていると源氏が桂の院にきていると聞きつけた人々が寄り集まってきた。かつて葵祭で源氏に供奉し、源氏失脚にともなって官職を剝奪されて須磨に随行した右近の将監の蔵人はいまは靫負尉（ゆげいのじょう）となってやってきている。明石の浦で恋人関係になった女房に会いにきたのだ。

桂の邸で今宵は宴会である。源氏方では、鵜飼（うかい）を召して魚を用意させ、酒をふるまった。琵琶、和琴、笛の上手が音楽を奏ではじめる。夜のふける頃、内裏に参上するはずの源氏が桂の院にいると聞きつけた冷泉帝から歌が送られてきた。

月のすむ川のをちなる里なれば桂（かつら）のかげはのどけかるらむ　冷泉帝

月が住んでいる川の向こうの里では桂の影ものどやかに映っているでしょう、という歌。「すむ」には「住む」と「澄む」がかけられていて山に澄みのぼる月が山に住んでいると見立てている。また月には桂の木が生えているという中国の故事を踏まえて桂川とかけた歌でもある。そちらはさぞや風情があることでしょうねという挨拶の歌である。物語にはじめてでてくる冷泉帝の歌である。源氏の返歌。

ひさかたの光に近き名のみしてあさゆふ霧も晴れぬ山里　光源氏

「ひさかたの」は月を呼び出すことば。桂が月に近いとは名ばかりで朝夕霧が晴れない山里です、という歌。ここに行幸をお待ちするという意の歌だろう、と語り手の解説が加えられており、帝がいらっしゃらないと光が届かないと詠んだことになる。ここには明石の浦で過ごした日々を思い返し、源氏の不遇を共に乗り越えた男たちの強い絆が描かれている。

源氏は二条院の自邸に戻ると紫の上に明石の御方の産んだ姫君を引き取る相談をする。源氏はどうすべきか一緒に考えてほしいとうながし、三歳で行う袴着(はかまぎ)の腰結い役をつとめてほしいと語る。どんなにかかわいい盛りであろうと子ども好きの紫の上はやっと機嫌を直すのだった。

第十九帖　薄雲　うすぐも

末とほき二葉(ふたば)の松に引きわかれいつか木高きかげを見るべき　明石の御方

冬になりゆくままに大堰川のほとりの住まいはますます心細げな様子になっていくので、二条東院に越してくるように促すが、明石の御方はなかなか決心できない。源氏は娘だけでも田舎育ちのままにはしてはおけないという。紫の上は年来ともにいても子がないので斎宮女御など大人になっている人でさえ娘として大切にしているのだから、こんなにかわいい子なら必ずや大事にするから、せめて娘だけでも二条院へというのである。明石の御方は自分が出て行って身の程知らずにも正妻と張り合うようになるよりは、娘をあずけてしまったほうがいいとは思うものの、娘を手放してしまったらなにを張り合いにして生きていけばいいのか、娘がいなければ源氏はこうしてたまさか立ち寄ることもなくなってしまうのではないかなどと思い乱れる。母の尼君は思慮深い人で、子の幸いは母方の格で決まるのだと説く。帝の子でさえ母方の出自で扱いが決まるのだ、光源氏だってあんなにも父帝に寵愛を受けながら臣下に下ることになったのは、母方の祖父が大納言にすぎず更衣腹の子だったからなのだし、光源氏の正妻の子としておかなければ、今後、もっと位の高い女君に源氏の子ができれば一顧だにされないだろう、袴着の儀式だって、こんな山奥でやってはなんの栄えがあろう、ただおまかせしてしまいなさい、という。

そうはわかっていても明石の御方も尼君も悲しみの涙をおさえることができずにいる。日取りが決まり、いよいよ光源氏が迎えにやってきた。娘はこれが別れになるとは知らず、出かけるのがうれしくて車に乗り急ぐ。母自らが抱いて車に乗せると袖をとらえて、まだつたないことばで一緒に乗ろうと誘う。それが悲しくて明石の御方は歌を詠む。

末とほき二葉(ふたば)の松に引きわかれいつか木高きかげを見るべき　明石の御方

生い先長いまだ双葉の松と引き別れて、いつか大きな木になった姿を見ることでしょう、という歌である。次に会うときにはもう大きくなっていることだろう。明石の御方はもはや娘の成長を見届けることはできないのである。源氏はこうして母子のあいだをさいてしまったことに心を痛めずにはいられない。

姫君ははじめこそ別れてきた人を求めて泣いたりしたものの、紫の上にすぐになついた。袴着もとどこおりなく行われた。源氏が明石の御方を訪ねていっても紫の上はかわいい姫君に免じてとりたてて文句を言わなくなった。

東院に移り住んだ花散里は、近くにいるとて源氏が通りがかりに部屋をのぞくことはあっても一夜を共にすることはなかった。花散里はそれも我が宿命と受け入れておっとりと暮らしているので、源氏はそれで花散里が下々の者に侮られることがないよう十分に気を配っている。

一夫多妻の同居にはこんな関係もあったのである。

明石の御方もまたそんな一人として迎え入れられればよいのだが、源氏に気がかりなのは風変わりな明石の入道の存在である。明石の御方のほうもこうして遠くにいて心をかけてもらうほうが、そばにいて飽きられ軽んじられるようになるよりはよいと思うのだった。

その頃、都では凶事が立て続く。太政大臣（かつての左大臣）が亡くなった。天界にも異変があるようで異様な月や星の光や雲のたたずまいが観測されていた。藤壺が重く患っている。源氏は最後に胸に秘してきた恋心を語り聞かせたいと願って、寝所の近くへ寄っていく。几帳ごしに女房の伝言による会話ながら、桐壺院の遺言どおり冷泉帝の後見をしてくださることへの感謝をいずれ伝えようと呑気にかまえていたのが口惜しいという藤壺の声が源氏の耳にほのかに聞こえている。源氏が応答しているさなかに灯火が消えるがごとく藤壺は息絶えた。いまだ三十七歳の若さであった。悲嘆にくれた源氏は念誦堂にこもって泣き明かした。山の梢にわたる雲が夕陽の陰で鈍色になっている。

入日さす峰にたなびく薄雲はもの思ふ袖に色やまがへる　光源氏

入日のさす峰にたなびく薄雲は悲しみに暮れている私の喪服の袖の色に似せているのであろうか、という歌。だれも聞いていないで一人詠まれた歌だから甲斐がないと語り手がそえていて、これは源氏と読者だけに知られる歌なのである。

天変地異は帝の悪政のしるしといわれるから冷泉帝は気になっている。藤壺が長年頼りにしてきた七十ばかりの僧都を帝は呼び寄せた。そこで老聖はたいそう言いにくそうに言葉を濁しながら天のお告げを語り聞かせるのであった。冷泉帝は自らが源氏の子であることを知ってしまった。

式部卿宮が亡くなったという報を聞いて、帝は源氏に退位したいと打ち明ける。源氏はとんでもないことだと反対する。服喪中で同じ鈍色の衣をきた源氏と帝はそっくりである。帝も年来鏡をみるたびに源氏に似ていると思ってはきた。帝はいまこそ源氏に秘密を知ったことを伝えたいと思いながらも話せずにいる。さまざまな文書をひもとくに唐土にはこうした例は多かった。しかし日本には例がない。たとえ実際にそのようなことがあったとしてもこうして秘密にされたことがどうして伝わることがあろうか。一度源氏として臣下に下ったのに親王にもどされ即位した例がある。ならば源氏に位をゆずってはどうだろうと考えたが源氏には固辞される。帝は源氏を太政大臣に昇進させるつもりでいたが、源氏は内大臣にとどまり、位だけの昇進を受け入れた。源氏は帝の様子から誰かが秘密をもらしたことを悟る。

冷泉帝に入内した斎宮女御（六条御息所の娘）が里邸としている二条院に下がった。源氏はいまだ斎宮女御の顔を見たことがない。女御の女としての魅力を知りたいという気持ちを抑えきれずにいる。「こうして後見役をしているのだから、かわいそうにとでも言っていただかなければ、いかにも甲斐がないというものです」と女御に打ち明けた。源氏を父代わりとして帝の元へ入内したというのに、そんなことを言われてもどうしたらいいのか困ってしまう。斎宮女御がだまっていると、源氏は「やはりね、ああ情けない」などと言い紛らわしている。源氏は話のついでに、唐では春の錦にしくものはなしといい、やまとの言の葉には秋のあわれをとりたてますが、春と秋のどちらにお心を寄せていますか、などとまたまた答えにくいことを問うてくる。斎宮女御はどちらと言えることではないけれども秋に母が亡くなったことを思うと忘れ難いと答えている。春を好むのは紫の上だ。この春秋論争がのちにまたくり返され、斎宮女御は秋を好むというのでのちに秋好中宮（あきこのむちゅうぐう）と呼称されるようになる。

第二十帖 朝顔 あさがお

見しをりの露忘れられぬ朝顔の花の盛りは過ぎやしぬらん 光源氏
とけて寝ぬ寝覚めさびしき冬の夜に結ぼほれつる夢の短さ 光源氏

先の「薄雲」巻で亡くなった式部卿宮の服喪のために娘で賀茂斎院(かものさいいん)だった朝顔は交代となった。伊勢神宮の斎宮、賀茂神社の斎院は神に仕える者として未婚でなければならないが、それをはずれたというので源氏はさっそく朝顔に文を送る。朝顔は「帚木」巻で空蟬と出逢った紀伊守邸の女房たちが源氏の恋人だと噂をしていた人である。源氏は一度恋した人のことをあきらめきれない癖があって、斎院に決まりいよいよ手が届かなくなるとますます執着し、斎院に仕える女房の中将の君とねんごろになって文を送り続けていた。「賢木」巻で朧月夜との関係が発覚し政界から追われたときも、右大臣は源氏が斎院に忍んで文を通わしていることを難じていて、朝顔との関係は世間に知られるところとなっていたのである。いま斎院を退いたあとも朝顔は源氏を遠ざけていて返事もしないでいる。

源氏は朝顔と同居する女五の宮訪問を口実に朝顔の元へ行く。女五の宮は、桐壺院のきょうだい、亡くなった太政大臣（かつての左大臣）の北の方の妹にあたっている。故太政大臣の北の方が年上なのにいつまでも若々しいのに比べて女五の宮は声からしてずいぶんと老け込んでいる。源氏としては女五の宮との対面は口実にすぎないので老いの繰り言を聞いたのち、朝顔の元へわたっていく。御簾越しに宣旨役の女房を介しての対話しか許されない。斎院を退くまでお待ちしていたというのにこの扱いかと源氏が恨みごとを言うも朝顔は気を許そうとはしない。不如意のまま自邸に戻った源氏は眠れぬままに朝霧にかすむ庭を眺めている。朝顔が咲いているのを折らせて歌をつけて送った。

見しをりの露忘られぬ朝顔の花の盛りは過ぎやしぬらん　光源氏

あなたとつきあっていた頃をつゆも忘れることができないのに盛りのときはすぎてしまったのでしょうか、という歌。源氏が朝顔にご執心だという噂はたちまちに広まって、紫の上の耳にも入ってくる。源氏は自分には隠し立てはしないだろうと思いつつも、この頃浮わついた様子でいるのは真剣な交際相手だからだろうとみて紫の上はいつものように戯れに話題にすることもできずにいる。こうして心変わりしてしまうのだろうかと嘆きは尽きない。

源氏は女五の宮の見舞いにいくというのを口実に再び朝顔の邸に行く。衣に香をたきしめて念入りに身繕いしているのを紫の上は明石の姫君をあやしているふりをして見ないようにしている。源氏は、いつもそばにいては目慣れて恋心も薄れてしまうと思ってこうして隔てをおくのよだと言い訳するが紫の上の機嫌は直らない。
　女五の宮は例によって退屈な長話をした挙句、ねむそうにあくびをしたかと思いきや、いびきをかきはじめた。やっと解放されたとうれしくなった源氏が立ち上がると、年寄りじみた咳払いをして入ってきた人がいる。「おばおとどと笑われていた者です」と名乗りをするので、源氏はこの声の主が源典侍（げんないしのすけ）だと思い出した。源典侍は尼となっていまは女五の宮とともにいるのだった。あの頃にいた人たちはみんな亡くなってしまった。藤壺もそれほどの年でもないのに亡くなったというのに、あの頃すでに年取っていた源典侍が生きている。人の世の定めというのはわからぬものだと源氏は嘆息すると、源典侍は情趣をそそられていると勘違いして若やいで歌を詠みかけてくる。

　年ふれどこの契りこそ忘られね親の親とか言ひし一言（ひとこと）　源典侍

　歳月がすぎてもあなたとのこの契りだけは忘られません。親の親とかいう一言もあるのだから、という歌。「この契り」に「子の契り」をかけている。『拾遺和歌集』五四五番に収められている歌「親の親と思はましかば問ひてまし我が子の子にはあらぬなるべし」を引いている。孫が祖母に会いに来ないことを恨んで詠んだ歌である。源氏はうんざりしてそのうちゆっくりお会いしようと言い残して朝顔の元へわたった。

相変わらず朝顔は源氏になびかない。だからといって源氏に魅力を感じていないわけではないのである。源氏のすばらしさに心打たれてはいるのだけれど、そうかといって恋したところでひとしなみの世の中の女たちと同じだと思われるだけだろう、そうしてやすやすと恋に落ちる女だと思われてしまうにちがいない。こんなにもうるわしくてすてきな方なのだと思うも、慕わしいそぶりをみせるわけにはいかない、仲が絶えない程度に歌を交わしているのがいいのだと思いきめているのである。長く神社で神に仕えて仏道とは疎遠だった罪を払うためにも出家してしまおうかとも考えるけれども、そんな避けようではあからさますぎる。

実のところ、朝顔には異母きょうだいしかなく、経済的支えがなかった。だから周りの女房たちはぜひとも源氏に通ってきてもらって源氏の援助を受けたいと望んでいるのだ。だから源氏から文がくれば返事をかくようにそそのかす。

源氏はつれない朝顔をあきらめきれず、紫の上への夜離れが続いていた。紫の上が涙をこぼすので源氏は髪をかきやりながら日がな一日慰めている。雪がたいそう降り積もった庭に月明かりがさしている。源氏は童べ（わらわ）を庭に出して雪まろばしをさせる。童べたちははしゃいで走り回ったり、よくばって動かせないほど大きな雪だるまをつくろうとしたりして笑いさざめいている。月夜の晩の童べたちの雪遊びを室内から楽しむという趣向。

源氏は一年前、藤壺の前で庭に雪山をつくらせて眺めたことを懐かしみ、藤壺とは信頼関係にあったのだと語る。この世にはあのような方はまたといない、やさしくおっとりとしていて深いたしなみがある方は二人といないとほめながら、「あなたは紫の縁ではなはだしく違っているところはないけれど、すこしやっかいなところがあってきかん気の強いところが困るところですよ」と文句を言う。源氏が前斎院は寂しいときに話し相手とするのに格別な方だと他の女たちをほめだすので、紫の上は、尚侍（朧月夜）はすばらしい方でまちがいなどおかしそうもないのに不思議なことがありましたねと須磨蟄居の原因となった女君について当てこする。そこから明石の御方、花散里の話題となっていくから、この話は自然と源氏の恋人評にながれていったのである。

すると、そんな文脈で話題としたことを恨んだ藤壺が源氏の夢に現れた。源氏がうなされているのにおどろいた紫の上が声をかけると、夢からさめた源氏の頬は涙にぬれている。

とけて寝ぬ寝覚めさびしき冬の夜に結ぼほれつる夢の短さ　光源氏

ぐっすりと眠れぬ寂しい冬の夜に結ばれた夢の短さよ、という歌である。源氏はこの世ではもはやかなわない亡き人との夢のなかの短い逢瀬をはかなむのだった。

第二十一帖　少女　おとめ

紅の涙に深き袖の色を浅緑にや言ひしをるべき　夕霧

藤壺の一周忌がすぎて喪があけると、人々は鈍色の衣を着替え、宮中に華やぎが戻ってきた。賀茂神社の葵祭の日に、往時を思い出して源氏は前斎院だった朝顔に歌を送る。女五の宮は、もともと父宮は朝顔の婿に源氏をと考えていたのに当時の左大臣家の娘葵の上を正妻としてしまったのであきらめていたのだし、いまはもう葵の上が亡くなっているのだから源氏の求愛をぜひ受けるようすすめる。周りの女房もみな源氏に心を寄せているなか、朝顔は孤立無縁で拒絶しとおすのである。

葵の上といえば、源氏とのあいだの若君（夕霧）が元服する年になった。夕霧は源氏の里邸ではなく、母方の祖母の大宮の元で育った。大宮は女五の宮の姉という間柄である。祖母が見たがるだろうと源氏は元服の儀を大宮の邸で盛大に行った。

源氏は息子を四位にしようと思っていたが、そうして親の権勢にしたがって早くに出世させてしまうのはかえってよくないと六位につけた。源氏は、自らは宮中に育って帝から漢学や楽器などの手ほどきを受けたにすぎず及ばぬところが多い、遊びほうけていても親の威光で官爵をのぼっていくことはできても、そこで寄り集まってくる人のお追従は権勢が一転すれば冷めるものだ。しっかりと学問の力で認められて昇進してほしいと思うのだと大宮に話す。源氏は自らが無冠となって須磨に退去したときの世の人たちの手のひらを返したような態度を決して忘れはしないのである。

紫式部が宮中に仕えていた頃は藤原氏の全盛期で、すでに大学寮などは衰微し、学者が政界で重用されることはなくなっていた。しかし源氏は学問を重んじ、学者たちを大事にするのである。夕霧の大学寮入学で中国風の字をつける儀式を二条東院で催した。貴族社会には不似合いの学者たちが集められ、独特の儀式の様子は滑稽にもみえるのだが厳粛に執り行われる。こうした晴れがましい場にはお呼びでなかった学問所上がりの官僚たちは得意げである。儀式のあと学識ある者、貴族たちがそれぞれにつくって披露した漢詩文は本場の唐土にも伝えたいほどの出来栄えで、ましてや源氏の作はすばらしいの一言だった。源氏は二条東院に夕霧の居所をつくり、大内記を召して教師としてつけた。大内記は偏屈な学者肌で学識があるのに政界では重用されず貧しげだったのを源氏がとりたてたのである。

冷泉帝に入内した女君のうち、斎宮女御（秋好中宮）を后の位につけることになった。右大将（かつての頭中将）の娘、弘徽殿女御が先に入内していたのを引き越しての立后である。源氏は太政大臣となり、右大将は内大臣となった。内大臣は娘の立后争いで源氏に先んじられたことが不満で、別の娘を次代の天皇たる東宮に入内させようと意気込んでいる。この娘というのは正妻の子ではなく、子をなしたあと内大臣と別れて按察使大納言の妻となった人の産んだ子でいわば劣り腹（おとりばら）の子である。内大臣はこの子を引き取って母、大宮の元で育てさせていた。そこには出生と同時に母葵の上と死に別れた夕霧がいたのである。幼い頃をともに過ごした二人はいつしか互いに恋するようになっていたが、内大臣はそれを知らない。

ところが、ふとしたことから女房たちが知らぬは内大臣ばかりだと陰口をたたいているのを耳にしてしまうのである。立后のことで先を越されたこともあって、入内させようと思っていた娘が源氏の息子のお手つきになっていたことがどうにも許せない。大宮に文句をいい、夕霧から引き離すために娘を自邸に引き取ることを決めた。いよいよ姫君が内大臣邸にうつるというとき、夕霧の乳母の宰相の君は夕霧びいきの大宮としめしあわせて、夕霧と姫君を二人きりで会わせてやった。そこへ内大臣がやってきたので姫君の乳母が探し回っている。姫君の乳母は夕霧を六位程度の男と馬鹿にしているのである。正式な束帯（そくたい）姿のときには位階によって衣の色が決まっていて、六位は浅葱（あさぎ）色。ひと目で位の低さがわかってしまうのである。

紅（くれなゐ）の涙に深き袖の色を浅緑（あさみどり）にや言ひしをるべき　夕霧

夕霧は、あなたを深く思って紅の涙をながしているのに、浅く思っているような浅緑の衣だと言うだなんて、と六位であるゆえに引き裂かれる仲を嘆いて去っていった。

今年は去年忌中で行われなかった五節舞（ごせちのまい）を行うことになった。年若い女の舞姫を各家から出して、その舞姫たちは天皇の元に女房として仕えさせるのがならわしである。源氏と共に須磨、明石に下った良清はいまや近江守（おうみのかみ）と左中弁を兼任していて娘をたてまつった。源氏の乳母子の惟光もいまは津守（つのかみ）で左京大夫となっているが娘を献上することになり、源氏が後見役をつとめる。源氏は、かつてこうして五節の舞姫として出てきたある女性との恋を思い出し歌のやりとりをする。こうしていくつになっても昔好きだった人のことを忘れてしまわないのが源氏なのである。

叶わぬ恋に煩悶していた夕霧は、五節の舞姫のうち、惟光の娘の美しさに魅了され歌を送る。娘が文をひらいているところへやってきた惟光は恋文の相手が源氏の息子と知って、源氏のように見初めた人はずっと面倒を見る人だとしたら、天皇の元で宮仕えするより幸せになれるかもしれない、明石の入道のようになれるかもしれないと浮き足だつのだった。

源氏は、夕霧が大宮から離れたので二条東院の花散里に夕霧の教育係を頼む。夕霧は花散里が痩せぎすで髪も薄くなっているような女だと知って、容姿の美醜にかかわらず妻として扱う父の女性関係のあり方を学ぶ思いだった。

源氏は六条御息所の邸とその周囲の土地を手に入れ、広大な邸を新築した。春夏秋冬をあらわす庭を配して四つに区分し、春の町は紫の上、秋の町は秋好中宮の居所とする。転居の時期は秋で、秋好中宮の居所が盛りの季節だった。中宮から紫の上に色とりどりの紅葉を添えて歌が贈られてくる。

心から春待つ園はわが宿の紅葉を風のつてにだに見よ　秋好中宮

心から春を待つ園はいかにもものたりないことでしょう、我が宿の紅葉でも風のつてに見てください、という歌。源氏は、このお返事は春になったらなさいと紫の上に助言する。明石の御方の居所も用意され、ようやく大堰の邸を離れて源氏の元へやってくることになった。

第二十二帖　玉鬘　たまかずら

知らずとも尋ねて知らむ三島江に生ふる三稜の筋は絶えじを　光源氏

数ならぬ三稜や何の筋なればうきにしもかく根をとどめけむ　玉鬘

源氏はこんなにも年月がたっても夕顔のことを忘れられずにいた。壮麗な御殿に過去の女たちを集めたいま、夕顔が生きていたら必ずや迎えとったのにと思うのだった。夕顔が亡くなったとき共にいた侍女の右近は、源氏の元に引き取られ、源氏が須磨に行く段には紫の上に仕える女房をしていた。この巻で右近が夕顔の娘の玉鬘と偶然に再会し、ここから「玉鬘十帖」とよばれるパートに入る。ここではこの娘の結婚をめぐる顚末が描かれていくことになる。物語の女君のなかではめずらしく名前がわかっている人で藤原瑠璃というのである。

夕顔の産んだ子は、乳母の夫が大宰府赴任となったときに、共に下向したのだった。やがて任が果てて京にのぼろうとするとき、夫は病を得て死んでしまった。乳母夫妻の実の息子や娘たちは地元で縁づいて肥前の国に住みついていた。夕顔の娘はすでに二十歳になっており、支柱を失ったとあって、京の貴族の娘に求婚してくる田舎の洒落者は多く、なかでも肥後国で幅をきかせている豪族で大夫監を任じられている男が求婚にやってきた。この男を敵にまわすとこの地では暮らしてはいけない。息子のうち二人はすっかり懐柔されてしまい、大夫監を連れてきてしまった。歌を詠みかけるなどして風流ぶって求婚し、日を改めて迎えにくるといって去っていった。これはたいへんだというので乳母と姫君はあわてて夜逃げするように舟で都へ向かった。とはいえ都にはかばかしい親族もない。いったいどうやって実父の内大臣に存在を知らせることができよう。乳母はかくなる上は神頼みしかないと八幡宮参詣を思い立つ。京の石清水八幡宮は、九州の宇佐八幡宮から勧請してつくられた神宮である。筑紫には筥崎宮などもあり九州は八幡ゆかりの地である。八幡宮に行くと都人に長谷寺にこそ霊験があるのだと教えられた。一行は言われるがままに長谷寺に向かった。

するとちょうど長谷寺に、夕顔の侍女だった右近が参詣してきて玉鬘を見出すのである。乳母は実父の内大臣（かつての頭中将）に知らせて姫君を引き取ってもらいたいと考えているが、右近は源氏がいまだに夕顔を忘れられず、娘を探していることを知っている。子沢山の内大臣のところでないがしろにされるよりは、源氏の元へいくのがよいとすすめるのだった。

二条院に戻った右近はさっそく源氏に夕顔の娘を見出したことを伝え、源氏は自邸に引き取ることを決める。とはいえ田舎で育った娘である。源氏は末摘花のような女かもしれないと不安になって、歌を送ってみた。

知らずとも尋ねて知らむ三島江に生ふる三稜の筋は絶えじを　光源氏

今は知らなくともいずれは尋ねて知るでしょう、三島江に生える三稜の葉にある筋のように血筋は絶えないのだから、という歌だが、三島江に生えている景物として歌に詠まれるのは葦であることが多く、先行歌を引くだけではない難易度の高い歌だ。これに玉鬘の返した歌。

数ならぬ三稜や何の筋なればうきにしもかく根をとどめけむ　玉鬘

数ならぬ身というのは、他の女性たちと同列に並ぶべくもない身という意味で、その「身」が三稜の「三」とかけられている。葦に憂き／浮き、根がともに詠まれることが多いことを利用して、いったいどうした筋でここに根をとどめているのでしょう、と詠んでいる。源氏は筆跡は不安定だが高貴な感じであるし、見事な返しだとほっとした。

源氏は紫の上に夕顔との出会いと別れの顚末を語ってきかせた。六条院の花散里の住まう町にこの娘を引き取ることにして、花散里に夕霧同様、養育係として面倒を見てやってほしいと依頼する。花散里は明石の姫君一人しか娘がいなくて寂しかったのでうれしいと喜んだ。嫉妬心など微塵もなく、源氏の気持ちに寄り添う息のあった妻である。

夫婦や親子でもなければ、大人になった男女は御簾越しにしか対面できない。玉鬘は頭中将の子なのだから、本来ならば御簾越しの対面をすべきところだが、源氏は父親ぶって几帳をよけて顔を見る。話をする様子がどことなく夕顔に似ているようにも見えて源氏はうれしくなった。

その年の暮れ、源氏は女君たちのために正月に着るための晴れ着を用意する。女の容姿に合わせて選んでいる様子なので紫の上はどんな人なのかをそれで推し量ろうとする。女房たちには行き来があるとしても、源氏の妻格の女同士というのは互いに顔を見合わせることはないのである。曇りない赤の袿（うちき）に山吹色の細長を夕顔の娘に用意しているのを見て、華やかできちんとしているが色気がない内大臣に感じが似ているのかもしれないと紫の上は想像しているらしい。源氏は「そうして着物で女の容姿を推し量るなんて相手に失礼ですよ、いくらよいものでも着物の色には限りがあるのだから」と言いながら、末摘花に柳色に唐草模様が入った艶っぽいものを選んでどうにも似合いそうもないと笑ってしまうのだった。末摘花は六条院にはおらず二条東院にとどまっている。そこには空蟬もいるのである。空蟬には尼となっているので青（あお）鈍色（にびいろ）の織物と梔子色（くちなしいろ）の衣を選んだ。

末摘花は古風な人で、陸奥国紙という色気のない厚手の、しかも経年劣化で黄ばんでしまった紙に歌を書きつけて送ってきた。

着てみればうらみられけり唐衣（からころも） 返しやりてん袖を濡らして　末摘花

着てみれば、着物の裏をかえすように恨めしく、涙で袖をぬらして返してしまいたい、という歌。唐衣(からころも)は、着物にまつわることばを引き出す枕詞で、ともかく末摘花は唐衣の歌ばかりつくる人なのである。「末摘花」巻で、妻らしく源氏の正月の衣を送ってきたときにつけられていた歌「唐衣君のこころのつらければたもとはかくぞそぼちつつのみ」もまた厚ぼったい陸奥国紙に書かれていた。

源氏は末摘花の歌をみて、紫の上に「古風な歌詠みというのは、唐衣、袂濡るるから離れられないようだな。古めかしいという意味では自分も同じだろうけれど、こう凝り固まって今風の言葉遣いを一顧だにしないのも残念なことだ」と語る。末摘花は自分の歌の技量に自信があるらしく、父、常陸宮が書き残した和歌の指南書を源氏に送ってきたこともあったのだった。紫の上に促されて源氏は末摘花に返歌する。

返さむといふにつけても片敷(かたしき)の夜(よる)の衣を思ひこそやれ　光源氏

恋人同士は脱いだ衣を敷いてその上に寝るから、片敷(かたしき)というのは独り寝の夜をさす。『後撰和歌集』一三一六番歌には、源公忠(みなもとのきんただ)が、夫とともに地方の任国に下っていく恋人に送った、唐衣とかえすを詠んだ歌「いとせめてこひしきたびの唐衣ほどなくかへす人もあらなん」がある。この歌は小野小町の「いとせめて恋しき時はむばたまの夜の衣をかへしてぞ着る」を踏まえている。恋しいときは夜の衣を裏返して着ると夢にあなたが現れるという歌で、源氏は私が訪ねて行かないから衣を裏返して夢をみたいというのだね、と艶っぽい歌をかえしたわけである。源氏は末摘花にちょっとうんざりしているからといって軽んじるような扱いは決してしないのだった。

第二十三帖　初音　はつね

年月をまつに引かれてふる人にけふ鶯の初音聞かせよ　明石の御方
引きわかれ年は経れども鶯の巣立ちし松の根を忘れめや　明石の姫君

正月、六条院の紫の上の居所の庭には梅が咲きほこり、香りが御簾の内にまで漂ってきてこの世の極楽のようである。ここに仕えている女房のうち若い人たちは明石の姫君付きとなったので、紫の上のまわりにはしっかりとした大人ばかりが集っている。正月には長寿を念じて歯固めの祝いを行う。女房たちが鏡餅などをととのえて祝いごとをしていると源氏がやってきた。「どんな願い事をしているのかな、私が寿いであげよう」などと笑う源氏の姿を年の初めに見ることができるとはなんと栄えあることだろう。

朝のうちは年始の挨拶に人がきていたので、夕方になって源氏は女君たちの居室を訪問してまわる。まずは紫の上のもとへ行き、女房たちが今朝、祝いごとをしていたのがうらやましかったから、あなたには私が祝いごとをしようと戯れ、歌を詠みかける。

薄氷とけぬる池の鏡には世に曇りなき影ぞ並べる　光源氏

曇りなき池の鏡によろづ代をすむべき影ぞしるく見えける　紫の上

薄氷がとけた池の水面に一点の曇りもない満ち足りた私たちの影を並べている、という源氏の幾久しい二人の仲を言祝ぐ歌に、紫の上も、曇りなき池の鏡に万年もの時を共に暮らす二人の影がはっきりと見えています、と返す。正月らしいやりとりである。

源氏は、次に同じ春の町にいる明石の姫君の居室へわたる。今年の元日は子の日と重なり、「子」と「根」をかけて、小松を根ごと引き抜いて祝い事をする小松引きをしているところだった。若い女房たちも楽しそうだ。実母の明石の御方から正月の贈り物が届いている。そこには次の歌がつけられていた。

年月をまつに引かれてふる人にけふ鶯の初音聞かせよ　明石の御方

「小松引き」にかけて、長い年月待っていることを「松」にかけている。明石の御方は六条院に越してきたものの、娘とは対面していないのである。今日こそ幼い鶯の声をきかせてほしいという歌である。源氏は姫君に自ら返事を書かせる。

引きわかれ年は経れども鶯の巣立ちし松の根を忘れめや　明石の姫君

別れ別れになって年月はたったけれども、巣立った松の根を忘れることはない、母のことを忘れたことはない、という歌である。

次に源氏は、夏の町へ花散里を訪ねる。長いつきあいで気心も知れている。もはや男女の関係はなく、ほとんどきょうだいのように信頼し合っている。一応、几帳を隔てて対面するが、源氏がそれをよけて顔を合わせても花散里は動じない。年末に源氏が選んだ浅縹(あさはなだ)、薄い藍色に波や貝など海にちなんだ模様を織りこんだ衣はあでやかさはなく、髪も盛りをすぎている。私でなければがっかりするような女性だけれども、こうしてお世話するのがうれしいと源氏が思うのは、やはり不遇のときにも一途に源氏を慕ってくれたからなのである。

西の対へ向かい、玉鬘と対面する。紫の上のところへ行って、幼い明石の姫君が琴をならっているのを一緒にならいなさいな、などと親らしく言ってみるが、実のところ、このままではすまない気がしている。

暮れ方、明石の御方の元へ渡って行った。手習いをした紙や硯、草子などがとり散らかされているが、御方の姿がみえない。置かれている紙を手に取ると、姫君の返歌へのさらなる返事が書かれているのだった。ようやくいざり出てきた明石の御方は、源氏の選んだ、梅の枝、蝶、鳥などが織り込まれた唐風の白い小袿を着ていて、黒髪が映えている。重すぎずすっきりとした成熟を感じさせる髪の感じは優艶で、源氏は年の初めからとがめ立てして騒ぐ人もいそうだと思いながら、その晩は明石の御方の元に泊まった。紫の上付きの女房たちには正妻をさしおいて生意気だと息巻く人もいる。源氏もまず気になるのは紫の上のことで、まだ夜が明けきらないうちに紫の上の元へきて、「不甲斐もなくうたた寝をしてしまって帰りが遅くなった」などと埒もない言い訳をするのである。その上、紫の上に不機嫌な顔をされまいと、臨時客などの行事にかまけて顔を合わせないようにしている。

　正月の行事がひと段落すると、源氏は二条東院の女たちを訪ねていく。六条院に呼ばれない女たちは、一段下の扱いということになるが、それにしても源氏に引き取られ何不自由なく暮らして行かれるのはどんなにかありがたいことだろう。

　まずは末摘花の元を訪ねる。この人はかつて髪ばかりは立派だったのだが、さすがに年をとって衰えがみえている。源氏の贈った柳色の晴れ着はやはりすさまじく似合っていない。末摘花はなんだか薄着で例によって鼻の頭を真っ赤にして寒そうにしていている。襲の衣をたっぷりと用意したはずなのに、これはどうしたことかと問えば、兄の醍醐の阿闍梨にあげてしまった、二人が出逢ったときに着ていた古ぼけて時代遅れの毛皮の衣もあげてしまったので寒いのです、という。兄も常に寒々しいかっこうで鼻の頭を赤くしている人である。源氏は、毛皮のほうはあげてしまっていいけれども、重ね着の衣が足りないのなら私は気の回らないたちなのだから教えてほしいと言いながら、蔵をあけさせて絹や綾などを用意する。

　同じく二条東院に住んでいる空蝉を訪ねる。仏道の道具なども行き届いたしつらえで気が利いた住まいである。源氏は、尼となった空蟬に懸想じみたふるまいはしない。けれどもこうしてずっと面倒を見続けているのだった。

今年の正月には、男踏歌(おとことうか)という宮中儀礼が行われた。冷泉帝、朱雀院、中宮、東宮とめぐって足拍子を踏む舞いを披露するものだが、六条院にもそれがやってくるのである。皇室のための行事でありながら、源氏の私邸にそれがめぐってくることを思うと、源氏は臣下とはいえ、皇室なみの扱いをされているということになるし、六条院という豪邸は、帝や退位した院の住まいにも匹敵するものとみなされていたということになる。この舞人のなかに、源氏の息子、夕霧もいる。源氏は自分とちがってしっかりとした官人なのだと思っていたが、こうした遊びにも魅力を発揮するのだと感心している。源氏はみなが六条院に集まっているうちに私(わたくし)の後宴をしようと楽器をとりだして準備を整えた。

第二十四帖　胡蝶　こちょう

花園の胡蝶をさへや下草に秋まつ虫は疎く見るらむ　紫の上
胡蝶にも誘はれなまし心ありて八重山吹を隔てざりせば　秋好中宮

三月二十日あまりの頃、紫の上の住まう六条院の春の町は花盛りとなっている。秋の町を里邸としている中宮が里帰りしているので源氏は春の町で盛大な音楽会を催す。本当は中宮にご覧いただきたいところだが身分が高くてそれはかなわない。そこで源氏は中宮に仕える女房たちを舟に乗せて春と秋の町をつらぬく池づたいに漕ぎ寄せて見物できるようにしつらえた。女房たちがそのすばらしさを口々に中宮に語ってくれることだろう。舟は竜頭鷁首といって龍と鷁の頭がついた豪華なもの。唐風の装いの童子を船頭役に絵に描いたような美しさである。招かれた女房たちは口々に歌を詠む。

風吹けば波の花さへ色見えてこや名に立てる山吹の崎　秋好中宮方女房、以下同じ
春の池や井手の川瀬にかよふらん岸の山吹底もにほへり
亀の上の山もたづねじ舟のうちに老いせぬ名をばここに残さむ

春の日のうららにさしてゆく舟は棹の雫も花ぞ散りける

それぞれが庭の景を映した歌を詠んだ。宴は日が暮れても続き、夜には篝火をともして続けられた。この様子を聞いた中宮はうらやましくてたまらない。翌日、中宮が仏事を行ったので、紫の上は仏に供える花を贈った。鳥と蝶のかっこうをさせた童べ八人に、鳥の子には銀の花瓶に桜をさしたもの、蝶の子には金の瓶に山吹をさしたものを持たせて舟に乗せ、音楽を奏でさせ送り出したのである。紫の上からの歌を夕霧を使者として伝える。

花園の胡蝶をさへや下草に秋まつ虫は疎く見るらむ　紫の上

草の下で秋を待つ、松虫は花園の胡蝶をさえ気に入らないものとみるのでしょうか、という歌。これは「少女」巻で秋の盛りに六条院に越してきたときに、春を待つ園で、私の宿の紅葉を風のつてにでもごらんになってください（心から春待つ園はわが宿の紅葉を風のつてにだに見よ）と言ってよこした中宮への返歌なのである。これを見た中宮は、昨日の春の宴を見られなくて泣きそうでした、と素直に書いて、次の歌を詠んだ。

胡蝶にも誘はれなまし心ありて八重山吹を隔てざりせば　秋好中宮

胡蝶に誘われてそちらに行きたかった、八重山吹の隔てさえなければ、という歌である。こんなふうに六条院は優雅な貴族らしい楽しみの尽きない邸なのだった。

さて亡き夕顔の遺児の玉鬘には、多くの男たちから求婚の文がやってきている。きょうだいだとも知らずに内大臣（かつての頭中将）の長男、柏木も恋文を送ってくる。源氏の親しいきょうだいである兵部卿宮、鬚黒（ひげくろ）大将と呼ばれることになる右大将がことにご執心のようである。源氏は、夕顔の侍女だった右近を召して、よくよく相手を選んで返事をさせるように言い、とくに兵部卿宮と鬚黒大将には返事をあげたほうがよいと指示する。右近は父親ぶってはいるものの源氏は歳若く、玉鬘も二十歳を超えているのだし、どうせなら源氏と連れ添ったらお似合いなのに、などと思っている。兵部卿宮は独り身だがあだめいた人がらで、通いどころを多くもち、仕えている女房のなかにも我こそが宮の召人だと名乗りをあげるような女たちも多くいる。鬚黒大将は、長年共にいる妻と別れたがっているのだ。

玉鬘は、実父の内大臣に会いたいが、実の親といってもそばで育っているわけでもなければ愛情があるわけでもないだろうし、源氏が大切に扱ってくれるのはありがたいことだと思っている。物語を読めば継子いじめの話があふれている。ここで玉鬘が物語から世のことを知るというのがおもしろいところ。のちに源氏が玉鬘相手に物語論を語る布石となっている。とはいえ、源氏が自分に恋人の面影を見て恋情を訴えてくるのには困っている。

源氏は、紫の上に夕顔との一件を話してあるから、かの人と比べて玉鬘は、物の道理をよくわかっていて、人なつこいところがあると、その魅力を語って聞かせる。その口ぶりから紫の上は源氏が恋心を抱いているのを敏感に察知して、「物の道理をわかっているらしい人が、よくもあなたに頼りきっていられるものですね」と嫌味を言う。

実際、源氏は心惹かれるままに、しばしば玉鬘の元へとわたっていく。手習いなどをしてくつろいでいた玉鬘は、源氏の訪問に恥ずかしそうにかしこまる。その様子に、ふと源氏は昔の夕顔のことを思い出して、くだもののなかから橘の実を手にとって歌を詠みかける。

橘のかをりし袖によそふれば変はれる身とも思ほえぬかな　光源氏

歌の世界では、橘の香りは昔の恋人を思い出させる香り。昔の恋人の夕顔とあなたが別人とは思えないと源氏は訴えるのである。源氏に手を握られて、玉鬘はおっとりと返歌する。

袖の香をよそふるからに橘の実さへはかなくなりもこそすれ　玉鬘

母と似ているというのなら、私の身も母のようにはかなく亡くなってしまう気がします、という歌。「疎ましいと思わないで、あなたのためを思ってこの気持ちを人には知られないようにしているのだから」などと口説き続ける源氏を、語り手がまったくおせっかいな親心だと、と評しているのが可笑しい。

二人に遠慮して、女房たちは少し離れたところに控えている。源氏は、まわりにいる女房たちに聞き咎（とが）められないように、衣ずれの音をさせないようにそっと上着をぬいで玉鬘のそば近くに添い伏した。さすがに朝まで過ごすことはなく、夜がふけぬうちに源氏は出て行った。

玉鬘は、実父であったらたとえ冷たくされることがあっても、色めいたふるまいをされることはなかっただろうと思うと涙があふれでてくる。大宰府時代からともに過ごし、玉鬘のそばにずっといる乳母子の兵部の君は源氏の扱いに満足しており、実父だってこれほどのことはしてくれまいと言っていて、源氏の味方だ。お付きの女房にとって女主人がどんな男性と結ばれるかによって人生はいかようにも変化する。女房たちは六条院での暮らしに満足しているのである。翌朝、まるで一夜を過ごした男女が交わす後朝の文のようにして源氏から歌が届いた。

うちとけてねも見（み）ぬものを若草（わかくさ）のことあり顔（かほ）に結（むす）ぼほるらむ　光源氏

打ちとけて寝たというわけでもないのに、男女の関係があったような顔をしてあなたは思い悩んでいるのですね、という歌。女房は「早くお返事をお出しになって」と急かす。源氏の機嫌をそこねたくはないのである。玉鬘は、ただ「拝見しました。具合が悪いのでお返事できません」とだけ書いた。それを見た源氏は恨み言の言い甲斐があるとますます玉鬘の無愛想な強情さを気に入ってしまったようなのだった。

第二十五帖　蛍　ほたる

なく声も聞こえぬ虫の思ひだに人の消(け)つには消ゆるものかは　蛍兵部卿宮
声はせで身をのみこがす蛍(ほたる)こそ言ふよりまさる思ひなるらめ　玉鬘

玉鬘は親代わり父代わりと言いながら、恋情を寄せてくる光源氏にほとほと困り果てている。九州の大豪族の大夫監(たゆうのげん)に嫁入りを迫られ、命からがら逃げ出してきたことに比べられはしないとはいえ、ただ疎ましいと思うのである。かくなる上は、さっさと婚姻してしまうほうが得策だと考えると兵部卿宮の情のこもった文にほだされるようでもある。とはいえ、兵部卿宮に返事を書いているのはもっぱら宰相の君という女房だった。源氏は、この筆跡も美しく大人びた人を呼び寄せて、兵部卿宮を玉鬘に対面させるべく文を書かせた。

兵部卿宮は自分こそが本命なのだと浮かれてやってくる。この恋の場をしつらえたのは源氏自身である。もっとそば近くに行って返事をするように玉鬘を促した挙句、密かに集めて隠しておいた蛍をさっと放った。兵部卿宮は、急に几帳の後ろが明るくなったのに驚いて中を覗き込む。それで玉鬘の姿を見ることができたのである。この一件から、源氏の弟君であるこの宮は、蛍兵部卿宮(はたるひょうぶきょうのみや)と呼称されることになる。

なく声も聞こえぬ虫の思ひだに人の消つには消ゆるものかは　蛍兵部卿宮

蛍は鳴かぬ虫である。鳴く声も聞こえない虫の、火のようなわたしの思いは人が消そうとしたとして、どうして消えることがありましょう、という歌を詠みかける。「思ひ」と「火」がかけられているのである。玉鬘は、こんな折にはあれこれ考えるより早く返事をするのがよいだろうと、すぐに返歌する。

声はせで身をのみこがす蛍こそ言ふよりまさる思ひなるらめ　玉鬘

声を立てずに身を焦がしている蛍は、あなたのように声にだして言うにまさる思いを持っているのでしょう、という歌。あなたの思いはたいしたことがないのでは？　という切り返しである。玉鬘が奥へ入ってしまったので、蛍兵部卿宮は恨み言を言いながらも夜が明ける前に帰っていった。蛍兵部卿宮を間近にみた女房たちは、そのなまめかしい風情が源氏の君によく似ているとほめそやす。

翌朝、玉鬘のもとへやってきた源氏は、蛍兵部卿宮は少しやっかいなところがある人だから、あまり近づけないようにしようなどと言い出し、生かすも殺すも自分次第といった態度。そのふるまいの若々しく美しいことといったら！　うるわしい装束につつまれて、よい香りを漂わせた艶も色もこぼれるばかりの姿に、玉鬘は、擬似親子などというややこしい関係でなかったならどんなにかすばらしく感じられただろうと思わずにはいられない。

今日は、五月五日の節句というので、菖蒲（しょうぶ）の根に結んだ歌が蛍兵部卿宮から送られてくる。内裏では男たちによる弓を射って勝負を競う騎射（うまゆみ）、競馬（くらべうま）が催されている。これに参加している源氏の長男の夕霧は男どもを引き連れて六条院でも一戦を交えるつもりである。夕霧の居所としている花散里のもとを源氏は訪れ、女たちにも見学ができるよう用意をさせる。童たちを菖蒲（しょうぶ）襲ねの装いにしたて競技につきものの舞いがあり、賑やかな見ものとなった。その晩、源氏は久しぶりに花散里のもとで一夜を過ごした。もうとうに男女の関係はなくなっているのだけれど、よい話し相手なのである。源氏が蛍兵部卿宮についての意見を求めると、花散里は、昔、宮中で見かけた頃より大人になってずいぶんと立派になった、源氏の弟だというのに年上に見えるほどだという。まさに思うことをずばりと言ってくれる人で、話しがいがあると源氏は思うのである。というのも源氏は、他人に難くせをつけたり悪く言ったりはしないようにしていて、実は鬚黒大将についても、どんなに人がほめようが近しく付き合いたいほどの人ではないと思いつつ口に出せずにいるのだ。

長雨の時期になって、退屈な日々がつづくと女たちは物語を読んだり、書き写したりするなどして明け暮れ過ごしている。うそかまことか、さまざまな物語のなかに、自分のような境遇をみつけては共感したりするのである。玉鬘は『住吉物語』の女主人公が継母にいじめられて、年寄りの男をけしかけられたりするのを読んで、大夫監に迫られたことを思い出したりしている。

源氏は物語に夢中になっている玉鬘に「女というのは、自分から進んで人に騙されるように生まれついているらしいね。物語にまことのことは少ないだろうに、それを知っていながら夢中になっているのだからね」と言ってからかった。玉鬘は「あなたのようにうそいつわりに慣れている人にはそう思われるのかもしれませんが、私にはただまことのことが書かれているように思えますけど」とすかさず反論する。この反撃をおもしろがって源氏は物語に関する持論を展開する。曰く、日本紀などの国史のように、史実を書こうとしても不詳のことが多く中途半端なものにならざるを得ない。想像で補われた物語というかたちで書かれたものにこそ十全に語られることがある。そもそもある人のありさまの、是非にも後世に伝えたいと思うようなことを書いたのが物語のはじまりなのだ。こう言いながら源氏は、私のような真面目でバカを見るような人は物語にあるかしら、あなたのように冷たい姫君の話もないでしょうね、ではこの関係を物語にして世に伝えさせましょう、などと戯れるのだが、それがそのまま玉鬘十帖の物語になっているというメタ物語論であるところがおもしろい。

紫式部のパトロンであった藤原道長は、自らの栄華を描く藤原氏の歴史を漢文で記された日本紀のようなスタイルではなくて、物語のようにしたてた仮名文で書かせた。赤染衛門が書いたといわれる『栄花物語』である。物語のかたちでこそ、まことのことは伝えられるのだという確信は、紫式部一人の考えではなくて、当時の男性官人にも共有される認識だったのだろう。だからこそ『源氏物語』はただ女子供のつれづれをなぐさめるものではなく、人間の真実が描かれている物語として男性官人たちにも重用されたのである。

この巻の最後は、内大臣が見た夢を夢解きに占ってもらったところ、自分の子を誰かが養女にしているときく場面でおわる。女の子が養子にとられるなどはめったにないことだが、いったいどうしたことだろう、と内大臣はいぶかるのである。

第二十六帖　常夏　とこなつ

なでしこのとこなつかしき色を見ばもとの垣根を人やたづねむ　光源氏
山がつの垣ほに生ひしなでしこのもとの根ざしをたれかたづねん　玉鬘

前巻「蛍」の終わりに語られていた内大臣の見た予知夢の噂を聞きつけて、我こそは娘であると名乗りをあげた人がいる。内大臣は子沢山の人であったが、玉鬘の婿どりで注目をあつめている源氏に対抗心を燃やして、また嫁入り前の娘を手に入れようとするのである。長男の柏木が迎えにいって邸に入った娘は、どこをどうとっても上流貴族の上品さのない人で、たちまちにこのことが噂になっている。読者は、内大臣が夢告にみた娘というのは他ならぬ玉鬘のことだと知っているから、別の娘を見つけ出してきて、その娘がちょっと困った人だというのを苦笑しながら読み進めることになる。

この巻の名の「常夏」は、「撫子」の異名で、「帚木」巻で頭中将（現在の内大臣）が、娘が生まれたのに正妻にうとまれてどこかへ消えてしまった女の話をしていたとき、常夏の女と呼んでいたのが夕顔である。「撫子」は「なでし子」とかけられて、可愛がった子どもの意味がある。私たちの撫子のことを思い出してください、と夕顔が歌を送ってきたのに、頭中将はそのままにしてしまったことを悔やんでいたのだった。つまり撫子は玉鬘をさす。

やがて夕顔に執着し続けた光源氏が美しく成長した娘、玉鬘を見出したわけだが、子どもの少ない源氏は、娘の元に男たちが次々に求愛の手紙を送ってくる婿どりというものをやってみたかったのである。源氏の子となれば、どんなにか立派に育っているだろうと、どんな男も興味をひかれずにはいられない。その成り行きに源氏は満足しているのだが、一方で、夕顔の面影を残す若い娘に恋してしまってもいるのである。このまま自分の何番目かの妻としてしまってはどうかと考えてはみるものの、紫の上の格下に置かれるだけである。それならどこぞの納言程度の男の正妻におさまったほうが幸せなはずだとはわかっている。このまま手元において婿を通わせるのもよいが、思い切って蛍兵部卿宮あるいは鬚黒大将のもとへ嫁に出してしまってきれいさっぱり断ち切るほうがよいのかもしれない、などと心は揺れる。とにもかくにも嫁入り前の娘に傷をつけまいと変な噂がたつような真似は慎んでいる。

玉鬘は、相変わらず恋心をほのめかされて困惑しつつも、次第に源氏に慣れて会話をするようになっている。源氏は、内大臣が娘と夕霧との恋を気に入らぬものとしていることに不満で、玉鬘に愚痴を聞かせる。源氏と内大臣との仲がよくないのなら、実父に会える日はいつになるのだろうと玉鬘は不安になってくる。和琴が出ていたので、源氏はそれを引き寄せて掻き鳴らす。よく調弦されている。源氏は、唐からの輸入品とはちがって大和琴というのは、異国のことを知らぬ女のための楽器なのだが、弾きこなすのはなかなか難しい、和琴といえば、当代、内大臣ほどの名手はいないのだと語って聞かせる。玉鬘は「この六条院で音楽会が催されれば聞くことができるでしょうか」などと、いつか父の弾く和琴の音を聞けるかを期待をこめて熱心に尋ねる。源氏は、夕顔と撫子のことを内大臣が語って聞かせてくれたのがつい昨日のことのように思い出されると言いながら、歌を詠む。

なでしこのとこなつかしき色を見ばもとの垣根を人やたづねむ　光源氏

撫子のなつかしき姿をみれば、もとの垣根の常夏のことを訊ねるだろう、という歌。内大臣に玉鬘のことを打ち明けたいが、そうすれば夕顔を死なせてしまったことを語らねばならなくなる、それで億劫になっているのだ。

山がつの垣ほ（かを）に生（お）ひしなでしこのもとの根ざしをたれかたづねん　玉鬘

玉鬘は、卑しい山がつの垣根に生い育った撫子の、もとの根を誰が尋ねようとするでしょうか、と言いながら泣き出してしまう。

さて、娘が源氏のもとにいるとも知らず、内大臣は引き取った下品な娘の扱いに苦慮している。次男の弁少将（べんのしょうしょう）が六条院に夕涼みにいったときに、あらたに引き取った娘について源氏に尋ねられたことを父親に報告する。内大臣は対抗心をむき出しにして「源氏こそどこの馬の骨だかきいたこともない山がつの子を迎えとって、さも大切そうに扱っているというではないか。同じことをしながら、私のことを悪く言うのだな」と言う。弁少将は、あちらは蛍兵部卿宮などがご執心であると聞いていますが、と反論するのだが、内大臣は、それは源氏の子だというからどんなにかすばらしいかと皆が思い込んでいるだけだ。実際には大したことはないだろうと悪口三昧である。夕霧と娘のことにしても、内大臣としては、源氏が下手にでて申し込んでくれれば許してやろうと思っているのに、知らぬ顔をされているのが癪なのである。

内大臣の見出した娘は近江の君と呼ばれている。内大臣は近江の君を元いたところへ送り返してしまいたいとも思うが、それはあんまりだというので、入内した娘の弘徽殿女御のそばに女房として仕えさせようと考える。そこで近江の君の居室を内大臣がのぞいてみると若い侍女と双六を打っているところだった。賽子を転がすのに、よい目がでるよう「小賽、小賽」と言いながら手をもんでいる姿は目も当てられないのだが、それよりなにより早口にまくしたてる話し方にはまったくうんざりさせられる。顔立ちは愛嬌があって、髪も豊かだが口を開いたらおしまいである。内大臣は「もう少しゆっくり話をしてくれたら、私の寿命も延びるのだがね」と注意してみるのだが、近江の君は「これはもう生まれつきというものです！　生まれたときの産屋にいた大徳が経を読んでいたせいで、それがうつったのだと亡き母も嘆いていたものでした！」と恥じらう様子もない。里邸に戻っている女御に仕えてはいかがかと内大臣が言えば、水汲みでもなんでもやります！　とはりきっている。内大臣に女御の元へ参れと言われたので、さっそく近江の君は女御のもとに文（ふみ）を書き送るのだが、これがまた奇っ怪な文なのである。「こんなにそばにおりますのに、今まで影をふむばかりに近づきになることもなかったのは、来るなといわんばかりの勿来（なこそ）の関（せき）が隔てていたものと思われます。武蔵野の歌にいうように根のつながっている親類だというのはおそれおおいですが。あなかしこ、あなかしこ」などと点をたくさん打って、文字を長く引っ張って流麗に見せかけて書いた文なのだった。これをよりにもよって樋洗童（ひすましわらわ）といって便所掃除担当の下女に託したのである。『源氏物語』に樋洗童ほどの下々の者が登場するのは、この場面だけである。

第二十七帖　篝火　かがりび

篝火に立ち添ふ恋の煙こそ世には絶えせぬほのほなりけれ　光源氏
行くへなき空に消ちてよ篝火のたよりにたぐふ煙とならば　玉鬘

この頃、世の人は内大臣の今姫君がいかにもひどいとしきりと噂をしている。源氏の耳にも入って、こうしたことはうまくやれば、こんな恥じがましい噂になどならないのに、いかにも内大臣のやりようだと娘のために気の毒がっている。そんな話をきくと、なるほど実父といえども内大臣のもとでは、どんな目に遭ったかしれたものではないと玉鬘はあらためて自らの幸運を思い知る。侍女の右近がよくよく言い聞かせているせいもある。源氏が恋情を示すのは憎き心とは思うけれども、さりとて思いのままに振る舞うわけではなくほどよく自制していることもあって、玉鬘は源氏に親しみを感じるようになっている。

秋になった。源氏はなんとなくうら寂しさを感じるままに琴を習わせることを口実に玉鬘の元を訪ねてはともに添い伏したりなどして過ごしている。あまり夜遅くまでここにいると人にあらぬ疑いを持たれるだろうと源氏は出て行こうとして庭先に焚かせた篝火が消えかけているのに気づき、点けなおさせた。遣水のほとりの檀の木の下の篝火は室内を明るすぎない程度に照らす。光に照らされた玉鬘の姿は美しく、源氏は帰りあぐねている。かきなでた髪の冷たい手触りがいかにも優美で、源氏は歌を詠みかける。

篝火に立ち添ふ恋の煙こそ世には絶えせぬほのほなりけれ　光源氏

篝火からたちのぼる煙のような恋の煙は、消えない私の恋の炎だったのです、という歌。くすぶる炎というわけではないが、苦しい下燃えの炎のような思いなのですよ、と言い添えて。

行くへなき空に消ちてよ篝火のたよりにたぐふ煙とならば　玉鬘

行く方が知れないほどの広い空に消し去ってしまってください、篝火とともにたちのぼる煙とやらを、と玉鬘。人があやしみます、と玉鬘が言うので源氏が出ていこうとすると、折しも笛の音が聞こえてくる。夕霧の吹く笛だろう。源氏は、夕霧ら、若者たちをこちらに呼び寄せた。夕霧は内大臣の長男の柏木、次男の弁少将と連れ立ってやってきた。源氏が琴を奏でると夕霧が笛を合わせる。玉鬘に密かに恋心を抱いている柏木は意識しすぎてぐずぐずしている。すると源氏が「おそし」というので、弁少将が拍子をとりながら歌をうたいだす。その声はまるで鈴虫の音のようだというから、まだ声変わりをしていないのだろうか。源氏は、琴を柏木に譲った。その爪音(つまおと)は内大臣に劣らぬ見事なものだった。

源氏は、「御簾の内に、琴の音の良し悪しを聞き分ける人がいるようですよ。今夜は盃などは遠慮しましょう。歳をとると酔い泣きなどをしていらぬことを言いそうですから」と言う。

玉鬘は、やはり縁が結ばれているのだと兄弟たちの気配を御簾越しに感じているのだが、異母きょうだいであるとは夢にも思わない柏木は心をときめかせているのだった。

月のない秋の晩には篝火の明かりが必要だと源氏は言う。そんなしっとりとした秋の一夜を描いた非常に短い巻である。

第二十八帖　野分　のわき

吹き乱る風のけしきに女郎花しをれしぬべき心地こそすれ　玉鬘
下露になびかましかば女郎花荒き風にはしをれざらまし　光源氏

秋の盛りである。六条院の秋好中宮の居所の庭があまりにも美しく、春には紫の上の居所がすばらしいと思った人々も心を移すようである。古来、春秋争いに決着がつかないのも道理というもの。この庭を前に宴を催したいと思うが、八月は中宮の父親の忌月でそれはかなわない。そうこうしていると台風がやってくる。内大臣の母の大宮がこんな嵐はみたこともないというのだから、数十年来最大級ということになる。

男たちは女たちを気遣ってあちこち見回っている。ちょうど源氏が明石の姫君のところへ出ているあいだに、夕霧が紫の上の居所へやってきた。風に煽られないように屏風はすべてたたんであるので、奥の方まで見通せる。そこで夕霧は、はじめて紫の上の姿を垣間見るのだった。その様子は、春の曙の霞の間から、美しい樺桜が咲き乱れたようだというのである。風が御簾を吹き上げるのを女房たちが押さえているのを見て笑っている。女房たちも選りすぐりの女たちが集められているけれども、目移りするべくもない。父の源氏が自分をけっして紫の上のそばに近づけようとしなかったのは、こうして彼女の美しさに夢中になってしまうことを知っていたからではないかと思うと、ふと夕霧は怖くなる。ちょうどそこへ源氏がやってきた。「格子戸をおろしなさい。男たちが見回っているというのに外から丸見えではないか」と言いながら紫の上とことばを交わして微笑んでいる源氏の姿は、親とは思えないほど若々しく美しい。

夕霧はいまやってきたふりをして声をたてるが、源氏は夕霧がたしかに紫の上を見たと感じている。夕霧は老いた母方の祖母の大宮を気遣って三条宮に行くが、恋しいと思ってきた雲居雁のことをさしおいて、まだ紫の上の姿を思い返している。夕霧は、そんなふうに父の妻に恋しそうな自分が怖いのである。「おそろし」ということばがくり返されて、夕霧はなにか禁忌に触れているような感覚をもっているらしい。それにつけても、あんなに美しい妻がありながら、花散里のようなさしたる魅力のない女性を妻の一人としているのはいったいどうしたことだろう、と夕霧は自らの教育係となっている人を気の毒に思う。

暁方、夕霧は、六条院の離れ屋が倒れたという報をきく。源氏がいるあたりは人も多いだろうが、自分の居所にいる花散里は心細がっているだろうと六条院へ戻っていく。頭では花散里を気遣って帰還するつもりでいるのだが、魂が身から勝手に離れていくように紫の上の面影を追って戻っていくようでもある。いったい自分はどうしてしまったのだろう。夕霧は自分でも心のありようをつかめずにいる。夜通し嵐に怯えていたらしい花散里をなだめ、壊れたところの修繕を指示すると夕霧は、紫の上のほうへわたっていく。庭は荒れ放題。屋根も吹き飛んだところがある。日がさして、庭の露がきらきらとしている。どうしたわけか涙が流れてくるのを夕霧はおさえることができない。中から源氏と紫の上の会話する声が聞こえる。女の声は聞こえないが揺るぎない仲の良さが感じられるのである。

嵐が去ったとて、源氏は夕霧をともなって女たちを台風見舞いに訪れる。源氏は、まだまだ子どもだと思っていた息子が美しく成長していることにはじめて気づく。身支度をしているあいだ外で待っていた夕霧がほうけたように物思いにふけっているのを見た源氏は「昨日、風の紛れに夕霧はあなたを見たのではないか。戸をあけはなっていたから」と紫の上を咎めるのだった。

玉鬘の元を訪ねた源氏は几帳の内へ入っていく。御簾をあげて夕霧がそっと覗き見ると親子だというのにべったりと寄り添っている。いったいこれはどうしたことかと驚くが、恋に奔放な父らしいとも思っている。夕霧の目に映る玉鬘は、紫の上には劣るものの、咲き乱れた八重山吹にかかった露に夕映えを受けるさまがふと思い出されるような美しさである。玉鬘が歌を詠みかけたらしい。玉鬘の声は聞こえないが、源氏が聞き取って口ずさんでいる声が聞こえてくる。

吹き乱る風のけしきに女郎花(をみなへし)しをれしぬべき心地(ここち)こそすれ　玉鬘

吹き乱れる風の様子に、女郎花がしおれてしまいそうな心地がしています、という歌。乱れかかる源氏を嵐とみたてて抗う歌である。

下露（したつゆ）になびかましかば女郎花（をみなへし）荒き風にはしをれざらまし　光源氏

私の下心になびいていれば荒々しい風にしおれてしまったりはしないだろう、続けて「なよ竹をごらんなさい」と源氏が答える。しおれるに折れるをかけて、なよ竹ならなびきながらも折れないというのに、折れてしまうと言うのだね、という返しで玉鬘の言おうとしたことを都合よく言い換えてしまっている。

次に花散里の元を共に訪れると、摘んだ花で見事に染め上げた布を広げているところだった。夕霧はこうした向きは紫の上に優っているところなのかもしれないと思いながら見ている。源氏は夕霧にぜひそれを仕立ててやってくれと告げて出て行った。

夕霧は一人になって文を書いた。

風さわぎむら雲まがふ夕べにも忘（わす）るる間（ま）なく忘られぬ君　夕霧

風がさわぎ、むら雲が行きまどうような夕べでも忘れる間なく忘れられない君よ、という歌。どうにも型通りで感心しない詠み口だと周りの女房はみている。夕霧がその歌を刈萱（かるかや）に結びつけようとする。「まめなれどよき名も立たず刈萱のいざ乱れなむしどろもどろに」という古歌があるように、私は真面目だけれどしどろもどろに寝乱れてみたいという意味をこめようとしているらしい。周りの女房は、色好みの物語の主人公、交野（かたの）少将は紙の色に合わせた草花に結んだものですよ、と注意する。夕霧は源氏とはちがって恋の手だれというふうではないらしく、無骨なところがあるのである。

そこへ明石の姫君がやってきた。夕霧はさまざま見てきた女君たちと比べてみたくて姫君の顔をのぞき見る。紫の上が桜で、玉鬘が山吹だとすれば、この姫君は藤の花。高い木に蔦をからませて咲いて風になびいているような藤の花という感じだと夕霧は思う。「野分」巻では、成長した夕霧が源氏が六条院にあつめた女君たちをまなざし、源氏を客体として映し出していくのである。

第二十九帖　行幸　みゆき

我が身こそ恨みられけれ唐衣君が袂に馴れずと思へば　末摘花
唐衣また唐衣からころもかへすがへすも唐衣なる　光源氏

源氏は玉鬘に魅力を感じてはいるが、かといって内大臣の婿となるのは御免なのである。そこで尚侍として宮仕えさせるのはどうかと思い立つ。

その年の十二月、大原野の行幸があった。冷泉帝をはじめ親王、上達部たちが狩りに出かけるのである。多くの見物人が集まる一大行事で、雪もよいのなか、玉鬘も車を仕立てて物見に出かけた。ここで玉鬘はいま入内しようとしている帝の姿から求婚者の蛍兵部卿宮、鬚黒大将などの姿をとっくりと眺め品定めをするのである。

赤色の衣を着た帝のうるわしさは他に比べようもない。実父の内大臣はというと派手派手しく美しい男盛りではあるが、所詮は臣下の者といった風情で、帝を見てしまってからは目移りするべくもない。若い女房たちがあの人がかっこいい、この人がすてきと言い合っている内大臣の長男や次男たちなどは目にも入らない。帝は源氏の面差しにそっくりなのだが、帝だけあって威厳があるように見える。普段、源氏や夕霧の姿に見慣れていて、上流貴族の男というものはこのようにみな美しいのかと思っていたのだが、他の男どもなど同じ目鼻のついた人間とも思えない。雲泥の差だと玉鬘は思い知るのだった。蛍兵部卿宮、鬚黒大将の姿も見える。鬚黒大将は胡簶（やなぐい）を背に負って武家の装いで供奉している。顔は浅黒く、鬚がちでまったくみっともない。源氏が宮仕えを勧めてきたときにはとんでもないことだと思ったが、あのような方のおそばに仕えていられるならすばらしいことなのかもしれないと思い直している。

翌日、源氏は玉鬘に「帝の姿を見ましたか。宮仕えをしたくなったのでは」と文を送ってきた。玉鬘は、よくもまあ私の思うことがわかったものだと可笑しくなって歌を送る。

うち霧（き）らし朝曇（ぐも）りせしみゆきにはさやかに空の光やは見（み）し　玉鬘

霧がたちこめて朝曇りの雪の行幸でどうしてはっきりと空の光が見えたでしょうか、という歌。「みゆき」に「雪」と「行き」がかけられている。源氏のそばでこの歌を見ている紫の上に源氏は「帝には秋好中宮がいて、内大臣の娘が弘徽殿女御として入内しているので玉鬘は遠慮しているのです。けれど帝のお姿を一目みたなら若い女性は宮仕えしたくなるものでしょう」と言う。紫の上は「まあなんてこと。すばらしいと思ってもずうずうしくも宮仕えしたいなどと言い出すわけがないでしょう」と答えるのだが、このことばがのちのち効いてくる。近江の君は玉鬘が尚侍（ないしのかみ）として宮仕えに出るときいて、我こそがその役目をほしかったと騒ぎ立てるのである。

さて宮仕えに出すのなら、まず裳着をしなくてはならないと源氏は思い立つ。玉鬘はもう二十歳にもなっていたがいまだ成人式を行っていなかった。成人前の子どもということもあって源氏は遠慮なく玉鬘の御簾のうちに入り込むことができたわけである。源氏は裳着の腰結い役を内大臣にまかせ、この機会に真相を知らせようと考える。ところが内大臣は強情を張って母の大宮が病がちであることを理由に断ってきたのである。

源氏は大宮の住まう三条宮に自ら出かけて、内大臣への取次を依頼する。内大臣は源氏たっての頼みとあるから夕霧と雲居雁のことだと思っている。このさい押し切られるかたちで許してしまおうと考えて、念入りにめかし込んで三条宮へやってきた。内大臣の装いは、いつもわざとらしくやりすぎなのである。対する源氏は「しどけなき大君姿」と言われていてゆったりと自然だ。日ごろ、ゆっくりと顔を合わせることもなくなっていた二人は久しぶりに親しく向き合った。すると若かりし頃のさまざまなことが思い出されてくる。内大臣は、かつて自分が雨夜の品定めで語った睦言をなつかしく思い出し、泣いたり笑ったり夜がふけるまで語り合った。それでも源氏は夕霧の雲居雁との縁談については触れずじまいにおわった。仲が良いとはいっても一筋縄ではいかない政治的な緊張関係があるのだった。玉鬘の裳着は源氏の庇護下に行われ内大臣が引き取ってしまったりはしない。したがって表向きは源氏の娘としてすべては進められていく。

玉鬘の裳着はよき日を選んで二月十六日の彼岸のはじめに執り行われた。方々から祝儀の品が届く。秋好中宮からは裳着に着用する白い裳（も）をはじめ、唐衣（からぎぬ）、御髪（みぐし）上げの道具、到来ものの薫物（たきもの）など選りすぐりのものが送られてきた。祝儀というのは誰でも送ればいいというものではないのである。花散里などは分不相応だと考えてかえってなにも贈らずにいる。ところが末摘花はそうした分別はないので衣を送ってきた。もともと素（す）っ頓狂（とんきょう）なところのある女君ではあるが、成人のお祝いだというのに喪中のときに着るような青鈍色の衣を送ってきたのである。しかも文には例によって唐衣とあなたがつれなくて恨んでいるとつづった歌が添えられている。

我（わ）が身こそ恨みられけれ唐衣（からころも）君が袂（たもと）に馴（な）れずと思へば　末摘花

衣の袂のようにあなたのそばに寄り添うこともできない我が身がうらめしい、という歌。源氏は、玉鬘に代わって自ら返歌を書く。

唐衣また唐衣からころもかへすがへすも唐衣なる　光源氏

末摘花好みの歌語を連ねてみました、とにやりと笑う光源氏。玉鬘はそれではからかっているようでかわいそうだと言う。この末摘花との関係は、内大臣が見出した近江の君との関係に呼応している。ただし源氏は、末摘花のみっともなさを世間に噂させるような真似はしないのである。

　この巻の最後は、近江の君が、尚侍に空きがあったのなら、私がなりたかったのにと腹を立てているのをみて内大臣、長男、次男たちがからかう場面となる。尚侍というのは、宮中に祀られている天照大神に仕える役職である。そこで次男の弁少将は『日本書紀』の天照大神が沫雪を蹴散らしてやってくる場面を引用し、その威勢の良さならまさにぴったりだと言い、長男の柏木中将も「いやいや、天の磐戸にこもっていたほうがいいでしょう」などと言い合う。内大臣は長歌を立派に書き上げたら帝も心を動かされるだろうなどと心にもないことを言ってからかっている。短歌ならいざしらず長歌はこの頃にはすでに廃れていたから、おいそれと書けるものではないのだ。内大臣は、うつうつとしているときには近江の君をからかっていると愉快になるな、などと言っていて、まったくひどい扱いなのであった。

第三十帖　藤袴　ふじばかま

朝日さす光を見ても玉笹(たまざさ)の葉分(はわ)けの霜を消(け)たずもあらなむ　蛍兵部卿宮
心もて光に向かふ葵だに朝おく霜をおのれやは消つ　玉鬘

玉鬘は宮中出仕をいまだためらっている。帝に寵愛されている源氏方の秋好中宮、内大臣方の弘徽殿女御に疎まれるのは困るし、寵愛を得られずに笑いものになるのも嫌なのである。内大臣に打ち明けてからというもの、源氏は憚(はばか)りがなくなったとばかり恋情を寄せているのが、そろそろ人の噂にのぼりはじめている。

宮中出仕が延びたのは、大宮が亡くなって服喪中であるせいである。大宮は夕霧にとっても母方の祖母にあたっているから、二人はそろって鈍色の衣を着ている。夕霧は、あの台風の日に見かけた源氏と玉鬘の妙な近しさから、源氏は玉鬘を宮中に出仕させつつ、関係をもつつもりでいるのではないかとにらんでいる。それと同時に、あの日に垣間見た玉鬘の美しさを思い出し、晴れて他人とわかったのだからと恋情を隠しきれずにいる。夕霧は藤袴の花を御簾の端から差し入れて、それを取ろうと手を伸ばした玉鬘の袖を捉え、歌を詠みかけた。

同じ野の露にやつるる藤袴あはれはかけよかことばかりも　夕霧

同じ野で同じように大宮の死の悲しみに涙の露でしおれている藤袴です、口先だけでもかわいそうだといっておくれ、という歌。玉鬘は「かことばかりも」とあるのをきいて、「東路の道のはてなる常陸帯のかごとばかりも逢ひ見てしがな」という歌の下の句を思い出し、会いたいと誘っているのだと理解してうんざりする。気づかぬふりで奥へ引っ込み返歌する。

たづぬるにはるけき野辺の露ならば薄紫やかことならまし　玉鬘

訪ねてきて遠い野辺の露というのであれば、藤袴の色のように薄紫の、うすい縁だというのでしょう、という歌。深い縁などないのではないかという返しである。夕霧は、色よい反応をもらえなかったので恋情を打ち明けたことを後悔し、そんなことなら嵐の日に垣間見た紫の上に御簾ごしでもいいから対面してみたいものだと思いながら源氏の元へやってくる。

夕霧が玉鬘が宮仕えを望んではいないことを伝えると、源氏は「大原野の行幸で帝を見てからはその気になっていたと思ったのだが、蛍兵部卿宮の求愛に心を奪われているのだろうか」などと夕霧を前に悩み出す。夕霧は宮仕えをしたとしても中宮、女御に居並ぶことにはなるまいし、蛍兵部卿宮が気を悪くするのではないかと大人びた進言をする。源氏は娘にたくさんの男たちが恋文を送ってよこし、縁談をまとめあげる婿どりをやってみたかったのだが、人に恨みを買うばかりでなかなか難しいものだとため息をつく。そこで夕霧は源氏が玉鬘と深い仲になっているのではないかというかねてよりの疑惑に切り込んでいく。夕霧は「玉鬘を正式な妻にはできないので実父の内大臣に返して通り一遍の宮仕えをさせながら恋人にしようとしているのだ、なんと賢いやりようだと言っている人がいた」と語る。源氏はそれは邪推だと否定しつつも、実際のところ図星なので、これはなんとしても内大臣に身の潔白を明かさなければと思うようになる。

この八月で喪があけても一月、五月、九月は結婚を避けることになっているから、十月に玉鬘入内の日取りが決まる。求婚者たちは焦り出す。入内するといっても、たとえば朧月夜が尚侍として朱雀院に出仕したとき、源氏と関係があったことはすでに周知のことであった。源典侍も夫がいながら女房出仕して桐壺帝の寵愛を受けていたのである。ならば玉鬘の夫となる可能性がまだ残されていると男たちは考えるのである。

源氏の娘だと思っていたのが実は内大臣の娘だと明かされてから求婚者の立場は変化した。柏木は熱心に文を送っていたのだが、いまや兄として内大臣からの伝言を託される役目を負っている。兄弟と知れたからといって、玉鬘は女房の宰相の君を取り次ぎとして直接にことばを交わさぬように警戒する。柏木は夕霧ほどではないものの気品があって美しい。

次々に若くうるわしい貴公子たちが訪ねてくるこの居室に仕える若い女房たちは浮き足だっ

ている。自分の惚れ込んだ男のためにならば、姫君の寝所へ案内してやりたい、願いを叶えてやりたい、と女房は思うものらしい。鬚黒大将は弁のおもとという女房をしきりに責め立てている。鬚黒大将は朱雀院女御であった人の兄であり、紫の上の腹違いの姉にあたる人を正妻としている。現在、三十二、三歳だが、三つか四つ年上の正妻とは別れたいと思っているところだ。源氏は、玉鬘の相手として鬚黒大将は論外だと思っている。それを知ってか、鬚黒大将は実父の内大臣や柏木に縁談話をもちかけている。末は朝廷の支えとなる重要な政治家の鬚黒大将である。これは悪い話ではないと内大臣は思っているようで鬚黒大将は意を強くしているのである。

九月になった。男たちはしきりと玉鬘に文を送る。鬚黒大将の歌。

数（かず）ならばいとひもせまし長月（ながつき）に命をかくるほどぞはかなき　鬚黒大将

人並みに扱ってもらえる者ならば九月が婚姻をさける月であることを厭わしく思ったでしょうけれど、私にとってはあなたの宮中出仕が延期になったわけで、はかない命をかけてあなたとの縁を願っているのです、という歌。実直かつ直接的な求婚の歌である。蛍兵部卿宮は、宮仕えが決まったとなってはもう出る幕はないとあきらめたような歌を送ってくる。

朝日さす光を見ても玉笹（たまざさ）の葉分（はわ）けの霜を消（け）たずもあらなむ　蛍兵部卿宮

朝日の光のような帝を見ても、玉笹の葉元の霜のような取るに足りない私のことを記憶から消さないでほしい、という歌。式部卿宮の息子で紫の上の腹違いの兄にあたっている人も求婚者の一人に名乗りを挙げていたらしい。

忘れなむと思ふもののかなしきをいかさまにしていかさまにせむ　式部卿宮の息子

あなたのことを忘れてしまおうと思うものの悲しくてどのようにしてどうしたらいいのだろう、という歌。

玉鬘はどういうわけか蛍兵部卿宮にだけ返事をしたのである。

心もて光に向かふ葵だに朝おく霜をおのれやは消つ　玉鬘

自分から光に向かう葵でも朝に置かれた霜を自ら消してしまうものでしょうか、という歌。自分は心から喜んで入内するわけではないから、あなたのことを忘れないとの意味である。玉鬘は蛍兵部卿宮に惹かれているのだろうか。巻の最後には、女の心ばえは玉鬘を手本とすべし、と大臣たちが評したとある。求婚者たちの交わし方が玉鬘は絶妙だったというのである。

第三十一帖　真木柱　まきばしら

いまはとて宿離れぬとも馴れ来つる真木の柱はわれを忘るな　真木柱

「真木柱」巻は、光源氏が「帝が耳にするのは畏れ多いことなので、この話は内密に」と口止めしているセリフからはじまる。そうはいってもこうしたことはすぐに知れてしまうと続く。前の巻で話題になっていたのは、玉鬘の入内のことだから、これは玉鬘が入内を前にして誰かと結ばれたということだ。この相手が誰なのか読者はドキドキしながら読み進め、「石山の仏をも、弁のおもとをも、並べて」拝みたいほどだと男が思っているというので弁のおもとをしきりとせっついていた鬚黒大将が思いを遂げたのだとわかる。光源氏は愕然とするが、内大臣のほうはなまじ宮仕えなどに出て我が娘の女御と帝の寵愛を奪い合うことになるよりも無難にまとまってよかったと思っている。当の玉鬘は、この顛末を気に入らず、弁のおもとは玉鬘に疎んじられて里に引き下がらざるを得なくなった。こうしてみると女の結婚というのは、父の思惑をもすりぬけてお付きの女房の力量でいかようにもなってしまうのだとわかる。

源氏は予定通りに玉鬘を尚侍として宮仕えに出すつもりでいるが、鬚黒大将はできれば自邸に引き取ってどこへも出したくないと思っている。いまのところ六条院へ婿として通っているわけだが、宮仕えに出るというかたちで六条院から離れさせて、そのまま自邸に連れかえればいいと思いつく。鬚黒大将が自邸を改修するなどして整えはじめると、いたたまれなくなった正妻は物の怪にとり憑かれて正気を失うことが度重なるようになっていく。正妻の父親の式部卿宮は紫の上の父親である。娘に恥をかかせてはなるまいと実家に戻ってくるように言うが鬚黒大将は幼い子どもたちもいるのだから、どうか玉鬘と仲良くここで暮らしてほしいと正妻をなだめている。大将は日が暮れると早くも六条院の玉鬘に会いに行きたくてそわそわしだす。外は雪もよいである。正妻は殊勝にも「夜もふけてしまいますよ」と早く出かけるよううながし、自ら香炉を引きよせ大将の衣に香をたきしめてやったりする。よそ行きの衣装に身をつつんだ鬚黒大将は光源氏には並ぶべくもないが、男々しく堂々としていて立派だ。すると外から「少し雪がやんできました、夜がふけてしまいましょう」と従者が声をかけてくる。鬚黒大将と恋人関係にある中将の君、木工の君など召人の女房たちも、こんな日に北の方をおいてでていくなんてとため息をついている。

するとと今まで沈み込んだ様子で脇息によりかかっていた北の方が突如立ち上がったかと思いきや、香炉をつかんで鬚黒大将の背後から投げつけたのである。頭から灰をかぶって目や鼻、髪の毛にまでたっぷりとこまかな灰をあびた大将は、とても今夜は出かけられる状態ではなくなった。正気を失った北の方は、物の怪封じのために呼ばれた僧に一晩中打たれ引きずりまわされ泣きまどうという修羅場。

翌朝、鬚黒大将は玉鬘に夜離れを詫びる文を送った。

心さへ空(そら)に乱(みだ)れし雪もよにひとり冴(さ)えつる片敷(かたしき)の袖　鬚黒大将

心まで上の空になって乱れたように空も乱れての雪もよい、ただ冷え切って独り寝をしました、という歌。白い薄紙につづられたこの文にすてきなところはまるでない。筆跡はたしかに美しいが大将は漢学の才にすぐれ、こうした色恋向きの人ではないのだった。玉鬘は鬚黒大将が訪ねて来なかったことなどなんとも思っていなかったし、文も見る気もしなくて返事もしなかった。気が急(せ)いて仕方がない鬚黒大将は、日が暮れるとさっそく出かける用意をするが、昨夜の衣は焼けこげて穴もあいてしまっていたし、北の方の嫉妬のあとがはっきりわかる状態なので脱ぎ変えて湯浴みをする。手伝いに立った召人の木工の君は歌を詠みかける。

ひとりゐてこがるる胸の苦しきに思ひあまれる炎(ほのほ)とぞ見し　木工の君

独り残されて恋焦がれた胸の苦しさに思い余った嫉妬の炎のせいだと思います、という歌。木工の君は鬚黒大将と恋人関係にある女房だが北の方に同情し、そこに自分の気持ちを重ねてもいるのである。大将は、北の方だけでなくこの女房に対しても、いったいなぜこんな女と関係したのだろうとすっかり愛情が冷めきっているのだった。鬚黒はこれ以降、北の方のそばには寄りつきもしなくなった。父の式部卿宮はそれを聞くや、娘と孫たちを自邸に呼び寄せた。父親にかわいがられていた娘は最後にもう一度父親の顔を見てから発ちたいと思うが許されない。そこで紙に歌を書いて柱のひび割れの中に押し込んだ。

いまはとて宿離（やどか）れぬとも馴（な）れ来（き）つる真木（まき）の柱（はしら）はわれを忘るな　真木柱

今は限りとこの宿を離れてしまっても慣れ親しんだ真木の柱は私のことを忘れないでおくれ、という歌。

馴れきとは思ひ出づとも何により立ちとまるべき真木の柱ぞ　北の方

北の方は、馴染みの木として真木の柱が私たちを思い出してくれるとしても、どうしてここにとどまることがあるでしょう、という歌を添えた。真木柱という巻のタイトルは馴れ親しんだ邸を離れていく妻と娘の歌からとられている。

式部卿宮の正妻は娘の不遇に腹を立てて、光源氏は玉鬘を使い古すようにもてあそんだ挙句、浮気などしそうにもない実直な男をとりこんで婿にしたのだと悪しざまにけなす。式部卿宮は、源氏が須磨に下って沈んでいたときに冷たくあしらった報いなのだと思っている。

　玉鬘は予定通り宮中に出仕し帝と対面したが、気が気ではない鬚黒大将は、早々に玉鬘を自邸に連れ帰ってしまう。光源氏は玉鬘を恋しく思って、右近の元に歌を託した。これをこっそり見せると玉鬘は泣き出してしまった。離れてみて源氏のことがだんだんに恋しくなっていたのである。玉鬘は自ら返歌する。しかし次に源氏が玉鬘に歌を送ったとき返歌してきたのは鬚黒大将だった。源氏はかつて弘徽殿女御が朧月夜に会わせないようにしたときのことを思い出して因果を感じている。

　やがて玉鬘は男児を産んだ。「玉鬘十帖」とよばれる玉鬘の婿取り物語はここでひとまず終結する。巻の最後は、この協奏曲を彩ってきた近江の君の話題である。近江の君はこともあろうに夕霧に恋をしてまだお相手がいないのならぜひ私をと誘いかける歌を詠むのである。読者はここで、そういえば夕霧と雲居雁との恋の行方はいかにと思い出し、物語の続きに期待をたくすのである。

第三十二帖　梅枝　うめがえ

花の香は散りにし枝にとまらねど移らむ袖に浅く染まめや　朝顔
花の枝にいとど心を染むるかな人のとがめん香をばつつめど　光源氏

光源氏は、明石の御方の産んだ姫君の裳着を準備する。同じく二月に東宮も元服の儀式をすることになっていて、この姫君はやがて東宮のもとへと入内することになるのである。一月末の頃、光源氏は姫君入内の嫁入り道具の一つとして香を用意する。女君たちに香を配ってその調合をさせ、にわかに薫物合わせがはじまった。

大宰府に赴任している者が香を贈ってきた。大宰府は異国の玄関口であるからこの香は舶来品である。しかしどうも昔のものの方が上質な気がして、源氏は二条院の倉を開けさせて代々家に伝わる唐からの舶来品などを取り出してみる。やはり錦、綾とても昔のものはすばらしいと感じた源氏は亡き桐壺院の若かりし頃に高麗人が献上した綾、金襴の錦などを引っ張り出した。それで今回、大宰府から贈られた品は女たちに配ってしまったのだった。源氏は今のと昔のと両方の香を女君たちに配って二種ずつ調合するように頼んだ。

女君たちは競うように調合に励んでいる。源氏もこっそりと部屋にこもって仁明天皇秘伝の方法で調合をする。せっかくなのだから勝負をつけようと源氏が思いついたちょうどその頃、紅梅の花盛りの六条院へ蛍兵部卿宮がやってきた。そこで蛍兵部卿宮を判者に夕方、香りが湿りたつ頃に香合（こうあわせ）を行うことにする。蛍兵部卿宮は桐壺院の異母兄弟のなかでもとくに源氏と仲がよく、こうしたことへの批評眼もすぐれた風流人なのであった。

朝顔の女君から届けられた香は、沈（じん）の箱のなかに瑠璃（るり）の高杯（たかつき）を入れてその上に大きく丸くかためてのせられていた。飾りつけ、結ばれた糸など艶っぽくも優美である。

花の香（か）は散りにし枝（えだ）にとまらねど移（うつ）らむ袖に浅（あさ）く染（し）まめや　朝顔

花の香りは散ってしまったら枝にはとどまらないけれども（私も散った花のようなものですけれども）、香りをうつした姫君の袖は薫りたつことでしょう、という歌がつけられている。これをみた蛍兵部卿宮は歌うように口ずさんでいる。朝顔の使いを引き留めて夕霧が酒をふるまい、紅梅襲（こうばいがさね）の唐（から）の細長（ほそなが）を添えた女ものの装束を返礼に渡した。源氏は紅梅色の紙に返歌を書いて庭から折りとった紅梅の枝につけた。朝顔は源氏の恋人として長く噂のあった女君だから、どんなに色めいた返歌を書いたのかと蛍兵部卿宮は興味津々である。源氏は見せて困るようなことは書いていませんよ、というつもりであえて隠さない。

花の枝にいとど心を染むるかな人のとがめん香をばつつめど　光源氏

人が恋心をみとがめないかと花の枝に自分を託して隠していらっしゃるのですね、私はそんなあなたに惹かれていますす、という歌。蛍兵部卿宮は、源氏の合わせた香、紫の上のもの、花散里が遠慮がちに一つだけだしてきたもの、明石の御方のものなどそれぞれの良さをほめている。それぞれの香りの表現はこまやかで、たとえば紫の上の合わせた香は、梅花のはなやかさのなかに今風に少し鋭く香りが立つようにつくられていて清新な香りだと評されている。味や香りというのは文学ではなかなか伝えにくいものだが、その新鮮さ、新しさがどことなく想像できるようになっているのがおもしろい。

かくして明石の姫君の裳着の儀式は、秋好中宮を腰結い役として盛大に執り行われた。育ての母である紫の上は、春秋論争で歌のやりとりをした秋好中宮とここではじめて対面した。産みの母の明石の御方は儀式の場には呼ばれていない。源氏はぜひにも見せてやりたかったが入内前の姫君の出自をあれこれ取り沙汰されるのを避けて断念したのだった。

東宮の元服も二月二十余日に行われ、いよいよ大臣クラスの入内競争がはじまるというところ、源氏が明石の姫君を入内させるつもりだというのでみな遠慮してしまっていた。源氏はそれでは「世に栄え」がない、宮中というのは多くの女たちが入内して競い合ってこそ華やぐのだと言ったので左大臣が姫君の入内を決めた。

明石の姫君の入内は四月に決められ、源氏は宮中にしつらえる調度品を整える準備にかかりきりである。源氏は姫君の習字の手本とできるような能書家の書いた草子を選りわけながら紫の上を相手に筆跡について持論を述べる。曰く、なにごとも昔に比べて劣っているようになるばかりの世の末だが、仮名文字は今の世こそ見事になっている。古いものは書き方に定めがあってのびのびとしたところがなく、似たり寄ったりのものが多い。自分が女手といわれる仮名書きを習っていた盛りに手本としていたのは秋好中宮の母、六条御息所の筆跡だった。無造作に走り書きしたような一行ほどの、念を入れて書いたというのでもないようなものに格段にすぐれたものがあった。中宮の筆跡はこまやかで美しいけれども才気走ったところがない。亡くなった藤壺の宮の筆跡は深みがあって上品だが弱いところがあって華やかさが少ない。朧月夜は今の世の上手といわれているけれどあまりにしゃれすぎて癖がある。とはいえ朧月夜と朝顔、そして紫の上が上手だ、と。架空の登場人物の筆跡について、こんなにも緻密な書き分けをしているのが興味深い。

さて源氏は若い男君たちに葦手や歌絵を自由に書いてくれと高麗の薄くすいた紙を配った。葦手というのは絵のなかに模様のようにして文字を潜ませて書いたもので判じ絵のようなもの。また自分でもあらたに草子を整えようと部屋にこもって、目利きの女房だけを集めて墨をすらせるなどしている。脇息の上に草子を置いて、筆の端っこを口にくわえて考え事をしている源氏の姿は、この世のものと思えないほど美しいのである。

草子をつくるように頼まれていた蛍兵部卿宮がそれを携えてやってきた。源氏はそれを見て、こんなにすばらしいものを見ると筆を折ってしまいたくなるね、と嫉妬する。二人は若者たちが書いた葦手を見たり、さまざま集めた草子を眺めて批評しあう。蛍兵部卿宮は、自邸に伝わる嵯峨天皇が『万葉集』から選んだ和歌を四巻にまとめた本と、醍醐天皇が『古今和歌集』の和歌を唐の浅縹の紙をついで巻物にしてつくらせたものなどを取り寄せて源氏に献上する。自分には入内させるような姫君がいないからぜひ使ってくれというのである。源氏は返礼として宮の息子のためにと漢詩の本を箱に入れて香と高麗笛とを添えて渡した。

こうしたなかで内大臣は我が娘、雲居雁の処遇に苦慮している。そんなことなら夕霧と縁付けておけばよかったと後悔しはじめているのである。

第三十三帖　藤裏葉　ふじのうらば

浅緑(あさみどり)若葉(わかば)の菊を露(つゆ)にても濃(こ)き紫(むらさき)の色とかけきや　夕霧

夕霧と内大臣の娘、雲居雁との関係が一気に進展する巻である。双方あちらが下手にでてくれば許すつもりで、もはや意地の張り合いのようになっていたところ、内大臣の母、大宮の一周忌に極楽寺に集まったのを機に、内大臣は「今日の法事に集った縁を思って、私の罪を許しておくれ」と夕霧に語りかける。さらに四月一日の頃、内大臣邸の庭の藤の花が盛りとなったというので藤の宴を催し夕霧を招待した。夕霧はかつて雲居雁の乳母が「六位宿世(ろくいすくせ)」の男とさげすんでいたのを聞いているからなんとしても出世をしてからと考えてきたので、この段階で内大臣が心変わりしたことに合点がいかない。そこで夕霧は光源氏に相談する。源氏はすぐに内大臣の気持ちを察して身ぎれいにして出かけるように注意する。正装の束帯姿のときには位によって着けられる色が決まっているが直衣姿のときには自由に色を使える。夕霧は六位の浅緑色を着てひと目で位の低さがわかってしまうのが嫌で赤みがかった直衣を着ていたのだが、源氏は四位になるまでの非参議のうちは若い人は二藍(ふたあい)を着るのがいいと言って自らの持ち物を息子にまわすのである。二藍は藤の花に似た薄紫色で今日の宴にはうってつけだ。

夕霧は念入りにめかしこんで黄昏時をすぎて相手が待ちくたびれて不安になりはじめた頃にやってきた。娘の婿となる男が来たので内大臣は正装に着替えに奥に入っていった。奥にひかえていた北の方や若い女房たちに「のぞいてごらん。大人になるにしたがって立派になっていく人ではないか」といって内大臣は夕霧評を語ってきかせる。曰く、光源氏はただもう優雅でおだやかで見ていて微笑まれずにはいられない、世の憂さを忘れさせるような人だが、その点、政治的手腕といえば少しくだけてうちとけすぎるところがある。夕霧は学問をしているし、心根も雄々しくしっかりしていて申し分ないと世間でも評判だ、というのである。

夕霧と対面した内大臣は、娘のことを藤の花にたとえて夕霧にすすめる。春に桜が咲き誇っているときには目を奪われるけれども、すぐに散ってしまう。残念に思っている頃にちょうど藤の花は咲き出して、そうして夏まで咲き続けるのだ。色は紫。紫は縁を示す色。つまり婚期に遅れて美しく咲いている花が雲居雁というわけだ。内大臣が詠んだ歌。

紫にかことはかけむ藤の花まつより過ぎてうれたけれども　内大臣

藤の花の紫の縁に恨みごとは言いましょう、松の梢をすぎて伸びていくのは嘆かわしいけれども、という歌。「松」には「待つ」がかけられて、待ちすぎていたことが嘆かわしいというわけだ。夕霧の返歌。

いく返り露けき春を過ぐしきて花の紐(ひも)とくをりにあふらん　夕霧

幾度も涙にくれる春を過ごしてきてようやく花のひらく折に出逢えた、という歌。夜が更け行くころ夕霧は酔ったふりをして泊まるところを所望する。その晩の宿直所は、内大臣の采配で柏木の案内でいく雲居雁の居室である。幼い頃を共に過ごし、相思相愛であったのに内大臣に引き裂かれ長く会えずにいた恋人たちがようやく再会したのである。互いに少し大人になっている。夕霧は雲居雁に先の宴会で弁少将が葦垣(あしがき)という催馬楽を歌ったけれどもきいていたかい？　河口の歌を返してやりたかったよと言う。葦垣は男が女を連れ出そうとするのに告げ口をされて失敗する歌、河口は関守がいるのに女が抜け出して男と逢瀬を遂げる歌だ。雲居雁は歌で返す。

浅き名を言ひながしける河口はいかがもらしし関の荒垣(あらがき)　雲居雁

女が逢いにくるだなんて浮き名を流した河口の関守というのは、葦垣でいう秘密をもらしたあなたのこと、と言い返しているのである。夕霧はこの家で完全に歓迎されているわけではない。内大臣が「いい気になって朝寝している」と咎めるので夕霧はすっかり明るくなる前に出て行った。後朝の文は送られる。これまでこっそり届けられた夕霧の文を堂々と届け、内大臣から使いに褒美まで出された。

この顚末を聞いた光源氏は、我が息子に忠告をする。意地の張り合いに内大臣が折れて、こちらが勝ったといい気になって浮気心を起こしたりしてはならぬぞ、内大臣はおおらかで度量の大きな人に見えるけれど、心根は雄々しいところがなく、一癖あって扱いにくい人なのだから、と。こうして向き合っていると光源氏は夕霧の父親というより兄のように見えるほど若々しい。別々にみるとそっくりだと見える顔も向き合うとちがって見えて、それぞれに立派だ。

いよいよ明石の姫君が入内する。つきそうのは紫の上だ。まだ幼い姫君のそばに母がいたほうがいいが、紫の上が源氏を一人残して六条院をあけるのは都合が悪い。姫君と離れがたい思いはありながらも紫の上はこの機会に宮中でつきそうのを明石の御方にお願いしてはどうかと源氏に提案する。源氏はかねてから明石の御方を娘から引き離したことを気に病んできたのでこれはすばらしいことを言い出してくれたと歓迎する。宮中でのお役目交代のおりに紫の上ははじめて明石の御方と対面し、源氏が大切にするのも道理だと思うのだった。

その年の秋、源氏は太上天皇になぞらえられる位についた。准太上天皇というのは帝の位を退いた院にあたっていて、源氏は天皇の位につかずに、かつて天皇だった人と同等の扱いになったわけである。夕霧は中納言に昇進し、内大臣が太政大臣となった。夕霧はようやく浅葱色から紫色の衣を着られるようになった。かつて「六位宿世」とつぶやいた雲居雁の大輔の乳母に嫌味を言うのを忘れない。

浅緑若葉の菊を露にても濃き紫の色とかけきや　夕霧

浅緑色の若葉の菊を見て、いつか濃い紫色の花が咲くことを想像したことがあったかね、という歌である。夕霧は大宮の住まっていた三条殿に雲居雁と共に所帯をかまえた。
紅葉の盛りの神無月（十月）二十余日、帝が朱雀院と共に六条院に行幸する。天皇と院を迎えるというので六条院はいつにもまして煌びやかに整えられた。池には魚を放ち、鵜飼を呼んで魚をとらせるなどの演出もある。朱雀院は、かつて若かりし頃に光源氏と頭中将が舞った青海波を思い出している。なんという長い時がたったことだろう。来年、源氏は四十歳になる。

第二部

第三十四帖　若菜　上　わかな　じょう

目に近く移れば変はる世の中を行く末とほく頼みけるかな　紫の上

朱雀院は病い重く出家したいと願っているが、母を亡くして後見のない幼い娘女三の宮の行く先が気がかりで決心がつかずにいる。女三の宮の母親は、朱雀院が東宮のうちに入内した人で、藤壺中宮の異母妹にあたる。更衣で高き位にはいなかったのに朱雀院の寵愛がことのほか深かったので、他の女御たちからは疎んじられていたから娘を託せる人がいない。光源氏の母親が更衣だったのに桐壺帝の寵愛を受けていたことを読者はここで思い出し、さもありなんと理解するところである。

朱雀院はまだ雲居雁と婚姻する前に夕霧に託してしまえばよかったと後悔するが、結局は多くの女君たちを分け隔てなく引き取っている源氏に託そうと考える。朱雀院は見舞いにやってきた夕霧を相手に桐壺院がくれぐれも光源氏と冷泉帝のことを頼んでいったにもかかわらず、源氏を須磨に下らせた過ちを犯した自分は恨まれて当然なのに、心を寄せてくれていると語る。夕霧は、幼い頃に起こったことで分からないが、ともあれ源氏が一度でも朱雀院を悪く言ったことはないと断言する。

まだ二十歳にも満たない夕霧は大人びて美しい。覗き見た女房たちはなんとすばらしいと褒め合っている。歳かさの女房は、なんのなんの光源氏があの年頃のときの美しさとはとうてい比べ物にならないと言う。それを聞いた朱雀院は、たしかに光るとはああいうのを言うのだと思うのだった。朱雀院は「私だって女なら兄弟とはいえ、きっと恋してしまっただろう、若い頃、そんな気持ちになったものだ。女がほれこむのがわかるよ」と語る。朱雀院への入内が決まっていたのに源氏と関係して須磨蟄居の原因となった朧月夜のことを思い出しているのだろう、と語り手は想像する。

女三の宮の乳母は降嫁の可能性について六条院に仕えているきょうだいの左中弁に内々に探りを入れる。縁組みには女房のネットワークがものをいうのである。左中弁は、およそ紫の上に並ぶべき人はいないとは思うけれど、ただ太上天皇に准じる位にいながら十分に位の高い妻をもっていないことが残念だと常々もらしてはいたと告げる。皇女を迎えることに必ずや源氏は興味を示すだろう、というのである。この頃には朱雀院が女三の宮の婿探しをしていることが世間の噂となっていて、例によって蛍兵部卿宮、柏木などが名乗りをあげている。

左中弁に朱雀院の女三の宮の降嫁の意向を聞かれたとき、源氏は辞退したのである。自分だって歳をとっていて、この先若い娘の行く末を見届けることなどはできそうにないし、せっかくなのだから入内させたらいい、すでに正妻がいたとしても、あとから入内した女君が寵愛を得るということもあるだろう、藤壺中宮はそうだった、などと言うのだった。

女三の宮の裳着が太政大臣（かつての内大臣）を腰結い役として晴々しく行われる。源氏もお祝いにかけつける。

娘の成人の儀を見届けると朱雀院は出家した。源氏は朱雀院の見舞いに訪れ、情にほだされて女三の宮を迎えることを承知してしまった。六条院では紫の上がやきもきしている。自分より位の高い女君が六条院に入るということは、愛情関係はさておきその人が正妻格となることを意味する。前斎院の朝顔との噂は若い時からあったが結局は沙汰止みになったのだから、今回もそうであるにちがいないと紫の上は念じていた。ところが源氏が引き受けて帰ってきたのである。紫の上は、実の娘の夫だった鬚黒大将のもとに玉鬘を送り込んだと思い込んで恨んでいる実父の正妻がそれみたことかと嘲笑うだろうと想像して、決して表立って騒いだりしないようにしようと心に決めるのだった。

源氏が四十歳をむかえるというので方々で祝賀が企画されたが、源氏は大袈裟なことはしたくないと辞退してきた。ところが正月二十三日の子（ね）の日に鬚黒大将の北の方たる玉鬘がその日に食べることになっている若菜を届けるという口実で祝賀を催したのである。玉鬘は二人の幼い子どもも連れてきていた。正月の子の日は小松引きをする日、そして子沢山であることを予（よ）祝（しゅく）する日でもある。


若葉（わかば）さす野辺（のべ）の小松を引（ひ）き連（つ）れてもとの岩根を祈（いの）る今日（けふ）かな　玉鬘

「小松引き」に、小さな子たちを「引き」連れてきたことがかけられていて、もとの岩根たる父がわりの源氏を訪ねて参ったという挨拶の歌。

小松原末の齢に引かれてや野辺の若菜も年をつむべき　光源氏

小さな孫たちの行く末長さに引かれて私もきっと長生きするでしょう、と源氏が答えている。四十の賀らしい返歌である。さまざまのものを四十そろえて豪華に準備されている。朱雀院が病いに伏していることにはばかって楽人を召しての派手な音楽会は控えられているが、太政大臣が和琴をとり源氏が琴をとっての合奏がはじまった。

二月、女三の宮を六条院に迎えた。まるで宮中への入内のような豪華さである。最初の三日間は結婚の儀式として夜離れなく源氏は女三の宮の元へと通う。思いがけない独り寝の夜に紫の上はぼんやりと歌を書いて過ごした。

目に近く移れば変はる世の中を行く末とほく頼みけるかな　紫の上

紫の上の歌は、他の女に心を移した紀貫之に女が送ったという「秋萩の下葉につけて目に近くよそなる人の心をぞみる」を踏まえていて、心変わりをすれば変わってしまう世の中を、行く末長くともにあろうと頼りにしてきたのだな、という歌。

命こそ絶ゆとも絶えめ定めなき世の常ならぬなかの契りを　光源氏

命は絶えようとも定めなき世にも変わらぬものと契った仲なのに、と返歌して源氏はしばらく紫の上のもとを離れられずにいる。

女三の宮は幼く、朱雀院はいったいどういう教育をしたのかと思うほど女としての魅力に欠ける。源氏は幼くして手元に引き取った紫の上と比べずにはいられない。紫の上のことが気になって夢にみてしまい、夜明け前に戻ってきてしまったりもする。それでいて源氏は、朱雀院が出家していよいよ山に籠るときいて、朧月夜に会いに行ったりはするのだった。そうしてそんな浮気心を紫の上に告白してしまったりもしている。

紫の上は女三の宮とうまくやっていく決意をし、明石の女御（東宮に入内した明石の姫君）が里に戻った対面のついでに女三の宮にも対面し挨拶をした。紫の上はやさしく、この歳になってもまだ昔好きだった人形を捨てられずにいるのですよ、などと幼い人に語りかける。

神無月には紫の上主催の仏事と源氏四十の祝賀が行われ、十二月には秋好中宮が南都七大寺への祈禱と祝賀、帝の命による祝賀が行われた。四十歳にちなんで帝は四十頭の馬を贈ったというからなんとも豪勢である。さらにこの祝賀に花を添えようと夕霧を右大将に出世させもした。

年明け、東宮に入内している明石の女御が出産するので里邸である六条院に戻っている。実の祖母の明石の尼君はいよいよ次代の帝の母、国母になる日が近いとうれしくなって、明石からここへたどりつくまでの顛末を語ってきかせた。女御は自分が明石の田舎の生まれだったと知って愕然とする。これまで歴とした家柄の子だと思い込んで他に入内した女君たちを下に見てきたけれども、陰ではなんと言われていただろうと思うのだった。やがて男児を出産し、女御は次代の天皇となるべき人の子を産んだことになる。ついに宿願が成就したと明石の入道から明石の御方に長い手紙が届く。そこにはこの運命が予言されていた夢のこと、数々の祈禱のことなどが記されていた。入道は自分のことは忘れてくれと山に入って行方を消した。

こうした晴れがましい日々のなかで、女三の宮が紫の上に気圧されて源氏もさほど心にかけていないという噂を聞き知った柏木は、女三の宮の乳母子の小侍従にしきりと会わせてくれるよう頼んでいた。三月のうららかな日に、六条院に若者たちが集まって蹴鞠をしている。ちょうど外に飛び出していった猫が御簾を引き開け、中が丸見えになったはずみに柏木は女三の宮の姿を見た。以来、柏木は熱に浮かされたように小侍従に文を送り続けるようになる。

第三十五帖　若菜　下（わかなげ）

恋ひわぶる人のかたみと手ならせばなれよ何（なに）とて鳴（な）く音（ね）なるらむ　柏木

「若菜」下巻の冒頭は、女三の宮付きの女房小侍従につれなくあしらわれた柏木が煩悶する場面からはじまる。女三の宮のよすがとして柏木は、あの日飛び出してきて御簾を引き開け女三の宮の姿をみせてくれた唐猫を手に入れようと考える。朱雀院の御子で女三の宮と異母きょうだいにあたる東宮が大の猫好きだというので、女三の宮の唐猫がどんなにかかわいらしいかを説いて手に入れさせる。そうして、ここには良い猫がいるのだから、私が貰い受けましょうと言って連れ帰ってしまったのだった。

恋ひわぶる人のかたみと手ならせばなれよ何（なに）とて鳴（な）く音（ね）なるらむ　柏木

恋慕うあの人の形見と思って飼い慣らしている猫は、何だと言って鳴き声をたてているのだろう、という歌。柏木にとってこの猫は女三の宮の身代わりなのである。

いまや左大将となっている鬚黒大将と元の正妻とのあいだの娘、真木柱が年頃になった。真木柱は、玉鬘、女三の宮の婿どりに名乗りをあげては選ばれずにきた蛍兵部卿宮と婚姻することになった。ところが元正妻の母親がなにかと文句をつけてくる。宮は嫌気がさして適当にあしらう仲となってしまった。

在位十八年となった冷泉帝は、譲位し、ゆっくりと過ごしたいと思うようになる。いまの東宮は朱雀院の息子である。冷泉帝には跡を継ぐ息子がなかったが、明石の女御の産んだ東宮の子が次代に控えている。光源氏は藤壺との間に産まれた冷泉帝が一代限りで途絶えてしまい、罪が隠されたのはよいが後の世に継がれなかった宿運を残念に思うのだった。

いよいよ明石の女御の産んだ子が東宮に即位し、明石の入道の宿願が叶った。光源氏は紫の上、明石の女御、明石の御方、尼君をともなって住吉神社に願ほどきに出かける。馬や鞍や小舎人童（こどねりわらわ）らの衣装までが豪華に整えられ、舞人、奉納神楽の面々のほか、左大臣、右大臣をのぞいた役付きの男性貴族たちがみな供奉する。夜通しの酒宴に、音楽、舞い神楽がつづく。女たちは言祝（ことほ）ぎ歌を詠みあった。

住（すみ）の江（え）の松に夜深（ぶか）くおく霜は神のかけたる木綿鬘（ゆふかづら）かも　紫の上

「住の江の松」は住吉神社のあたりの地名を詠み込むときにきまって使われる句だ。「木綿鬘（ゆうかずら）」は神事でつかわれる木綿のかぶりもので、十月二十日の頃、夜には霜が降りるのを神がかけた木綿鬘にみたてた歌である。明石の女御が育ての母と慕う紫の上に同調する歌を詠む。

神人の手にとりもたる榊葉に木綿かけ添ふる深き夜の霜　明石の女御

神主たちが手にもっている榊葉に木綿をかけているかのように夜更けに白い霜がたっている、という歌。これらの歌を紫の上付きの女房である中務の君の歌が受けてまとめあげている。

祝子が木綿うちまがひおく霜はげにいちしるき神のしるしか　中務の君

「祝子」は神職をさす。神に仕える人が持つ木綿にみまごうような霜はいかにも神が私たちの声を聞き届けてくれたしるしなのでしょう、という歌である。他にも数多くの歌があったが書かれなかったと語り手がわざわざ注を入れている。それなのにここに女房の見事な歌が披露されたことは紫の上がどんなにかすぐれた女房たちに囲まれているかを示している。この住吉詣での豪華さは明石一族の幸いを象徴するもので、このしめくくりとして、かの近江の君が双六の賽子をふる前にいい目がでるようにと「明石の尼君、明石の尼君」というようになったというオチがつく。

さて紫の上は出家の志をもっているが源氏に許されず、明石の女御の産んだ女一の宮をかわいがることで日々を紛らわせている。花散里は、夕霧のもう一人の妻である惟光の娘の子を手元で育てている。源氏は、自らの子は少なかったがこうして孫たちに囲まれるようになったのである。

朱雀院が山に籠る前にいまいちど女三の宮に会いたいという。そこで源氏は朱雀院の五十の賀を催し、女三の宮に教えた琴を披露させようと考える。自らの手をすっかり伝授して、女三の宮を丁重に扱っている証としたいのである。琴は紫の上にも習わせていたので、これを機に女たちを集めて合奏する女楽（おんながく）を催すことにする。女たちの演奏会とあって成人男性は参加できない。笛や笙などは女の楽器ではないので、玉鬘の息子、夕霧の長男など元服前の子らを選んで女たちからは少し離れた場所に据えた。源氏は蔵を開けて海外から伝わった秘伝の琴や琵琶などを取り出す。明石の御方には琵琶、紫の上は和琴（わごん）、明石の女御は箏の琴（そうのこと）、女三の宮は普段使い慣らしている琴を使う。源氏は箏の琴の調弦は女の力では難しいからと夕霧を御簾の向こうにではあるが特別に召した。女房たちはだれもみなこの女楽を聞きたがったけれども、源氏はとくに音楽に詳しく良し悪しのわかる者だけを選んで招いた。自分がしこんだ甲斐あって女三の宮が琴の上達したところを披露できたことを喜ぶ源氏は、夕霧に実際のところ琴というのはうっかり手出しのできない難しい楽器なのだと持論を述べる。源氏がここで解説する琴の音色が天地を揺るがし鬼神の心を動かすというイメージは『うつほ物語』を読んでいた当時の読者には馴染みのものだったにちがいない。『うつほ物語』のはじまりは異国に渡って天界の者に認められて秘琴（ひきん）を持ち帰った俊蔭（としかげ）の一族が、琴の力で宮廷で繁栄する物語だからだ。この女楽の催しは、光源氏の栄光の頂点であると同時に、その栄華に翳（かげ）りがさす直前の最後の輝きだった。

紫の上は、今年三十七歳の厄年を迎え、その後重く患い一時は死にかけもするのである。その引き金となったのは、女たちを集めた宴に気をよくした源氏が過去の女たちについて紫の上を相手に語ったことである。源氏は亡くなった正妻、葵の上がいつも隔てがあるようで仲良くはならなかったと回想する。次に六条御息所について、格別に行き届いた人ではあったけれどもつきあいにくく面倒な人だったなどと言い放ったのだった。

紫の上は、源氏が女三の宮の元で夜を過ごしている間に急に胸を病んでたおれる。源氏に知らせてくれるなといっていたが、明石の女御に寝込んでいることを知らせたことからもれ伝わって、源氏はあわてて戻ってくる。物の怪がついているというので加持祈禱をさせるが二ヵ月たってもいっこうによくならない。源氏は試みに二条院に紫の上を移した。

こうして源氏が六条院を離れ紫の上のもとにつきっきりになっているあいだ、柏木が小侍従を説き伏せてついに女三の宮の寝所に入り込んだのである。女三の宮は恥ずかしさと罪の意識で伏せっている。源氏はこんどは女三の宮が寝込んでいるときいて、こうして放っておいたことを後ろめたく思いつつときどきはやってくる。そうして女三の宮の元にいたときに、紫の上が亡くなったという報が入ったのである。あわてふためいてかけつけた源氏は力のある験者たちを集めて延命の祈禱をする。するとようやくしつこくとり憑いていた物の怪が姿を現した。憑坐（よりまし）の童についた物の怪の髪を振り乱して泣く気配が、かつてみた六条御息所の物の怪に似ていると源氏は思う。秋好中宮を世話してくれたことはありがたいが、あの世にいると子のことにはかまけていられない、そんなことより紫の上との話のついでに私を嫌っていると言っていたのがうらめしい、紫の上に恨みはないが守りが強く源氏には近づけなかったのだ、と物の怪は言う。物の怪を退散させると紫の上は息を吹き返した。ところが六条御息所の物の怪は、すっかり封じられることなく、やってきては悲しそうに恨み言をいうのをくり返し、そのたびに紫の上が弱ったりよくなったりする。

　そうしているあいだに女三の宮が懐妊した。源氏は女三の宮に会いに六条院へと戻った。源氏が一度出て行ったすきに小侍従は柏木からの文を女三の宮に手渡す。ところが思いがけず源氏が入ってきたので女三の宮はそれを敷物の下に隠してそのままにしてしまっていて源氏に見つけられてしまうのだった。源氏は柏木が女三の宮と関係したこと、いま身籠った子が柏木の子らしいと勘づいてしまった。しかしそれを表にはださずに知らぬふりをとおす。源氏はふと亡き桐壺院も藤壺との関係を知っていて知らぬふりをしたのかもしれないと思うようになる。その年の暮れ、紫の上の病いで延び延びになっていた朱雀院の五十の賀のための試楽（しがく）が六条院で催される。柏木も参上し、源氏は酔ったふりをして柏木にあてこすりを言う。柏木は自らの罪に怯え、病いづいてしまう。朱雀院の五十の賀は柏木なしで行われた。

第三十六帖　柏木　かしわぎ

誰が世にか種はまきしと人問はばいかが岩根の松は答へん　光源氏

柏木はいよいよ衰弱し、こんな過ちを犯したからには死なねばならないと思いつめている。最後まで女三の宮への執着から逃れられず、人目を盗んで文をだす。

いまはとて燃えむ煙も結ぼほれ絶えぬ思ひのなほや残らむ　柏木

今際のきわに茶毘に付されて立ち昇る煙がくすぶって、絶えせぬあなたへの想いがこの世に残るでしょう、という歌。死してなおあなたへの想いが消えないのだ、という意である。仲介をした女房の小侍従にも面々と文を書き連ね、最後に話したいことがあると呼び出した。女三の宮の乳母は、柏木の乳母の妹にあたる。女三の宮の乳母子の小侍従は幼い頃から柏木に肩入れする気持ちがあった。それで女三の宮に無理強いして返事を書かせて持っていく。病床の柏木の周りには陰陽師や山伏などが呼び寄せられ、女の霊が取り憑いていると騒ぎ立てている。女三の宮が執着してとり憑いているのならどんなによかったろうに、女の物の怪のしわざだという見立てが的外れなものだと柏木にはわかっている。小侍従がもってきた女三の宮の歌。

立ち添ひて消えやしなましうきことを思ひ乱るる煙くらべに　女三の宮

あなたが荼毘に付される煙とともに私も消えてしまいたい、どちらが思い乱れているのかを比べられるでしょう、という歌。柏木は、二人が心を合わせた今生の思い出が死してのちの煙だけなのだと思うとあまりにはかないとむせび泣く。

やがて女三の宮は男児を出産する。光源氏の子とあって誕生の儀式は豪華だが病床の柏木を世ではばかってにぎやかな音楽などは行われない。女三の宮はただただ死にたい、せめて尼になってしまいたいと思い続けるようになる。その願いを聞いて源氏はとんでもないことだといさめながら、そのほうがよいのかもしれないとも思っている。朱雀院が女三の宮が衰弱していると聞いて山から降りて六条院を訪ねてきた。女三の宮はもはや生きていける気がしないので、この機に尼にしてほしいと父院にすがる。源氏は邪気などが心をたぶらかしているのではないかというのだが、朱雀院はたとえ物の怪がそそのかしたものだとしても出家の志があるにもかかわらず、叶わず死なせてしまっては悔いが残ると考えて髪をおろしてしまうのだった。朱雀院は尼となっても娘の面倒をみてくれるようにくれぐれも頼んで山に戻っていった。

後夜の加持をしていると物の怪が現れて「それみたことか。紫の上の命をうまいこと取り返したと思っているのがねたましくて、このあたりにずっといたのだ。今は帰ろう」と高らかに笑った。源氏は六条御息所の霊が女三の宮を出家させたのだと知って愕然とする。

さて柏木は女三の宮の出家の報を耳にしてますます衰弱を極めていく。見舞いに訪れた夕霧に、柏木は源氏を怒らせてしまったことをいつかとりなしておいてほしい、死んだ後でも許されれば安心できるから、と依頼する。それから残していく妻の女二の宮のことをくれぐれも頼むと泡の消え入るようにして亡くなってしまった。

女三の宮の産んだ男児の五十日の祝儀が行われた。源氏は幼子を抱き取って、ああ、この子は自分が死したあとにも生きていく子なのだと思う。白楽天の漢詩に五十八歳ではじめて男児を設けたときの詩があるが、光源氏は十歳若い四十八歳である。一方で源氏は秘密を知る女房がここにいるはずだ、柏木の子を抱く自分をさぞやばかにしているだろうと思う。

誰が世にか種(たね)はまきしと人問(と)はばいかが岩根(いはね)の松は答(こた)へん　光源氏

源氏が女三の宮に詠んだ歌。いったい誰がこの世に種をまいたのかと人がたずねたなら、この岩根の松はなんと答えるでしょう、という歌。「岩根(いわね)(いはね)」には「言わね」がかけられていて秘密をあてこすった歌だ。同時にこの歌は自らの出自の謎に悩む宇治十帖の主人公薫の登場を予言するものでもある。

「若菜」上下の二巻で、読者は華やかな女楽から一転、若い妻のあやまちが六条院の栄華をだいなしにしていくのを見るのである。

第三十七帖　横笛　よこぶえ

笛竹に吹きよる風のことならば末の世ながき音に伝へなむ　柏木

前巻「柏木」のおわりに夕霧は柏木の正妻、女二の宮を訪ねていた。朱雀院の皇女で、女三の宮とは腹違いだが、やはり更衣腹の娘で臣下の柏木と結婚したものの、不如意な結果におわったことを悔やんでいるふうであった。実際、柏木は女三の宮に夢中で女二の宮とは睦まじい夫婦仲ではなかった。後見をなくした邸の女房たちは、このところ熱心に訪ねてくれる夕霧を頼りにしはじめる。夕霧は柏木の、五、六歳年下で柏木のなまめいた雰囲気とはちがって顔つきは若々しいが雄々しくしっかりとしていると若い女たちは悲しみの紛れる思いで見ている。

柏木の死を悼む者は多く、源氏も供養に黄金百両を出したというので致仕の大臣（かつての内大臣）は事情も知らずありがたがっている。源氏に託した女三の宮は出家してしまったし、女二の宮も未亡人となってしまったことで朱雀院は相変わらず俗世のことに心をわずらわせている。朱雀院は野山で採れた筍や野老という山芋を女三の宮へ贈ってきた。

世をわかれ入りなむ道はおくるとも同じところを君もたづねよ　朱雀院

贈ってきた「野老（ところ）」に「所」をかけて、遅れて入ったといえども同じ仏道をあなたも訪ねていらっしゃい、という歌である。

うき世にはあらぬところのゆかしくて背（そむ）く山路（やまぢ）に思ひこそ入（い）れ　女三の宮

つらい世とはちがうところが知りたくてこの世を背いて入った山路に思いを寄せています、という女三の宮の返歌である。ここでも「ところ」がかけことばになっている。乳母のもとで寝ていた若君が這い出てきて筍を手に取ってはロにくわえている。源氏は「なんて食いしん坊な子だろうね」と笑いながら抱き上げて、「この子の生（お）いゆく先までは見ることができないのだなぁ」とつぶやく。若君がかわいらしく成長するにつれ、何心もなく愛情をそそぐことができたならと柏木との罪を許せない思いでいる。

風情ある秋の夕べに、夕霧は柏木の残した女二の宮の元へ訪ねていった。ちょうど琴などの楽器を弾いていたところらしい。そばにあった和琴を夕霧が引き寄せて鳴らしてみるとしっかりと調弦されてよく弾き鳴らしていることがわかる。楽器に染みている香の薫りは女二の宮のものだろう、こんなときに好き心ある男は浮き名をながしたりするのだろう、などと夕霧は考えている。和琴は柏木の父の致仕の大臣の得意とした楽器だから柏木もそれを継いでいたのである。ぜひその音色をきかせてほしいと女二の宮をうながすが、それには手を触れず箏(そう)の琴(こと)をほのかに掻き鳴らしている。夕霧はこんどは琵琶を手に取り想夫恋(そうふれん)を弾いた。夫を想う曲だから弾いたのですよ、なにかお言葉をと促し、夕霧は歌を詠みかける。

　ことに出(い)でて言(い)はぬも言(い)ふにまさるとは人に恥ぢたるけしきをぞ見る　夕霧

　言葉に出して何もいわないのも、言うにまさる想いでいるからだと恥じらう様子から感じていますよ、という歌。女二の宮は想夫恋の終わりのほうを少しだけ弾いて返歌する。

　深(ふか)き夜(よ)のあはればかりは聞き分(わ)けどこと寄(よ)り顔にえやは弾きける　女二の宮

　深き夜に聞くこの曲のしみじみとしたところは聞き分けていますが、箏の琴をひくよりほかにどんなことばが言えるでしょう、という歌。「琴(こと)」と「言(こと)」がかけられているのである。女二の宮の母御息所は夕霧に柏木がかねがね自分ではうまく吹ききれないけれど誰かにぜひ伝えたいと言っていた笛を贈った。

　夜更けて自邸に帰った夕霧は子沢山でごちゃついている所帯じみた我が家の現実を目の当たりにして、しっとりとした風情ある夕べを過ごした女二の宮の邸と比べずにいられない。もうこの家には恋の情緒などはまるでないのである。その晩の夕霧の夢に柏木が現れた。最後にあったときの袿姿でそばに立って、いましがた譲り受けた笛を取って見ている。夕霧がこの笛の音にさそわれてやってきたのだと思っていると、柏木は歌を詠んだ。

笛竹に吹きよる風のことならば末の世ながき音に伝へなむ　柏木

この笛に吹き寄る風のわたしとしては、末長くわたしの子孫に伝えてほしい、という歌。そうしてこの笛の行くべきところはここではない、と言うのである。それはどこかと尋ねようとした瞬間、夕霧の幼な子が火がついたように泣き出して夢から覚めた。正妻の雲居雁は、あなたが夜遅くに帰ってきて扉をあけたから夜の魔物が入ってきたのだと言って責める。

夕霧は、柏木が成仏せずにさまよっているにちがいないと供養を寺に命じると、笛をたずさえて六条院へとやってきた。源氏のいる明石の女御方にやってくると小さな子どもたちがかけよってくる。夕霧になついている三歳になった三の宮は抱っこしてあちらへ連れていけと命令する。この三の宮を紫の上はとくにかわいがって六条院に住まわせている。この子がのちに「宇治十帖」の巻々で活躍することになる匂宮である。ここには女三の宮の産んだ若君もいる。のちの薫である。夕霧ははじめてこの若君の顔を見る。目元など柏木の面影があるような気もする。きっと源氏も気づいているだろう。いったいどのように思っているのかと夕霧は思うのだった。

対の屋にわたたって源氏と差し向かいになると夕霧は女二の宮の邸で想夫恋を弾いたりしたことを語って聞かせる。源氏は、ここで妙な色気をだしたりしてまちがいをおかさぬほうがよいなどと教えさとす。聞いている夕霧は、そういう源氏であったらすぐにも色恋沙汰にしているのではないかと思いつつ、この機に昨日の夢の話を糸口として柏木との一件をほのめかしてみる。源氏は、その笛は陽成院の笛で故式部卿宮が大切にしていたものを幼い時から才覚をあらわした柏木に譲ったものだからこちらで預かっておこうという。どうも思い当たることがありそうだと夕霧は思って、柏木が今際のきわに源氏の怒りをかったからとりなしてほしいと遺言したことを告げる。源氏は、夕霧が勘づいているのを悟るも秘密を漏らすわけにはいかない。柏木が私の恨みを買うようなことをしたおぼえがないとそらとぼけている。夕霧は真実を知ろうと柏木のことを聞かせたことをかえって後悔するのだった。

第三十八帖　鈴虫　すずむし

大方の秋をばうしと知りにしをふり捨てがたき鈴虫の声　女三の宮
心もて草の宿りをいとへどもなほ鈴虫の声ぞふりせぬ　光源氏

夏の蓮の花盛りに、女三の宮の念持仏の開眼供養が催された。本尊には阿弥陀仏、脇侍には観音菩薩と勢至菩薩をそれぞれ白檀でつくりあげた。仏壇まわりを飾る幡は唐錦を選んで縫わせ、花机にかける覆いなどは染めさせて紫の上が用意した。女三の宮が日頃読むためのお経は紙が破れないように紙屋の者を召して特別にすかせたものである。源氏も奉納するための経を自ら書写して用意した。銀の花瓶にいけた花を飾り、えもいわれぬ香を薫く。
源氏はこうした仏具の準備にかかずらわるとは思わなかったけれど、あの世では同じ蓮の上で過ごしましょう、と女三の宮に語りかけて涙する。女三の宮の扇に歌を書きつけた。

蓮葉を同じ台と契りおきて露のわかるる今日ぞ悲しき　光源氏

今の世で愛し合った男女はあの世で同じ蓮の上に生まれ変わるといわれている。来世は同じ蓮の花の上でと約束しておいて、この世では別れて暮らす今日は悲しい、という歌。女三の宮は、次の歌を書きつけた。

隔(へだ)てなく蓮(はちす)の宿(やど)を契りても君が心やすまじとすらむ　女三の宮

同じ蓮の花の上でと約束してもあなたの心はそれを許すまいと思う、という歌。「すまじ」には心が澄むと住むがかけられている。こうして出家することになったすべての原因は柏木と子をなしたことにあり、源氏がどんなにか贅(ぜい)を尽くして女三の宮の面倒をみたとして、決して許されないことをお互いに悟っているのである。

この催事に天皇をはじめ方々からお布施(ふせ)が送られてくる。朱雀院は自らの所領となった三条宮を女三の宮に譲ったが、源氏は六条院にとめおいて世話をすると主張し、ゆくゆくのために三条宮も立派に整えている。

女三の宮が出家すると乳母はもちろん、若い女房たちも続いて出家を願い出たが、源氏はあとで後悔したりする者が出てはならないとして、十分に志の高い者だけを選んで出家させた。その年の秋、女三の宮の住まうあたりの庭を野草をちらした野原風につくりかえ、秋の虫を放った。源氏は虫の声をききにきたふうをよそおって、夕暮れどきに女三の宮の元を訪れ情愛をにじませる。出家したのだからもはや男女の関係はあってはならないので、女三の宮はそれをかわしたり、いなしたりするのを面倒だと感じている。そのうえ源氏は表向きは変わりなく接していているようでいて、明らかに柏木との一件を知って態度が変わった。その気まずさから逃れたい一心で出家したのだから、いっそ六条院から出ていきたいと思うがそれを口に出せずにいる。

　十五夜の夕暮れに、女三の宮や尼となった女房たちが閼伽（あか）という仏に捧げる水や花を供え、念仏を唱えているところへ光源氏がやってきた。源氏が阿弥陀の大呪（だいじゅ）という尊い文言を唱える声に合わせるように鈴虫の鳴く声が響く。かつて秋好中宮が、野辺の松虫をとらせて庭に放ったのだがちゃんと声を出すものは少なかった。

「待つ虫という名なのに、あまり命長く待つ虫でもないようだ。ひと気のない奥山や遠くの野辺では声を惜しまず鳴くというのに、人前では引っこめてしまう虫です。その点鈴虫は親しみやすくはなやかなところがいとおしい」などと源氏は語る。それを聞いた女三の宮は歌を詠む。

　　大方（おほかた）の秋をばうしと知りにしをふり捨（す）てがたき鈴虫の声　女三の宮

　秋は憂鬱な季節と思ってきましたが、鈴虫の声をきくとふり捨てがたい、という歌。「ふり捨てる」の「ふり」には「鈴をふる」がかけられている。鈴虫を庭に放ち秋の風情を贈ってくれた源氏に感謝しつつも、「秋」は「飽きる」のかけことばで源氏の心が離れていることを暗にこめている。源氏は、驚いて、それは思いの外のことばだと返歌する。

心もて草の宿り(やど)をいとへどもなほ鈴虫の声ぞふりせぬ　光源氏

心からこの世を厭わしく思って出家したあなただが、いまなお鈴虫の声は古びてはいない、まだあなたは若々しい、という歌。恋人同士のようなやりとりに興をそそられて源氏は自らが女三の宮に教えた琴を出させて弾く。その音色に女三の宮は思わず聞き入ってしまう。

十五夜の晩には音楽を楽しむ会があるにちがいないと蛍兵部卿宮が六条院を訪ねてきた。夕霧も殿上人をひきつれてやってきた。源氏の掻き鳴らす琴の音にひかれて皆、女三の宮方に集まってきて、急遽、鈴虫の宴となった。源氏はこんなときに柏木がいないのが残念だと語りながら、御簾の内側で女三の宮はどう思うだろうと考える。

この宴の噂を聞きつけた冷泉院から文があり、一同は車をしたてて冷泉院へとひき移って宴のつづきを行った。漢詩、和歌などが披露されたが、言葉足らずにほんの少し紹介するのも気がひけるのでひかえる、と語り手の注が入って、ここには具体的な歌は載らない。

翌朝、源氏は冷泉院とともに暮らす秋好中宮を訪ねる。六条院を里邸にして宮中と行き来していた頃より退位してからのほうが会えなくなってしまっているのだった。秋好中宮は出家したいと源氏に打ち明ける。源氏は軽々しい判断だと退けるが、秋好中宮は、出家して母、六条御息所の供養をしたいと願っているのである。というのも源氏は隠しているが、人の噂で六条御息所の物の怪が現れたことを知ってしまったからだ。秋好中宮は母の身を焼く業火の炎を冷ましてやりたい、と源氏に語る。源氏は、なるほど、そのように思うのももっともだが、誰もが母親を救ったという目蓮（もくれん）の真似をできるわけではないから、いまのままでよく供養するようにと説くのだった。

源氏は、実の子の明石の女御、夕霧が思うままに成長し位についていることに満足しているが、秘密の子である冷泉院のことを思う気持ちがことのほか深い。冷泉院も源氏を頼りにしている。いま退位した冷泉院は臣下の者のようにして音楽の宴などを催すなど気ままに過ごしている。秋好中宮は普通の夫婦のように共に暮らしていたが、母のことを耳にして以来、この世の生活を虚しく思うようになっている。女三の宮（の）の出家から、物語内には終末感が漂う。源氏をめぐる人々がしだいに華やかな世界から退いていくのである。

第三十九帖　夕霧　ゆうぎり

山里のあはれを添ふる夕霧に立ち出でん空もなき心地して　夕霧
山がつのまがきをこめて立つ霧も心そらなる人はとどめず　落葉の宮

これまでまめ人（真面目）一辺倒できた夕霧が柏木の正妻、女二の宮への恋慕で我を失っていく巻。女二の宮は落葉の宮と呼称されている。落葉の宮の母御息所は、柏木亡きあと懸想人じみた様子もなく何かと援助をしてくれる夕霧を信頼しきっていた。いつも応対は御息所が行っていて宮とはことばを交わすことさえなかった。ところが御息所が物の怪に憑かれて患うようになり、小野の山奥に物の怪封じの評判が高い律師を訪ねて出かけて行った。宮も母についていったのだが、夕霧が御息所のために用意した僧侶へのお布施などの心遣いに、周りの女房たちはぜひ自筆で礼状を書くべきだとせっつき夕霧に送った。宮からの文にすっかり舞い上がった夕霧はしきりと文を送ってくるようになった。

夫の変化を敏感に察知した雲居雁はすこぶる機嫌が悪い。それでなかなか山里を訪ねてはいけないでいたところ、律師に話があるなどと口実をつくって出かけて行く。

御息所は少し具合いがよく、女房を仲介してだが自ら応対する。奥の御息所の寝所の手前には、落葉の宮がいるらしく、身じろきするたびに衣擦れの音がしていつもより近いところにいるのが感じられる。御息所にことばを伝えにやりとりの女房が奥に入ると夕霧は近くに控えている旧知の女房の少将の君を相手に、こんなにも長い間、世話をして通ってきているというのにまるで他人行儀な扱いではないかと文句を言う。女房は困り果ててあまり情趣をわきまえないのはよくないと宮に返事をせき立てる。やがて御息所が苦しみ出したというので女房たちが奥へ入ってしまい、宮と夕霧の前には人の少ない状態になった。折しも山の中とて霧がたちこめてきた。夕霧は歌を詠みかける。

山里（やまざと）のあはれを添（そ）ふる夕霧（ゆふぎり）に立（た）ち出（い）でん空もなき心地して　夕霧

山里に趣きを添える夕霧がたち、ここを立（た）ち出（い）でることもできない気持ちがします、という歌。この歌から、夕霧の呼称はとられている。

山がつのまがきをこめて立（た）つ霧（きり）も心そらなる人はとどめず　落葉の宮

宮自らの返歌は、山賤（やまがつ）の粗末な家垣をかこむようにして立つ霧も心がうわのそらで離れていく人を引き止めるわけはありません、というそっけないものだが、夕霧は宮の声を聞くことができたことでかえって離れがたく思っている。今夜こそ、宮に想いを直接に伝えようと決心した夕霧は、行を終えた律師に話があるから、今夜はこの辺りに泊まることにするが噂にならないよう数人を残してあとのものは近くの領地で待つようにと従者に指示し、周到に準備する。

宮はいつもはこんなふうに長居をして色めいたことを言ったりしないのに、と思うまもなく、夕霧は二人の会話を仲介していた女房にくっついて宮のそばに入り込んできた。宮は逃げ出そうとしたが夕霧に衣の裾を捉えられ、裾を夕霧の側に残したまま障子の裏に入りこんだ。夕霧は障子ごしに宮を口説くが宮は頑なに拒絶する。そもそも天皇の娘であれば生涯独身のままに生きる道もあったのである。にもかかわらず臣下の男と結婚したのが間違いのもとだった。柏木という夫をもっていたのだから男女の仲らいを知らぬわけではないだろうと夕霧に言われて、そんな女なら与(くみ)しやすいと思われるのも心外なのである。ふと宮の口をついて歌が出る。

われのみやうき世を知れるためしにて濡(ぬ)れ添(そ)ふ袖の名をくたすべき　落葉の宮

男女の仲を知っている女だからと不幸せを思い知らされる私は、またあなたとの仲を世間に取り沙汰されて名を落とさねばならないのでしょうか、という歌。夕霧は返歌をしようと宮の歌を小さな声で復唱している。それをはたで聞いているのも決まり悪く、なぜ歌など詠みかけてしまったのかと宮は後悔する。

大方はわれ濡れ衣を着せずともくちにし袖の名やは隠るる　夕霧

私が濡れ衣をきせなくても、世間の評判は消えるものではない、という返歌である。夕霧は許しなく無体なことはしないつもりだと言い続けているが、宮は夜が明ける前に帰ってほしいと懇願する。夕霧は帰邸後、後朝の歌ではないが歌を送った。

たましひをつれなき袖にとどめおきてわが心からまどはるるかな　夕霧

魂をつれなくあしらったあなたの袖に置いてきてしまったので自分のせいながら抜け殻のようになって心まどいをしています、という歌。落葉の宮は文を開けもしない。まわりの女房たちは二人は関係したのかどうか確信が持てずにやきもきしている。むろん、御息所は知る由もない。

ところが夕霧が明け方出て行ったのを見ていた者がいたのである。後夜のお勤めをしに参上してきた律師である。律師は御息所相手にずけずけと、夕霧の本妻は強く子どもも七、八人いる。そこへ入り込んでも無益な嫉妬を生むだけだと言いたてた。寝耳に水の御息所は、女房の少将の君を呼び出して真相を尋ねる。少将の君は障子ごしの対面で何もなかったと言うのだが、もはや人の噂になった以上、恥をかかされないようにする他ない。一夜を共にしたという噂が流れているのなら、三日三晩通ってもらい正式な婚姻にしてほしい。むしろ一夜限りの相手にされたと言われては困るのである。御息所は自ら夕霧に歌を送る。

女郎花（をみなへし）しをるる野辺（のべ）をいづことて一夜（ひとよ）ばかりの宿（やど）を借（か）りけむ　一条御息所

女の泣きしおれている野辺をいったいどこだと思って一夜ばかりの宿をかりたというのでしょう、という歌。関係があったのなら三日通ってくるべきだと促したのである。しかしこの歌は夕霧の手に届かない。読もうと文を開いたとたんに、雲居雁に取りあげられてしまったのである。夕霧はそれを養育係の花散里からの文だとうそぶいて、恋文ではないのだからべつに興味がないというふりをする。こうした行き違いから御息所は絶望のうちに死去した。

御息所の法事を主催し、元の住まいである一条宮を整え、夕霧が落葉の宮の夫となることはもはや世間に隠れなき事実となっていく。正妻の父親である致仕の大臣にとっては、息子の妻だった人に、娘の夫を横取りされたかっこうで体裁が悪い。夕霧は主人面で一条宮に入り浸り、雲居雁は子どもたちを連れて実家に帰ってしまった。雲居雁と歌で慰め合うのは、雲居雁より前に夕霧と婚姻していた、惟光の娘の藤典侍（とうのないしのすけ）である。藤典侍も子沢山ですでに五人の子がおり、そのうちの二人は花散里のもとで育てられている。真面目だった夕霧が一変して憑かれたように恋に惑乱する。夕霧はいままさに男盛りである。源氏も花散里も夕霧の豹変ぶりに驚きながらも無理もないと思うのだった。

第四十帖　御法　みのり

おくと見るほどぞはかなきともすれば風に乱るる萩の上露　紫の上
ややもせば消えをあらそふ露の世におくれ先立つほど経ずもがな　光源氏
秋風にしばしとまらぬ露の世をたれか草葉の上とのみ見ん　明石中宮

紫の上は一時危篤に陥って以来、病いがちである。出家の望みを叶えたいと思えど光源氏が許してくれない。というのも、源氏も出家したいと望み、ひとたび出家を遂げたあかつきには俗世の関係を断ち切って紫の上とも離れて暮らそうと考えているからだ。いま、紫の上と離れ離れになることなど考えられない。そんな想いを抱えていては出家などままならないだろうと思うのである。紫の上はせめてもの供養として、三月十日のまるで極楽のような花盛りに二条院にて法華経千部を奉納する仏事を自ら営んだ。楽人、舞人を夕霧が手配し、花散里、明石の御方などもやってくる。紫の上は、明石の御方と歌を詠みあう。

惜しからぬこの身ながらも限りとて薪尽きなんことの悲しさ　紫の上
薪こる思ひは今日をはじめにてこの世に願ふ法ぞはるけき　明石の御方

紫の上が、惜しいとは思わぬ身ながら、いまは限りと薪が尽きてしまうことの悲しさよ、と詠むと明石の御方は、薪こるような仏事は今日がはじまりなのですから、この世で仏法を成就させるまではるか長いときを過ごすことでしょう、と応じている。「薪こる」は、薪の行道(ぎょうどう)という僧侶たちが行う儀式で歌われる「法華経をわが得しことは薪こり菜摘み水汲み仕へてぞ得し」を引用している。はなやかな楽の音も、もうこれで聴き納めかもしれないと思いながら、紫の上は花散里と歌を詠みあう。

絶(た)えぬべき御法(みのり)ながらぞ頼(たの)まるる世々(よ)にと結(むす)ぶなかの契りを　紫の上
結びおく契りは絶えじ大方(おおかた)の残り少(すく)なき御法(みのり)なりとも　花散里

紫の上の、もはや最後の法事として絶えてしまうでしょうけれども、この功徳によって結ばれるあなたとの縁を頼もしく思います、という歌。花散里は、紫の上が最後の法事だという意味で使った絶えるということばを縁は切れないという意味に言い換えて、ここに結ばれた縁は絶えることがないでしょう、このような盛大な法要はもうみられないとしても、と返した。紫の上は光源氏と関わった女君たちのなかでもとくにこの二人とは心を通わせている。
夏になって紫の上はいっそう弱ってしまっている。幼い頃に引き取って育てた明石の姫君はいまや中宮となっている。中宮自らが見舞いにやってきた。実の母の明石の御方もやってくる。紫の上は遺言めいたことは言わぬつもりだが、自らに仕えてきた女房たちのうち、行くあてのなさそうな人たちの名をあげて、私がいなくなったのちには心をかけてくれと頼むのだった。紫の上は、明石中宮が産んだ子のうち、三の宮（のちの匂宮）をことのほかかわいがっている。紫の上は三の宮に私がいなくなったら思い出してくれるでしょうか、大人になったらここに住んで、庭の紅梅と桜の咲く折々には思い出して、仏に花をたむけてほしいと語りかけた。

秋の風の強い日の夕暮れに庭の花を愛でようと紫の上は起き上がった。源氏はそれを喜んでいるが、紫の上はもはや回復の見込みがないことを知っている。自分が死んでしまったら光源氏がどんなに悲しむだろうと歌を詠みかける。

おくと見るほどぞはかなきともすれば風に乱るる萩（はぎ）の上露（うはつゆ）　紫の上

私が起きても、萩の上におく露のようにはかなくあっけなく風に吹かれてしまうでしょう、という歌。「おく」に「起（お）く」と露を「置（お）く」とがかけられている。

ややもせば消えをあらそふ露の世におくれ先立つほど経ずもがな　光源氏

ややもすると先を争って消える露のような私たちですが、先立たれてもほどを経ずにおくれずにいたいと思います、と返歌する源氏は涙をこらえきれない。このやりとりを聞いた明石中宮も歌を添える。

秋風にしばしとまらぬ露(つゆ)の世をたれか草葉(くさば)の上(うへ)とのみ見ん　明石中宮

秋風に吹かれてしばしとどまることもない露は草葉の上のものだけではなく、人の世も同じです、という歌。中宮が幼かった頃のように親子三人で千年ものあいだ過ごしたいと思うものの、人の世ははかない。やがて気分が悪いといって几帳を引き寄せて横になると紫の上は消え入るように亡くなってしまった。

源氏、中宮は悲嘆に暮れている。そこへやってきた夕霧に源氏は紫の上の最後の望みであった出家をとりはからってくれるよう依頼する。物の怪退散の読経をしていた僧はみな退出してしまっていたが、それでも残っている僧を呼びよせた。夕霧は茫然自失の源氏を前に、かねてより親しんでみたいと思ってきた紫の上の姿をはっきりと見る。たっぷりとした髪は乱れた様子もなく、顔色は白く光るようで死してなお美しい。しかし亡骸はすぐに火葬された。

源氏は、寝ても覚めても涙の枯れることがなく、ただただ悲しみに暮れている。出家してしまいたいと思いながらも、こんなにも心が乱れていてはかえってよくないのではないかと思わざるを得ない。
致仕の大臣（かつての内大臣）が弔問に訪れる。夕霧の母で、致仕の大臣の妹の葵の上が亡くなったのもこの季節だったと思うと悲しみが増していく。致仕の大臣は歌を詠みかける。かつて葵の上が亡くなった秋のことさえ今の心地がして涙に濡れる袖にさらなる悲しみを添えています、という歌。

いにしへの秋さへ今の心地して濡れにし袖に露ぞおき添ふ　致仕の大臣

露けさはむかし今とも思ほえず大方秋の夜こそつらけれ　光源氏

源氏は、悲しみは、かつても今もかわりなく、秋の夜というのはただつらいものです、と返した。
悲嘆にくれて紫の上に仕えていた女房で尼になってしまった者もある。そんな折、冷泉院の后であった秋好中宮が歌を送ってきた。

枯れ果つる野辺をうしとや亡き人の秋に心をとどめざりけん　秋好中宮

上りにし雲居ながらも辺り見よ我秋果てぬ常ならぬ世に　光源氏

秋好中宮の歌は草木の枯れ果てた野辺は嫌だと亡くなってしまった紫の上は、秋の風情には心をとどめなかったのでしょうか、というもので、かつての春秋論争で、春をよしとした紫の上ゆえに秋には興味がなくて亡くなったのではないかというのである。源氏の返歌は、秋好中宮への返歌というより紫の上に呼びかけるようである。荼毘に付された煙が雲の上にのぼっていくまにまに振り向いておくれ、秋果てぬ世のように、この世に飽き果ててしまった私のほうへ、という歌。

紫の上を失って茫然自失の源氏は、気力果て、ただ女房たちにかこまれて気を紛らわせるしかないのだった。

第四十一帖　幻　まぼろし

もの思ふと過ぐる月日も知らぬ間に年もわが世も今日や尽きぬる　光源氏

紫の上が亡くなって源氏は悲しみにくれている。新年を迎え六条院には人々が挨拶に訪れるが、源氏は御簾の内にこもったきり応対しない。ただ昔から気心の知れた蛍兵部卿宮にだけは対面し歌を詠みあう。

わが宿は花もてはやす人もなし何にか春のたづね来つらん　光源氏
香をとめて来つるかひなく大方の花のたよりと言ひやなすべき　蛍兵部卿宮

いま庭には紅梅が花を咲かせている。源氏は、それをめでる紫の上がもういないというのに何のために春はやってくるのだろうか、という歌を詠む。それはもう紫の上がいない宿になぜあなたは訪ねてきたのか、という宮への問いかけにもなっている。蛍兵部卿宮は、この紅梅の香りにひかれてあなたに会うためにやってきたのに、そこらの花を見るつもりできたとでもいうのですか、と返している。

紫の上に仕えていた女房たちは皆一様に喪に服して墨染の衣を着ている。主を失ってすぐさま他の主人を探してどこかへ移っていくような者はいない。源氏は退屈紛れに女房たちと紫の上の生きていた頃のことを語り合う折もある。ふり返るに女性関係で悩ませたりして気の毒だった。女三の宮を六条院に迎え入れたときに紫の上がかげでいかに嘆いていたことだろうと思わずにはいられない。女房がずいぶん雪が積もったこと、という声が聞こえる。

うき世にはゆき消えなんと思ひつつ思ひの外になほぞほどふる　光源氏

源氏は、ふと、こんな寂しい世からは行き消えてしまいたいと思うのに、思いの外に雪が降るように歳をほど経ている、という歌を詠む。「ゆき消えなん」、には「行き」と「雪」が、「ほど（程）ふる」には「雪が降る」と「歳を経る」がかけられている。

女房たちのうち、源氏と恋人関係にある召人に中納言の君、中将の君がいる。源氏は、天皇の子として生まれながらも苦難多く運命づけられていたと思い返すに、もうこの世に未練はないし出家してしまいたいとも思うが、そうしたらこの女房たちはどうなるだろうと思うと未練がましく思いきれずにいるのだと語りかけた。中将の君と呼ばれる女房は、童の頃から紫の上のそばにいた人で、紫の上が亡くなってからはその形見のように思われてとりわけ心にかかる人である。源氏は女房たちをのぞいて、もう誰とも対面しなくなっていた。息子の夕霧とでさえ御簾ごしにことばを交わすのみで人前に姿をみせなくなっていた。

紫の上の臨終に立ち会った明石中宮は宮中に戻って行ったが、三の宮（のちの匂宮）は源氏のために六条院に残された。三の宮は紫の上が大事にするように言ったからというので、庭の花々を気にして、桜の木々の一重が散り、八重が花開きなどして次々に移りいくのを見て、どうしたら散らさずにすむだろう、木のまわりに帳（とばり）を立てて、帷子（かたびら）を垂れておいたら風に吹かれずにすむのじゃないかしら、などと言っている。源氏は「大空に覆ふばかりの袖もがな春咲く花を風にまかせじ」という歌があるけれど、それより賢いことを思いつきましたね、と頬を緩ませ、そのかわいらしさに悲しみを紛らわせている。

源氏は三の宮とともに女三の宮の居所を訪ねた。女三の宮の産んだ若君（のちの薫）と三の宮が一緒に遊んでいる。宇治十帖の主人公二人がここで幼い時を共に過ごしているのである。源氏が、桜を植えた人がいなくなったというのに、それを知らず顔にいつにもまして満開だと紫の上の不在を嘆くと、女三の宮は「谷には春も」とだけ答えた。「光なき谷には春もよそなれば咲きてとく散る物思ひもなし」という歌を引いて、ここは光もない谷ですから、春などもよそごとですし花が咲いて散ってしまうなどという物思いもございません、というのである。悲しみに寄り添ってくれぬどころか無神経な返答で源氏はこんなときに紫の上ならなんと答えただろうと思い返さずにはいられない。

源氏は、六条院に共に暮らす女君たちを順に訪ねていく。夕暮れ時、明石の御方の元へと渡っていった。明石の御方を見ても紫の上だったらどうしただろうと比べずにはいられない。それでも昔話をゆっくりと語り合うことのできる仲である。源氏は、藤壺が亡くなった春のことを語りだす。「深草の野辺の桜しこころあらば今年ばかりは墨染に咲け」とあるようにこんなにも悲しいのに桜が満開であったことを覚えている。紫の上の死の悲しみは、ただ大切な人を失ったというだけではないのだ。幼い頃から共に時を過ごしてきて、共に老いていった時間があって、あんなこともあったこんなこともあったと思うことが悲しいのだ。光源氏は夜更けまで語り合い、しかし夜明け前に去っていく。もう男女の仲らいにはすっかり興味を失っているのである。やがて夏になり、夏の町に住まう花散里から衣替えの装束が送られ歌のやりとりをする。とうに男女の仲は絶えている花散里は源氏に最後まで寄り添う妻の一人である。

　葵祭の日となった。源氏は女房たちが見物に出たいだろうと里へ返す。人々が出払っているところ、見物には出かけずに残った中将の君がうたた寝をしている。源氏が近寄るとふと目をさましてはずかしそうに起き上がった。源氏はかたわらに置かれた葵を手にとり、「なんというのだったかしら、この名を忘れてしまった」と語りかける。「葵」は「あふひ」で「逢う日」とかけられ男女の仲を暗示する。

　さもこそは寄(よ)るべの水に水草(みくさ)ゐめ今日(けふ)のかざしよ名さへ忘るる　中将の君

光源氏が男女の逢瀬を思わせる葵の名を忘れてしまったと言うので、中将の君は、たしかに神の寄る水には水草が生えたように、私もあなたの寄る辺とはならないようですが、葵の名さえ忘れて男女の仲が絶えてしまうとは、という歌。

大方は思ひ捨ててし世なれどもあふひはなほやつみをかすべき　光源氏

源氏は、男女の仲はすっぱりと思い捨ててしまいましたが、葵を摘むように、「あふひ」に因んであなたとの逢瀬をもち罪を犯したくなる、という歌を詠む。ここに「ひとりばかりはおぼし放たぬけしきなり」と続く。さまざまな女君との恋愛を描いてきた長大な『源氏物語』において、光源氏の最後の女は長く紫の上に仕えてきた女房、中将の君である。

紫の上が亡くなって一年が経ち、いよいよ出家を決意した源氏は、紫の上から送られた思い出の文を焼き捨てた。

その年の暮れ、雪がたいそう降って積もっている日の仏名の行事に、光源氏が姿を見せた。その姿は昔にもましてさらに光輝いてみえた。

もの思ふと過ぐる月日も知らぬ間に年もわが世も今日や尽きぬる　光源氏

もの思いをして知らぬ間に月日が過ぎてしまった、今年もわが世も今日で尽きてしまうのだ。

光源氏最後の歌である。

第三部

第四十二帖　匂兵部卿　におうひょうぶきょう

おぼつかな誰に問はましいかにしてはじめも果ても知らぬ我が身ぞ　薫

はじまりに、「光隠れたまひにし後」とあって光源氏がすでに死去していることがわかる。物語には光源氏の死は描かれない。代わりにいつからか、「匂兵部卿」巻の前に「雲隠（くもがくれ）」と題だけがあって本文のない巻が入るようになっている。源氏五十四帖といったときには「雲隠」は数に入れられてはいない。主人公が死してなお物語は続く。では、次代の主人公は誰なのか。

　物語はまず光源氏の子孫たちに、彼に匹敵するような人は誰もいない、と語り出す。むろん冷泉院は源氏に瓜二つなのだが、それを引き合いに出すのは天皇を退いた院という身分ゆえに畏れ多い。今の天皇の三の宮（匂宮）と源氏と女三の宮の若君（薫）は評判だけれども、やはり光源氏には遠く及ばない、という。とはいえこの、光源氏には劣る二人の貴公子がこれからはじまる物語を牽引していくわけだ。

　まず物語はこれまでの登場人物のその後を語っていく。今の天皇の后は光源氏と明石の御方のあいだに生まれた明石中宮である。その子どもたちのうち、一の宮が東宮となり、二の宮は次代の東宮と目されている。匂宮はその次の三の宮である。光源氏の長男夕霧は、右大臣となっていて、長女を東宮に、次女を二の宮に輿入れさせて権勢を誇っている。夕霧は子沢山で、次の娘を匂宮にと目論んでいるが匂宮の反応がかんばしくない。

光源氏の妻や女房たちの多くは泣く泣く六条院を出て行った。花散里は東の院を譲り受けて住まっている。女三の宮は父、朱雀院の所領であった三条宮に移った。夕霧は自分が生きている限りは六条院を荒らすまいと柏木の正妻であった一条宮をそこへ移し、雲居雁のいる三条殿と六条院とを分け隔てなく十五日ずつ通い住みしている。

紫の上が最期のときを過ごした二条院、六条院の春の殿などは明石中宮のために残された。六条院の輝きは、春の殿を占める紫の上のためにあったのであり、長大な光源氏の物語も紫の上の死を以て終焉したことを読者は思い知る。

この巻から主人公となる薫は、光源氏亡きあと冷泉院にとりわけかわいがられて冷泉院を我が里として育った。十四歳で行われた元服の儀式も院がとりしきり、またたくまに右近中将となった薫のために院の御所の対屋に居室をしつらえさせ、女房をはじめ、童や下仕えまでよりすぐってととのえた。こうして院のおぼえめでたい薫であるが、母女三の宮がなぜ出家してしまっているのか、幼少期にほのきいた噂の真相を誰にも尋ねることができずにいた。そんな薫が独り言につぶやいた歌。


おぼつかな誰に問はましいかにしてはじめも果ても知らぬ我が身ぞ　薫

もどかしい、誰に問えばよいのか、いかにして生まれて、この先どうなるのか知らぬままの我が身を、という歌である。この巻にあるのはこの和歌一首のみで、出生の秘密を憂う薫の独詠歌がこの後の展開を予告するかのようである。母のように出家してしまったほうがいいのかもしれないと思うと、元服するのもためらわれる。源氏がくれぐれも気にかけてくれるよう頼んでいったことから、帝、明石中宮をはじめ、夕霧右大臣も薫のことをことのほか大切に世話している。昔、光る君と言われた光源氏は母方の地位の低さもあって並びなき光でありながら控えめで万事につけて穏やかなやりようであったものだが、薫は光源氏と朱雀院の皇女とのあいだの子で、幼い頃から世間から重く見られていて、この世ならざるものが仮の世に舞い降りてきたかのように見えるのだった。というのも身に添う香りのこうばしさがこの世のものとは思われないほどで、彼が動けば百歩先まで香りが満ちていくほどなのだ。それで人々から「薫る中将」とあだ名されているのだった。

若い男たちが登場したのだから恋物語がはじまるはずだ。匂宮はいい女といわれるあたりには言い寄ってまわるが、いまだ近づくことのできない冷泉院の女一の宮に惹かれている。薫は幼い頃から冷泉院の女一の宮のそば近くで育っている。匂宮の執心ぶりをきくにつけなるほど立派な姫君だと思うものの、さしもの冷泉院も女一の宮には近づけようとしない。薫は放っておいても女たちにもてはやされるので、通い所は多いものの、妻として決まった人はいない。

どうしても薫のそばにいたいと思う女たちは薫の居所である三条宮の女房となっている。妻になるのはあきらめて、それでもそばについていたいと思う女たちである。薫自身、母女三の宮が存命のうちは三条宮で過ごしたいと思っているから、なかなか婿入りの話もすすまないのである。

夕霧は、雲居雁との婚姻がなかなか許されなかった頃、光源氏の乳母子（めのとご）、惟光（これみつ）の娘を妻としている。この人も子沢山だったのだが、六の君を故柏木の正妻であった落葉宮の元に引き取り、母方の格上げをはかる。夕霧はすでに娘たちを天皇、東宮に入内させていて、摂関政治の根幹をなす婚姻においても政治的手腕をいかんなく発揮している。

六条院では、夕霧が、かつて光源氏が行った賭弓（のりゆみ）の饗宴を再現するかのようにして宴を催す。源氏の私邸ではあるが明石中宮の里邸でもあって、匂宮をはじめ、親王たちも集まってくる。雪もよいのなか、酒宴となり、音楽があり、舞いがある。庭先の梅の香に、例の薫の身からこぼれる匂いが添うようにして漂っている。御簾のうちの女房たちは春の宵闇を照らすような香りほどすばらしいものはないと口々にほめあっている。夕霧は、薫に歌をうたうようにうながす。どうもお客然としているではないか、声を加えなされ、と。

八少女（やおとめ）は　わが八少女ぞ　立つや八少女　立つや八少女　神のます　高天原（たかまのはら）に　立つ八少女　立つ八少女

薫の声が響く。

「匂兵部卿」と題された、この巻のはじめでは、明石中宮の三男で、紫の上がことのほかかわいがった匂宮がまさに正当に光源氏の血を引く孫としてとりたてられていた。ところがここにきて物語は、薫こそが主人公なのだと打ち出してくる。匂宮は薫に対抗して香を焚きしめ、それで匂う兵部卿と呼ばれているのだった。しかしそれは薫のように自然と身からただようものではない。匂宮は皇族だが、薫は源氏だ。この物語はやはり源氏の物語でなければならない。

第四十三帖　紅梅　こうばい

もとつ香のにほへる君が袖触れば花もえならぬ名をや散らさむ　按察大納言
花の香をにほはす宿にとめゆかば色にめづとや人の咎めん　匂宮

光源氏亡きあと、いまだ読者はかつての世界を懐かしんでいる。そこでさまざまな登場人物の後日談がつづく。「紅梅」巻では、「そのころ、按察大納言と聞こゆるは、故致仕の大臣の次郎なり。亡せ給ひにし右衛門督のさしつぎよ」とはじまって亡くなった柏木の弟のその後を語る。柏木の弟は光源氏がいた頃弁少将と呼ばれて宴会のたびに美しい歌声をきかせていた人で、読者にある程度の印象を残しはしたものの、ここまでさしたるエピソードはなかった。その人が主人公となる、本筋からはずれたスピンオフのような趣きのある巻である。

按察大納言には北の方が二人いたが、先に妻となっていた人はすでに亡くなっていて、いまの妻は真木柱である。真木柱は、かつての鬚黒大将が玉鬘と婚姻する前、正妻とのあいだにもうけた娘。鬚黒大将が玉鬘を自邸に呼び寄せるときいて、正妻は子どもたちを連れて実家に帰ってしまった顛末は「真木柱」巻に語られている。娘は生まれ育った邸をあとにするときに、今は限りとこの宿を離れてしまっても慣れ親しんだ真木の柱は私のことを忘れないでおくれ

（いまはとて宿離れぬとも馴れ来つる真木の柱はわれを忘るな）という歌を残していった。それで真木柱と呼ばれているのである。真木柱は、蛍兵部卿宮とよばれた光源氏の弟と婚姻し、娘をもうけている。宮の死後、按察大納言が密かに通ってきて妻とした。

按察大納言には、亡くなった北の方とのあいだに女君が二人（大君と中の君）いたが男子がなかった。そこで神仏に祈願してようやく真木柱とのあいだに男君が一人生まれたのだった。真木柱には、蛍兵部卿宮とのあいだに生まれた女君があって、連れ子として按察大納言が自邸に引き取った。娘たちにはそれぞれに乳母がいて女房がついているのだが、故北の方側の女房たちは、我が姫君こそが一番と真木柱の連れ子の女房たちと張り合っている。それをそつなくまとめあげているのが一家の主婦となった真木柱である。

女君たちは次々と成人を迎え、裳着の儀式を行い、それぞれに居室をかまえた。とりわけ真木柱の連れ子には父宮の縁で豪華な調度品が設えられた。やがて年頃の女君たちがいるという評判がたち、帝、東宮からも入内するよう声がかかる。帝には明石中宮がすでにいる。東宮にも夕霧の娘が入内している。按察大納言は悩んだ末に亡くなった正妻の長女（大君）を東宮に輿入れさせる。年は、十七、八歳で美しい盛りである。大君には真木柱がつきそって共に宮中に入った。

中の君も大君にひけをとらない美しさで、臣下の者と婚姻させてはいかにももったいない。按察大納言は匂宮を婿に迎えてはどうかと考える。ところが匂宮は、宮の御方と呼ばれる真木柱が生んだ娘の方に心惹かれているのである。童殿上をしている真木柱の生んだ若君をみかけると、匂宮は「弟をかわいがるだけでは気がすまない」と按察大納言に伝えるよう言うのだった。匂宮はこの若君とねんごろな関係にあり、宮中ではいつもそばに召すのである。それはまるで若かりし頃の按察大納言と光源氏の関係のようである。按察大納言は言う。「ああ、光源氏が大将として若い盛りの頃、あなたのような童としておそばに仕えていたことが年を経るとともに懐かしく思われるのです。匂宮や薫がすぐれた貴公子だと世にもてはやされているが、光源氏の足元にもおよばない。それも光源氏を恋しく思う私のひいきめなのかもしれない。仏が亡くなったのちに仏弟子の阿難(あなん)が光を放ったというように、匂宮は光源氏を想うよすがとなろう。」

按察大納言は庭先の紅梅の枝を折って、紅の紙に歌を書いて匂宮に届けさせる。

心ありて風のにほはす園(その)の梅にまづ鶯(うぐひす)の問(と)はずやあるべき　按察大納言

想う心があって風が梅の香りをたてる園に、まず鶯のあなたが訪れないことがありましょうか。若君は匂宮会いたさにいそいそと宮中に出かけていく。匂宮は、我が私邸にもくるように言い、相思相愛の仲である。二人の関係を知る女房たちは、奥へ下がって二人きりになれるよう気を利かせてくれる。匂宮は「いつも東宮に召されていたのに姉の大君が入内してからはお許しがもらえるようになったのだね」と語りかける。若君は「東宮に召されるのはつらかったのです、あなたのそばにいたかったから」という。その晩も東宮の元へは参らず、若君は匂宮と共寝する。若君は幼心にも美しい匂宮のそばにいられるのがうれしくてならない。匂宮は若君に託された歌をみて中の君との縁組みの打診だと理解して、気乗りのしない返歌を持たせた。

花の香に誘（さそ）はれぬべき身なりせば風のたよりを過ぐさましやは　匂宮

花の香にさそわれるような身であれば風のたよりを見過ごすことができたでしょうか、という歌。もとよりお呼びでないとの意。按察大納言は、さらに踏み込んだ歌を返す。

もとつ香のにほへる君が袖触（ふ）れば花もえならぬ名をや散らさむ　按察大納言

もともと香りの匂う君である匂宮が袖をふれば、こちらの花もいうにいわれぬ香りとなって評判となるでしょう、という歌。前巻に語られていたように、香をたきしめていて匂兵部卿宮とよばれている彼である。その香を焚き染めた袖で我が花たる娘にふれにきてほしいという歌である。

花の香をにほはす宿にとめゆかば色にめづとや人の咎（とが）めん　匂宮

花の香を匂わせている宿に行ったならば色に目がないと人に咎められてしまうだろう、という歌。そんな誘いにのっては私の評判にかかわるという、ていの良い拒絶の返事である。

匂宮と夜を共にした若君は、匂宮の香りを身にまとっていた。これに東宮はすぐさま気づき、自分の元で夜を過ごさないのは匂宮に心を奪われているからなのだと思う。娘が東宮に入内しているのに付き添っている真木柱は、東宮が不満顔だったのをおかしく思う。按察大納言が匂宮を娘の婿にと願っている一方で、匂宮は真木柱の産んだ子である宮の御方のほうに気があって若君をせきたてていることを知る。真木柱は、失礼にならない程度に代筆で文を匂宮に返したものの、匂宮は色めいたところがあって通い所とする女も多く、さらには宇治の八の宮の姫君にも執心してたびたび出向いていると聞いているから迎え入れるにははばかられると思うのだった。宇治の姫君との恋物語が開きはじめる予感でこの巻は終わる。

第四十四帖　竹河　たけかわ

折りてみばいとど匂ひもまさるやとすこし色めけ梅の初花　宰相の君
よそにてはもぎ木なりとや定むらんしたに匂へる梅の初花　薫

「竹河」巻は、鬚黒大将と婚姻した玉鬘に仕える女房たちによる源氏の死後の後日談である。「匂兵部卿」巻で、元服して侍従となり巻の終わりには中将にまでのぼり、前巻「紅梅」で中納言となっていた薫の侍従時代の話題を玉鬘の側から描いていく。

玉鬘には息子が三人、娘が二人いた。鬚黒大将は長女の大君を天皇に入内させるつもりでいたが、あっけなく亡くなってしまい、いまや後ろ盾を失ってしまった。光源氏が遺言に玉鬘の面倒をみるよう書き残してくれたので夕霧はかいがいしく面倒を見てくれている。

尚侍として入内しながら、鬚黒大将に取り込められてしまったことを心残りに感じていた冷泉院が大君を自分のもとに仕えさせるよう打診してくる。娘に付き添ってやってくるはずの玉鬘に会いたいという下心があるのである。玉鬘の娘が婚期を迎えているという噂が広まると求婚者たちが続々と関心を寄せてくる。なかでも夕霧と雲居雁との息子の蔵人少将が名乗りを挙げたとあっては、夕霧の世話になっている玉鬘も無碍にはできない。息子可愛さに雲居雁が直々に手紙を送ってきたり、夕霧をとおして催促したりする。玉鬘はそのつもりがないので、大君の寝間にくれぐれも軽々しく蔵人少将を手引きしたりなどしないよう女房たちに言いつけている。

その頃、十四、五歳で四位侍従だった薫を婿にしてはどうかと玉鬘は思いもする。夕霧は歳をとるにつれて光源氏によく似てきているが、薫は似たところがない、けれども優美なふるまいから若い頃の光源氏が偲ばれると玉鬘は思うのである。玉鬘の邸の女房たちもみな薫びいきである。正月の庭の梅の若木が蕾（つぼみ）をつけて鶯がたどたどしい初鳴きをしている頃、宰相の君と呼ばれている上臈の女房が薫に歌を詠みかけた。

折（を）りてみばいとど匂（にほ）ひもまさるやとすこし色めけ梅の初花（はつはな）　宰相の君

折りとってみたらさぞや匂いもまさるでしょう、少し色めいてくださいな、梅の初花よ、という歌。薫にもうちょっとあだめいたそぶりを見せてほしいとたわむれかけた歌である。

よそにてはもぎ木なりとや定（さだ）むらんしたに匂（にほ）へる梅の初花（はつはな）　薫

よそ目に枯れて枝のない木だときめつけているのでしょうけれど、心の底には色香の匂う梅の初花なんですよ、という歌。ここに薫は「さらば袖ふれてみ給へ」と求愛をしかける言葉を添えた。ちょっとした伊達男を気取ったつもりが、ちょうど奥からでてきた玉鬘にこんなにも生真面目な人にしなだれかかって厚かましいこと、と女房が叱られてしまった。

生真面目な人（まめ人）というのは色気のない男というのと同義。これでは男が立たない。そこで梅の花が満開になった頃、薫は恋の真似事でもして汚名挽回しようと再び玉鬘の邸にやってきた。すると庭先に直衣姿の男が立っている。引きとどめてみると夕顔の息子の蔵人少将であった。女たちが琵琶や箏の琴を奏でているのを立ち聞きしていたらしい。蔵人少将が叶わぬ恋心をいだいているのを薫は察知する。蔵人少将を導きとして薫は女たちの集うあたりへ催馬楽の「梅が枝」を口ずさみながら近寄っていった。薫の身から放たれる香りに気づいた女房たちは迎え入れ合奏となった。玉鬘も出てきて薫に和琴を差しだす。薫の和琴が亡くなった致仕の大臣（昔の頭中将）の爪音に似ているときいていて、さほど親しかったわけでもないが父親を思い出すよすがとしたいというのである。蔵人少将も歌をうたう。玉鬘の息子のほうは父の鬚黒大将に似て音楽には不調法らしく酒を飲むばかり。せめて祝いごとぐらいせよと薫にせきたてられて、催馬楽の「竹河」をうたった。伊勢の竹河の橋のはずれの花園に我を放てよ、少女を添えてという歌である。年頃の娘の求婚者たちを前にこんな歌が意味ありげにうたわれた。蔵人少将は薫が歓待されるさまを目の当たりにして絶望する。

人はみな花に心を移すらむひとりぞまどふ春の夜の闇　蔵人少将

ああ、人はみな花に心を移しているのだ、我ひとり春の夜の闇をまどっている、という歌。蔵人少将は懇意にしている玉鬘邸の女房中将のおもとに泣きつくが、とりつくしまもない。姫君はついに冷泉院に輿入れしてしまった。

蔵人少将は落ち込むばかり。薫も思惑がはずれたと不満顔。おまけに鬚黒大将から入内させるときいていた娘が冷泉院に輿入れしたと知った帝が鬚黒大将の長男を呼び出して不興を示した。息子は玉鬘の思慮のなさを責め立てる。結局、玉鬘は自らの尚侍職を譲って次女の中の君を入内させた。冷泉院に輿入れした大君は、娘を産み、息子を産んだ。冷泉院には故致仕の大臣の娘、弘徽殿女御が入内していたが女宮をひとり生んだだけで跡を継ぐ皇子がいなかったのである。男御子の誕生が冷泉院の在位中のことであれば、どんなにか栄えあることだったろうと思うが、いまはただ弘徽殿女御方に疎まれるばかりである。玉鬘の長男は、そらみたことかとしきりに玉鬘の浅慮を責め立てる。

やがて時は経ち、薫は中納言に、蔵人少将は宰相中将となった。宰相中将はいまだに大君を忘れがたく思っているらしく、ちょうど里に下がっていると聞いて玉鬘の邸にやってきた。二十七、八歳の男盛りとなった宰相中将と対面し、玉鬘は夫の鬚黒大将が生きていたら息子たちはもっと出世したであろうと女手ひとつで家政をまわす難しさを思い知るのだった。

第四十五帖　橋姫　はしひめ

橋姫の心を汲みて高瀬さす棹のしづくに袖ぞ濡れぬる　薫
さしかへる宇治の川をさ朝夕のしづくや袖を朽たし果つらん　大君
命あらばそれとも見まし人知れぬ岩根にとめし松の生ひ末　柏木

源氏の死後を語るここまでの三巻はいわば過去の登場人物たちの後日談であった。宇治を舞台に薫と匂宮を主人公としたあたらしい物語がはじまるのは「橋姫」巻からである。ここからの巻々を「宇治十帖」と呼ぶ。

桐壺帝の八の宮は出家はしていないものの、仏道にはげみ、俗聖とよばれていた。光源氏の弟にあたる人で、冷泉院がまだ東宮の頃、朱雀院の母、弘徽殿女御の奸計に利用され、冷泉院から東宮の座を奪い取る役目を負わされた。光源氏が須磨、明石の蟄居生活から帰還してのちは政敵として廃され不遇をかこつ。八の宮は政治的野心のないことを示すために仏道に入った。北の方は幼い二人の娘を残して死んでしまった。妹の中の君の乳母は没落していく暮らしに耐えかねて逃げ出してしまった。ふつう兄弟姉妹には別々の乳母がついて別に育つが、そういうわけで中の君は姉の大君とともに仲良く育つことになった。八の宮は雅楽寮の楽師を招いて大君には琵琶、中の君には箏の琴を習わせ、碁や偏つぎの遊びごとをするなどして優雅に暮らしていた。ところが都の邸が火事で焼けてしまったのである。都内に移り住める所領はなく、宇治の山里に持っていた別荘へと移っていった。

冷泉院が仏道の師とあおいでいる阿闍梨は、宇治の八の宮の師でもある。冷泉院は阿闍梨の語る八の宮の娘の話を耳にして、かつて光源氏が朱雀院の女三の宮を引き取ったようにそばにおきたいと考えるようになる。この話を共にきいた薫は八の宮の道心に興味をもってぜひ宇治を訪ねてみたいと考えるようになる。阿闍梨は冷泉院の歌を携えて宇治へ戻り、八の宮に薫が会いたがっていることを伝える。こうして薫と八の宮との交流がはじまっていく。

山里といえば優雅な暮らしぶりができる別荘地もあるが、宇治の八の宮の住まいは、荒々しい宇治川の水音が聞こえ、風音も激しく、夜などおちおち寝ていられないような荒涼とした邸である。薫は通ってきては、こんなところに住まう女君たちには都の女たちのような優美さなどはないだろうと思いながら三年がたった。つまりその間、姫君たちに興味を示さなかったわけである。

晩秋のある日、久しぶりに宇治を訪ねていくと八の宮は阿闍梨の住む寺のお堂に七日間籠っていて女たちだけで楽器を搔き鳴らしているところだった。琵琶に箏の琴を合わせている音が絶え絶えに聞こえてくる。薫は庭先でそっと耳をすます。そこへ宿直人らしき男がやってきて八の宮が不在であることを告げる。薫はもう少し琴の音などを聞いてみたいからこっそり立ち聞きできるところはないかと問う。宿直人はわけ知り顔に姫君たちの顔がみえるところへと薫を案内する。ちょうど雲に隠れていた月が明るくさしてきた。「扇をかざして月をさしまねくというけれど、琵琶のバチで月をまねいたわよ」、「それをいうなら入り日をかえすバチというんじゃないの」、などと女たちが楽しげに笑い合っているのが聞こえる。「人がきたようです」という声で女たちは御簾を下ろして奥へ入っていった。

薫は御簾越しに女たちと対面する。もの慣れた女房がいないとみえて応対がたどたどしい。ここは若い男が訪ねてくるような華やかな邸ではないのである。女房たちは困ってすでに寝ていた老女房を起こして応対させる。この人がなんと薫の実の父親である柏木に仕えていた人なのであった。

弁の君と呼ばれるこの女房は、母親が柏木の乳母で柏木とは乳母子として幼いときを共に過ごした。臨終の折に託されたことをぜひに話したいと薫に告げる。薫はまるで夢語り、あるいは霊を降ろして語る巫女語りのようだと思いながら、その場では人目があって深くは問いただすことができない。大君と歌を交わしていったんは都へ戻っていく。宇治の山には霧がたちこめている。こんな寂しいところに姫君たちを残していくのがしのびない。自分は戻れば玉の台とでもいうべき邸に住まっているのだから。

橋姫の心を汲みて高瀬さす棹のしづくに袖ぞ濡れぬる　薫

橋姫は宇治橋に祀られている女神である。古今和歌集に「さ筵に衣片敷きこよひもや我を待つらむ宇治の橋姫」という歌があって宇治の橋姫は今宵も独り寝の夜を過ごして私をまっているのだろうというのを引いて、宇治に残していく姫君が自分を待っていると暗示もしつつ、残していくあなたのことを想うと、川舟の棹が雫に濡れるように袖が涙で濡れますという歌。大君が姉として返歌する。

さしかへる宇治の川をさ朝夕のしづくや袖をくたし果つらむ　大君

棹をさしかえて宇治川をわたる渡し守が朝夕袖を雫に濡らしているように、私の袖は涙で濡れそぼっています、という歌。衣が濡れる比喩で歌のやりとりがあるのは、霧深い夜で薫の着ていた衣もしっとりと濡れていたからだった。薫はあたらしく取り寄せた直衣に着替え、衣を便宜をはかってくれた宿直人にやった。薫の遠くからでもはっきりわかるほどの移り香が残っている衣で宿直人は笑われるやらひやかされるやら。

薫はすっかり宇治の姫君に魅了されて、この魅力を匂宮に伝えた。親王の身分では軽々しい夜歩きなどはできまい、これは源氏である自分だけの特権なのだ、とうらやましがらせる。これが発端となって宇治を舞台に二大貴公子が恋物語をくり広げるのである。

薫は八の宮が邸に戻った頃、宇治を訪ね、暁方に宮が勤行に出かけた頃、弁の君を呼び出して話をきいた。女三の宮に仕えていて柏木を手引きした小侍従は亡くなっていて、もうこの秘密を知る者は弁の君しかいない。弁の君は柏木に託された文の入った小袋を薫に手渡す。口には柏木の名の封緘(ふうかん)がしてある。解いてみると病いが重く、出家してしまった女三の宮に二度とは会えない悲しみが弱々しい文字でつづられていた。

命あらばそれとも見まし人知(し)れぬ岩根(いはね)にとめし松の生(お)ひ末(すゑ)　柏木

生きていたなら私の子の生い先をよそながら見ていられただろうに、という歌が書かれている。読者は、薫が光源氏の子として育っていながら実は柏木の子だと知っている。薫はここで自分の出生の秘密をはっきりと知ることになるのだった。

第四十六帖　椎本　しいがもと

牡鹿鳴く秋の山里いかならむ小萩が露のかかる夕暮れ　匂宮
涙のみ霧りふたがれる山里はまがきに鹿ぞもろ声に鳴く　大君

匂宮はかねてより薫に聞かされていた宇治を訪れてみたいと長谷寺詣でをする。道中の中宿りとして宇治を訪れようというのである。八の宮の邸の宇治川を挟んだ向かいに光源氏から受け継いだ夕霧の別荘がある。夕霧は物忌みにあたってしまったので、薫と夕霧の息子たちが匂宮を迎え入れた。匂宮は天皇と后の明石中宮にとりわけ目をかけられており、かつまた紫の上がかわいがっていたことから光源氏に近い者たちも我が君と心を寄せ続けている。匂宮はいわば光源氏の後継なのである。

匂宮は慣れない長旅ですっかり疲れてしまった。そこで宇治の夕霧邸で休んで楽器をとりよせ合奏を楽しむなどしていた。川向こうの八の宮の邸にその楽器の音が聞こえてくる。八の宮は笛の音を聞いて、いったい誰が吹いているのだろう。むかし光源氏の奏でる笛の音はいかにも愛嬌があってすばらしいものだったが、いま聞こえる音は荘厳な響きで致仕の大臣（昔の頭中将）の音色によく似ていると独り言をもらす。八の宮は笛の音が致仕の大臣の長男柏木由来で薫に伝わっていることを耳に感じているのである。興をそそられた八の宮は川向こうへ歓迎の文を出した。薫は音楽を好む若い公達と連れ立って八の宮邸へと川を漕ぎ渡っていく。舟の上でも酣酔楽(かんすいらく)という高麗楽(こまがく)を奏でながらムードたっぷりに渡っていくのである。八の宮は古くから宮家に伝わる古楽器を次々に用意して待ち受けていた。みなはことによると八の宮の琴(きん)の音が聞けるかと期待する。琴はかつて光源氏が得意とした楽器で、桐壺帝の皇子である八の宮なら光源氏の手に似た音が聞けるかと思ったのだろう。しかし八の宮は箏の琴をさりげなくかき合わせるのだった。客人たちはここにいると聞く八の宮の姫君たちを思わずにはいられない。
こうした軽々しい訪問などのできない匂宮は川向こうにとどまってやきもきし、美しく咲いた桜の枝に歌を添えて童を介して姫君たちに送ってよこした。

山桜にほふあたりにたづねきて同じ(おな)かざしを折りてけるかな　匂宮

山桜が匂うあたりを訪ねてきて同じかざしを手折っているのです、という歌。「山桜」は姫君たちをさしている。同じ宮家の者であると述べて挨拶とする。姫君たちはどうしたものかと困惑するが、年嵩(としかさ)の女房たちは、恋文かのように大袈裟に受け取るのではなくて挨拶としてすばやく返したほうがかえっていいのだと言う。中の君が返歌を書いた。

かざしをる花のたよりに山がつの垣根(かきね)を過ぎぬ春の旅人　中の君

かざしに折るための花が咲いているから、こうした山賤の垣根も通っていったのですね、春の旅人であるあなたは、という歌をかわいらしい筆跡で書き送った。そののち、京へ戻ってからも匂宮は姫君へ文を送り続ける。八の宮も返事をするように言うので中の君が返事をしていた。大君は、こうしたことには戯れにも触れないと用心しているからでもあった。大君が二十五歳、中の君が二十三歳である。八の宮は結婚して面倒をみてくれるという人があれば知らぬ顔で許してしまおうと思うが、たまさか立ち寄ったついでに声をかけてくる者はいてもずっと心を寄せ続けてくれるのは匂宮をおいて他にいない。

薫は早逝した父柏木の来世の安寧のために仏道に励まねばと思っている。出生の秘密を語った弁の君のことが気になってやりとりをかかさない。

秋の紅葉の頃、薫は久しぶりに宇治を訪れた。八の宮は自分が亡きあともこうして宇治を訪ねて姫君たちの世話をしてやってほしいという。薫は自分の生きているあいだは必ず面倒をみることを約束し、かつてほの聞いた姫君たちの楽器の音を聞かせてくれるように頼む。八の宮は奥に入って娘たちをせきたてるも薫が聞いていると思うと自由に合奏などとてもできない。箏の琴をそっと掻き鳴らして弾きやめてしまった。

我なくて草の庵は荒れぬともこのひとことはかれじとぞ思ふ　八の宮

いかならむ世にかかれせむ長き世の契り結べる草の庵は　薫

八の宮が私が亡くなって草の庵たるこの邸が荒れ果てても娘の面倒を見てくれるという約束は枯れないでいると思います、と詠みかけると薫もまた、いかなる世になろうともお見捨てしません、末長いお約束をした草の庵のことは、と応じた。薫は弁の君を召して女たちの居室のほうで語り合う。奥には姫君たちがいるのがわかる。匂宮があんなにもこがれているというのに、少しも懸想じみた気分にならないのを薫はいぶかしんでいる。こうして花紅葉をめでながらやりとりだけをしていたいが、姫君たちが誰かに縁づいてしまったらそれも残念だ。

晩秋の頃、八の宮が亡くなってしまった。薫は弔問に訪れる。匂宮からもたびたび文が届いていたが姫君たちは悲しみにくれていて返事もせずじまいだった。

牡鹿鳴く秋の山里いかならむ小萩が露のかかる夕暮れ　匂宮

牡鹿の鳴く秋の山里にいかがお過ごしでしょうか、小萩に露のかかる、こんな夕暮れどきには、という歌。大君はそろそろ返事をしたほうがいいと中の君に筆をとらせようとするが書けないと泣き出す。仕方なく、大君が返歌した。

涙のみ霧りふたがれる山里はまがきに鹿ぞもろ声に鳴く　大君

涙にくれて霧にふたがれている山里では垣根のそばで鹿が私たちと共に鳴いています、という歌。匂宮は、いつもより少し大人っぽく由緒ありげな筆跡であることに気づき、どちらが姉でどちらが妹なのだろうと思う。八の宮の死後、男主人を失った邸は寂しくなるいっぽうで、薫の訪れが唯一の頼みとなっている。八の宮の代わりとなって応対するのは大君である。薫は匂宮の意外な誠実さを説き、中の君を匂宮に託してはどうかとすすめる。そもそも匂宮に返事を書いていたのはどちらなのかと問われて大君は歌を書きつけてそっと差し出した。

雪深き山のかけ橋君ならでまたふみ通ふあとを見ぬかな　大君

雪深い山のかけ橋にはあなたのほかに踏み通ってくる足跡もなく、文を交わしたこともありません、という返事である。薫は弁の君が姫君たちに秘密をもらしてはいないかと気にしている。八の宮の遺言を違えず宇治の姫君の面倒はみるが、女のほうがその気にならないうちは懸想めいたふるまいはしないよう自重しているのだった。

第四十七帖　総角　あげまき

総角（あげまき）に長き契りを結（むす）びこめ同（おな）じところによりもあはなむ　薫
ぬきもあへずもろき涙の玉の緒（を）に長き契りをいかが結（むす）ばん　大君

薫は八の宮の一周忌の法要の準備に余念がない。薫は糸をよって飾り紐をつくることにかけて大君に歌を書いて見せる。

総角（あげまき）に長き契りを結（むす）びこめ同（おな）じところによりもあはなむ　薫
ぬきもあへずもろき涙の玉の緒（を）に長き契りをいかが結（むす）ばん　大君

仏事の飾り紐の総角結びのなかに末長い約束を結びこめて糸がよりあうようにあなたとともにいたい、という薫の歌を見て、大君はこうした色めいた歌をときどき送ってくるのにはほとほとうんざりだと思いながら返歌した。糸で貫きとめることもできないほどにもろい涙の玉のような私がどうして末長いお約束をできましょう、という歌である。

このついでに薫は匂宮と中の君との縁組をすすめるよう説き伏せるが大君はためらっている。

埒があかないと思った薫は弁の君を呼び出し、大君の思惑を探り出す。弁の君によれば、匂宮との縁組などはとんでもないことだと考えていて、むしろ薫が中の君のお相手となればいいと思っていると言う。そう言われても、大君への執着を簡単に妹君へうつせるというものでもない。いつもは夜になるとさっさと都に帰っていく薫が、今夜は泊まっていく様子。大君は次第に恨みがましく言い寄ってくる薫の様子に困り果てている。周りの女房たちはもはや薫に頼るほかないというのに、大君が強情をはっているのが理解できないからあえて二人きりにしようとする。ついに薫は二人をへだてていた屏風をおしやって大君のもとへ入り込んできた。大君は、そのような下心があるとは思わず親しくしてきたのに、こうして喪があける前の墨染めの衣でめかしこむこともできないままの姿を見るとは思いやりがなく、自らが不甲斐ないと言う。薫は大君のそばに寄り伏すも、無理強いする気にはなれない。喪があけた頃には気持ちをやわらげてくれるのではないかと心を鎮めてやり過ごす。明け方になって大君はどうか暗いうちに出ていってほしいと懇願する。それではまるで男女の逢瀬のあとのようではないか。どこかで鶏の鳴く声まで聞こえてくる。

山里のあはれ知らるる声々にとりあつめたる朝ぼらけかな　薫

鳥の音も聞こえぬ山と思ひしを世のうきことはたづね来にけり　大君

薫は山里の風情を知らせる鳥の声に、思いをとりあつめたような朝ぼらけです、と恨む。大君は逢瀬の終わりを告げる鶏の声など聞こえない山だと思っていたのに、世の憂いをここへまで運んできたようです、との答え。薫が去ったあと、大君はつくづくと考える。八の宮は薫にその気があるのなら縁づいても良いともらしていたが、ならば私より美しい盛りの中の君をこそもらってほしい。私が結婚してしまったら誰が妹の面倒を見るというのか。私は独り身のまま生涯を過ごすことにしよう。

八の宮の一周忌が果てて、喪服を脱ぎ替えた頃、薫が宇治を訪ねてきた。薫は弁の君と語っている。大君は物語のなかでも女が進んで逢おうとしていないのに、女房が必ず男を手引きしているのだから女房たちがたくらんで無理に薫に縁づけようとするにちがいないと警戒する。ここで大君が物語を恋の作法の参考にしているのがおもしろい。実際に『源氏物語』もそのように読まれたのだろう。大君はならばこの機に中の君と縁づけてしまおうと考える。

大君は弁の君に薫に中の君をもらってほしい、そうすれば身を分けた妹に心のうちを譲って、薫を慕う気持ちになるだろうと語る。弁の君は中の君は匂宮にお世話するつもりでいるし、お二人ともが立派な方に縁づいたらいいではないかと言う。大君は弁の君がきっと薫を手引きするだろうと考えて、夜、中の君を残して部屋を抜け出した。

薫は女が一人で寝ていたので、自分を待ち受けてくれたのかとぬか喜びするも、妹宮のほうであったことに気づく。目を覚ました中の君も事情を飲み込んでいない様子。薫はただやさしく話をして夜を明かした。

翌日、薫は事情を知ってかけつけてきた弁の君に、大君も匂宮のように身分の高い人がよいと考えて私などは相手にしないと決め込んでいるのでしょうが、この不始末を他言するなと告げて去っていった。

薫はかくなる上は中の君と匂宮との縁組みをすすめてしまおうと考える。薫の居所の三条宮が焼けたのでいまは六条院に身を寄せていて、匂宮とは近くにいるときだった。匂宮をこっそりと宇治に連れていき、弁の君を頼って中の君のもとへ手引きした。匂宮は守備よく逢瀬を遂げたが、薫はまたも大君に拒絶されたまま朝を迎えた。二人は女車でこっそりと六条院に戻った。年若い青年たちの恋の冒険である。匂宮は後朝の文を送り三日通って婚姻としようとしているが親王という身分ゆえにままならない。三日夜の餅が用意された三日目の晩、匂宮は母の明石中宮にいつまでも独身で浮名を流すようなことをするものではないと叱られ、とても内裏をぬけだせそうになくなった。そこで薫が代わりに内裏に残り明石中宮のもとに参上し小言の矢面にたって匂宮を宇治に逃す。大君は匂宮との縁談にいそいそとめかしこんでいる女房たちを見て、自分もあと一、二年もすれば若い女ではなくなっていくと容色の衰えを思わずにはいられない。中の君は、なにかと堅苦しい薫と引き比べ女扱いのうまい匂宮にすっかり心をうばわれているのに我ながらあきれる思い。

薫は、中の君と匂宮との縁談が成ったので、いよいよ大君に認められたと思いきや、大君は匂宮が地位の重さゆえに宇治へはなかなか通ってこられないつれなさにますます結婚拒否の思いを深めていく。匂宮は宇治に行く口実を作ろうと夕霧所領の宇治の宿に来てはみたものの、対岸にわたる余裕などなく都に帰るはめになったこともあった。匂宮の来訪を待ち受けていた八の宮邸の落胆ぶりといったらなかったのである。

やがて自らの判断がすべて間違っていたのではないかと思い悩んだ大君が食べ物を受けつけなくなり弱っていった。大君の危篤の報にあわてて薫がやってくるが、そのままはかなくなってしまったのだった。

匂宮は、我が妻の姉の弔問に宇治までやってきた。匂宮は宇治の邸の主人顔であれこれ人をつかっている薫がうらやましくてならない。大君の死から宇治の邸を離れずにいる薫は悲嘆にくれてやつれている。匂宮はその優美な姿に女であれば必ず心を寄せるだろうと思うのだった。匂宮はどうにかして中の君を京の邸に迎えとりたいと考える。いつしかそれが世間の知るところとなって、母親の明石中宮も匂宮が紫の上から譲り受けた二条院に中の君を迎えることを許すのだった。

第四十八帖　早蕨　さわらび

折る人の心に通ふ花なれや色には出でず下に匂へる　匂宮
見る人にかごと寄せける花の枝を心してこそ折るべかりけれ　薫

父と姉を失った中の君はただ一人宇治の山里で新春を迎えた。父宮が私淑していた阿闍梨から蕨やつくしなどの山菜が届けられた。阿闍梨は普段、漢文の経文に親しんでいるので、慣れない仮名書きで漢文のように分かち書きして和歌を送ってきた。

君にとてあまたの春を摘みしかば常を忘れぬ初蕨なり　阿闍梨

八の宮に幾春も初蕨を届けてきたのを今年もまた忘れずに届けます、という歌である。中の君は、いつも本心だかよくわからない麗々しいことばをならべて書き送ってくる匂宮の文と引き比べ、心がこもっていると感じ入り涙する。中の君の返歌である。

この春はたれにか見せむ亡き人のかたみに摘める峰の早蕨　中の君

姉を失って、この春は、いったい誰に見せたらいいのでしょう、亡き父の形見として摘まれた峰の早蕨を、という歌である。巻名はこの歌から採られている。

中の君はいま女盛りだが、二人でいるときには少しも似ていないように見えたのに、引き続く不幸でやつれたせいか、大君によく似て見える。そば近くに仕えている女房は「薫がせめて大君の亡骸をこの世にとどめることができたならと、あんなにも恋しく想っているのだし、どうせなら中の君と結ばれればよかったのに、そうしたご縁じゃなかったなんて」と残念がっている。

薫の消息については常に報告があるのである。というのも宇治行きに同行していた薫の従者がいつしか宇治の邸の女房と恋仲になっていて、寝物語にさまざま語って聞かせるからだ。薫がいまだに大君を想って涙してばかりいると聞いて、中の君は薫の心の深さをいまこそ思い知るのだった。

一方、匂宮は宇治に通うことがままならないので、中の君を京の邸に呼び寄せようと算段する。正月の宮中の宴などがひと段落した頃、薫は誰かと悲しみを分かち合いたくて匂宮を訪ねた。紫の上が愛した梅が香りを放っている。薫はその下枝を手折ってやってきた。

折る人の心に通ふ花なれや色には出でず下に匂へる　匂宮

匂宮は、手折った人の心と通じ合う花なのでしょう、色には出さないものの下に匂っていますす、という歌を詠みかける。顔には出さないけれど内心では中の君のことを思っているのではないのかと見咎める意だ。

見る人にかこと寄せける花の枝を心してこそ折るべかりけれ　薫

薫は、ただ花を見ていただけなのに恨み言をよせるのなら、心して花を折るべきでしたという歌に、ならば中の君を私がもらってしまえばよかったのですね、という意を込めて返した。このやりとりはあくまでも仲良く戯れ交わした歌であって丁々発止のやりとりというわけではない。この後で、薫は宇治の山里の様子、わけても大君が亡くなったときのこと、それ以来悲しみにくれていることなどを涙ながらに語ってきかせる。もとより涙もろいところのある匂宮は袖をしぼるばかりにもらい泣きをして聞いている。折しも空模様までもが霞がかっている。

夜になると風がはげしくなって、灯りも消えて闇となった。匂宮はよく心得ていて薫の気がはれるまで、なぐさめたり、悲しみをさましたり、夜がふけるまでつきあった。匂宮のほうも中の君を二条院に引き取る相談をする。薫は、中の君を抱きしめて過ごした夜のことは隠し通し、やっぱり自分が中の君と結ばれればよかったなどと悔しく思わないでもないが、それでは誰のためにもよくない結果になるだろうとあきらめるのだった。

宇治の山里でもよき女房や童などを集めて、中の君の京行きの準備を着々と進めている。日取りは二月のはじめごろと決まった。

身寄りをなくした中の君の里親代わりのようにして、薫は輿入れの車や供奉する従者たち、陰陽道の博士などを手配して送り込んだ。当日供奉する者たちにわたす祝儀などもたくさん用意してある。女房たちは、こうした心遣いに感激し、実の兄弟であってもこれほどのことはしてはくれまいと言い聞かせる。

薫は輿入れ前日の朝早くに宇治にやってきた。薫は大君がもし生きていたなら、今ごろはもう親しんでくれていて、先に京に迎えとろうとしただろうなどと、ありし頃の姿、語られたことばなどを思い出し、ひどく突き放した態度だったわけでもなかったのに、思い切れずに男女の仲にならないままに死なせてしまったことを後悔し続けている。

薫が中の君の居室にやってくると、女房たちはわざとがましく隔てているべきではないと中の君をせきたてて障子口で対面させた。二人は宇治の邸での日々を回顧し名残を惜しんだ。

薫の出生の秘密を明かした女房の弁の君は、老いて生き残ったことを世の人に知られまいと尼となって、中の君の京行きには同行せずに宇治に残ることにしていた。薫は、大君との思い出の場所に、こうして昔馴染みの人が残っていることをうれしく思っている。

いよいよ中の君の出立の日となり、ずっと裏寂しい山里暮らしだった女房たちは京の都にのぼるというので喜んでいる。中の君は姉の思い出を置いていくのがつらいと思っていて、女房たちの晴れやかな気持ちに同調できずにいる。京までの道中、山道の険しさに中の君は匂宮がなかなか宇治にやってこなかったのも道理だとようやく理解する。

ながむれば山より出でて行く月も世に住みわびて山にこそ入れ　中の君

中の君は、山から出て行っても京で落ち着くことができぬまま山に戻ってくるかもしれないと自分を月にたとえて独りごちる。

宵すぎにたどりついた二条院の邸は、輝くような美しさだった。匂宮は、ほんとうなら迎えにいきたいところだったが万事を薫の采配にまかせて、二条院で到着を待ち受けていた。車を寄せると自ら中の君を降ろして室内に連れて入った。

匂宮が自邸に女君を迎え入れたという噂はたちまちに知れ渡り、我が娘の婿にと考えていた夕霧は出鼻をくじかれることとなった。それでも予定通りに娘の成人の儀である裳着を執り行った。同族の婚姻ではつまらないが、いっそ薫を婿にしてしまおうかと考えた夕霧は人を介して打診してみるが、薫は大切な人を亡くしたばかりでそんな気持ちにはなれないとすげない返事を返してきた。

桜の花盛りの頃、薫は二条院を訪れた。匂宮と語り合い、夕刻、匂宮が宮中に参内する頃、薫は中の君の居所を訪ねた。御簾越しの対面に、周りの女房たちは薫には世話になったのだから取次をつかった会話ではなく、直接に応対するように言うが、中の君がためらっているうちに匂宮が奥から顔を出した。匂宮は、薫が御簾の外にいるのを見てあれほどに親身になっている人にあまりに他人行儀ではないかと対面を促しながら、とはいえあまり心をゆるすと薫には下心がありそうだとも疑っているのだった。

第四十九帖　宿木　やどりぎ

また人になれける袖の移り香をわが身に染めてうらみつるかな　匂宮
みなれぬるなかの衣と頼めしをかばかりにてやかけ離れなん　中の君
かほ鳥の声も聞きしにかよふやとしげみを分けて今日ぞたづぬる　薫

今の天皇の后である明石中宮には東宮、女一宮、匂宮など、多くの御子たちがいたが、藤壺女御といってだれよりも先に入内した人には女宮が一人あるだけだった。この女二の宮が十四歳となったので成人の儀である裳着の準備がはじまった。ところが藤壺女御が娘の成人を待たずして亡くなってしまった。母女御の庇護を失った女二の宮の行く末を案じた天皇は、かつて朱雀院が女三の宮を光源氏のもとへ送ったように、薫を婿どりしようと打診する。薫はどうせなら后腹に生まれた女一の宮がよかったなどと大それたことを思いつつ、やはり大君のことが忘れがたいのだった。

天皇の女二の宮降嫁の意向を聞き知った夕霧は、娘の六の君の相手として無理にも薫と縁づけてしまえばよかったと後悔しつつ、帝が娘に婿どりするような時代では、臣下の婿どりが難しくなるのももっともだと明石中宮に、匂宮がなかなかよい返事をしてくれないことの不満をぶつける。明石中宮は匂宮に、多くの妻をもってなんの問題もないはずだと夕霧への婿入りを説くが、匂宮は生真面目な夕霧に舅ぶって監視されそうで気が進まないのである。とはいうものの、右大臣である夕霧に恨まれるのは得策ではないと承知した。

女二の宮の母の喪があけると、夕霧は匂宮との縁談を本格的に進めはじめた。このことを伝えきいた宇治の中の君は、権勢をほこる右大臣家の娘と婚姻すれば、自分のように政治的後ろ盾のない者はやがて相手にされなくなるだろうと思い悩む。姉君があれほど強情に薫との仲を拒絶したのは、今思うになんと思慮深いことだったろう、草葉の陰で私のことをいかにも軽率だと思っていらっしゃるだろうと思うのである。

匂宮は中の君に気の毒だと思って、いつにもまして優しい。匂宮は、やがて夕霧の邸に通うようになるのだから、いまから内裏で宿直などをして夜離れに慣れさせようとするが、これまでべったりと二条院にいたのにかえってつらいばかりだ。しかもいま中の君は匂宮の子を懐妊しているのだった。匂宮が宇治から姫君を引き取って二条院に暮らしていることは、かつて光源氏が左大臣家の葵の上という正妻を持ちながら、紫の上を二条院に連れ込んだこととの再演のようでもある。ただし宇治の中の君は匂宮にとって、あくまで薫の導きで興味をそそられた相手にすぎず、紫の上が光源氏にとって藤壺の姪であったような深い関係にはない。むしろ匂宮が中の君を手放せないと感じるのは薫との仲を疑っているせいでもあった。

匂宮と夕霧の娘が婚姻すると知って、薫はなんだって自分は匂宮と中の君を縁づけようとしたのだろうと、今さらながら後悔する。思い返せば、大君が自分の気持ちを知っていながら中の君をさしだしてきたので、やっきになって中の君を別な人に縁づけたのだった。聖(ひじり)ぶって抑え込んでいた大君への恋の炎がいまや中の君への執着へと変じていく。

薫は中の君に会いに二条院へ出かける。折しも匂宮は宮中に参内していて留守だという。薫は自邸の庭で折りとった朝露をたたえた朝顔の花を中の君に差し出し、歌を詠みかける。

よそへてぞ見るべかりける白露(しらつゆ)の契(ちぎ)りかおきし朝顔の花　薫

この朝顔の花の白露がはかなく消えてしまうように亡くなってしまった姉君が自分に似ている人としてあなたをみるようにというはかない約束をしたのでした、という歌。大君の心づもりでは、あなたは自分と一緒になるはずだったのだというのである。

消(き)えぬまに枯(か)れぬる花のはかなさにおくるる露はなほぞまされる　中の君

露が消える前に枯れてしまった花のようなはかない姉の命を思うと先立たれてしまった私はなおいっそう露よりもはかないのです、と返歌する。

薫は過日、宇治に行ってきたのだと告げる。主人を失った宇治の邸のさびしさはまるで、光源氏が亡くなったあとの、光源氏が晩年を過ごした嵯峨院あるいは六条院の荒廃した感じに似ていたと薫は語る。ここで光源氏が晩年六条院を出て嵯峨院で仏道に精進したらしいことが読者にはじめて明かされたわけである。いまは六条院に夕霧の右大臣が移り住んで、昔のにぎやかさがもどったが、世はいかにも無常だと薫は泣く。中の君もまた宇治の山里に残った弁の尼がうらやましい、宇治に戻りたいと訴える。薫は、山里に戻るなんてとんでもない、寺にして寄進してはどうかと提案する。

やがて匂宮が六条院に婿入りする日となった。夕霧が六条院をみがきたてて整えているのに、待てど暮らせどやってこない。きけば夕刻、内裏を出て二条院に帰ったというのである。夕霧は息子の頭中将をして歌で催促する。

大空の月だに宿(やど)るわが宿に待つ宵過(よひす)ぎて見えぬ君かな　夕霧

大空の月影でさえ宿るわが宿に宵(よい)待ち月の刻限をすぎてもやってこないのですね、という批難の歌である。匂宮は後ろ髪をひかれるようにして出かけていった。それから三日三晩、匂宮は六条院に通うのである。三日目の夜には、六条院で結婚成立の宴が催され、薫も列席して盃を重ねた。

こうして夫婦となった匂宮は昼間に六の君と顔を合わせるようになる。明るいなかで見てみると六の君は美しい。歳は二十一か二十二といったところで、幼なげなところもなく、まさに女盛りである。次第に二条院の中の君から匂宮の足は遠のいていった。

中の君は、慰めてくれる人がほしくて薫にどうか訪ねてきてほしいと自ら文を書く。薫は翌日の暮れ方にやってきた。いつになく御簾の内の廂(ひさし)の間に入れてもらって更なる奥の簾ごしに几帳の裏から対面して直接に語り合う。中の君はどうか宇治に連れて行ってほしいと頼むのである。薫は「それは匂宮の許しがなくてはかなうまい。匂宮が承知なら道中の送り迎えは自らがいたそう。匂宮も私なら下心がないと知っているから」と言うのだが、匂宮は薫の執心をすでに疑っているし、薫もまた本当はあなたを取り返したいと後悔しているなどとほのめかす。中の君は少し気をゆるめるとすぐにも男女の関係に持ち込もうとするのに辟易しているが、それでも薫しか頼れる人はいないのである。すきをみて薫が簾の内に入り込んでくると、女房たちは気をきかせてそば近くから去ってしまった。しかし薫は中の君の腹帯を見て心をさます。具合が悪いというのは懐妊しているせいだったと気づいたのだ。薫は思いを遂げることなく帰っていった。

匂宮が久しぶりに中の君の元へやってきた。匂宮は中の君に薫の移り香がしているのに気づいた。用心して下着を取り替えていたのに、肌に匂いが染みついていたらしい。匂宮は、私が他の女性のところに行ったからといって、競うように他の男に心を移すのかと咎め、別な男と馴染んだ袖の移り香を身にまとって私を恨むのですね、と詠みかける。

また人になれける袖の移り香をわが身に染めてうらみつるかな　匂宮
みなれぬるなかの衣と頼めしをかばかりにてやかけ離れなん　中の君

中の君は、慣れ親しんだ夫婦の仲だと頼りにしてきたのに、これぐらいのことで別れてしまうのでしょうかと返歌し、ただただ泣いている。匂宮はいつになく甘えてくる中の君がいとおしくなる。きらきらしい六条院から戻ってみると、着古した衣を着た女房たちも混じっているくつろいだ雰囲気の自邸はやはり安らぐと匂宮は思うのだった。

匂宮が二条院にこもりきりだという噂を聞いて、薫は心やましく思いつつ、中の君のことを想っている。そういえば着古した衣を着た女房がいたと、仰々しくならない程度の布や衣をそろえて中の君に仕えている年配の女房、大輔の君に贈った。匂宮は親王としてめぐまれた暮らしをしているから生活のこまかいことにはまるで無頓着である。一方、薫は世間並みでいられないことのみじめさを知っているのである。薫は宇治のわびしい暮らしぶりを見ているからこそ、都ではそれを引け目に感じるに違いないと気を配っている。

薫は依然として中の君への思いを鎮めることができずに二条院を訪ねてきた。薫を警戒して中の君はそばに女房をひかえさせている。中の君はそこでふと姉君によく似た異母妹がいるのだと薫に話す。八の宮に仕えていた女房が娘を生んだのだが、女房は八の宮にうとまれ邸を出て地方宮と結婚し、先ごろ都に戻ってきたのだというのだ。薫は宇治へ行き弁の尼に事情を聞いて仲立ちしてくれるよう依頼する。

やがて中の君は男児を出産した。匂宮はじめての子とて産養いなどの誕生の儀式が盛大に行われた。一方、女二の宮が裳着を執り行い、いよいよ薫が婿入りした。薫は女二の宮と婚姻してなお大君のことが忘れられず宇治へ行く。そこでたまたま中の君の異母妹と居合わせ、その姿を垣間見する。なるほど大君に似ているかもしれない。

かほ鳥(どり)の声も聞きしにかよふやとしげみを分けて今日(けふ)ぞたづぬる　薫

美しいかお鳥の姿だけではなく声もかの人に似ているかと茂みを分けて宇治を今日こそ訪ねてまいりました、という歌を薫は詠み、弁の尼に取り継がせた。大君の面ざしをたたえた、この異母妹こそが『源氏物語』最後のヒロイン、浮舟である。

第五十帖　東屋　あずまや

見し人の形代(かたしろ)ならば身に添(そ)へて恋しき瀬々(せぜ)の撫(な)でものにせむ　薫

御禊川瀬々(みそぎかはせぜ)にいださん撫(な)でものを身に添(そ)ふ影(かげ)とたれか頼まん　中の君

薫は宇治の大君に似ているという浮舟にどうにかして会いたいと思うが、天皇の女二の宮を降嫁しているほどの身分では地方官の継娘に婿入りするわけにもいかない。常陸守には前妻とのあいだに子が多くあり、中将の君として八の宮と子をなした浮舟の母は後妻に入ったのである。常陸守と中将の君とのあいだに生まれた幼い子も五、六人あって、実に子沢山の家族である。常陸守自体ももとの出自は悪くなく、雅びをつくし、豪華な暮らしぶりではあるが、東国暮らしが染みついていてどこか田舎臭い。中将の君としては宮家の娘である浮舟を殊の外、大切に育てていて、よりすぐりの都人と結婚させたいと願っている。ちょうどいま二十二、三歳の男盛りの左近少将が常陸守の財力をあてにして求婚してきた。ところが左近少将は、この娘が常陸守の実の子ではないと知ってひどく立腹し、常陸守も勝手に縁談をすすめた妻への腹いせもあって、まだ幼い実の娘の婿に決めるのである。

憤りを隠せない中将の君が浮舟の乳母に相談すると、薫が浮舟に興味を示しているのだから、この縁談がこわれたのは幸いと思うべきだと言うのである。中将の君は「薫大将といえば、右大臣、按察大納言、式部卿宮などが縁談をもちかけたのに聞き流してしまって、天皇がこよなく大事にしている女宮をもらったような人なのに、いったいどんな女性なら愛情をかけてもらえるというのでしょう」と不安顔である。結局、女は二心なき男と暮らすのが幸せというもの。故八の宮は宮様ではあったけれど、娘をなしても私などは相手にしてはくれなかった。いま常陸守はみっともない男ではあるけれど安心できる人だというのが母の考えである。

これまで熱心に文を送ってきた男が、同じ邸の妹の婿となってやってくるというのは、いかにも浮舟に気の毒である。おまけに常陸守は、よい女房がいるし、しつらえがいいからといって浮舟の居室を婿入りの部屋にあてたのである。思い余った中将の君は、疎遠となっていた中の君に文を書き、一時、娘をそばにおいてくれないかと依頼する。中の君は、父親が娘として認めていなかった人と親しくつきあうのはいかがなものかと思うが、当時をよく知る女房の大輔の君が西の対にそっとおいてやったらどうかと口添えして迎え入れることにする。

さっそく娘を連れてやってきた中将の君は、ちょうどやってきた匂宮を垣間見る。その優美さといったら、同じ親王といっても侘び住まいをしていた八の宮などとは大違いで、こんなすばらしい人なら、七夕のように年に一度しかお相手してくれなくてもいいからそばにいたいと思う。どこまでも召人気質の母である。ちょうど侍所から、かの左近少将がやってきた。こぎれいにしてはいるがなんていうことのないつまらない顔つきの男で、こんな人を娘の大事な婿だと思っていたのかと見下げる気持ちになっている。

匂宮が宮中に参内すると、中の君は浮舟の母君と対面し、薫の意向をそれとなく伝える。ちょうどそこへ薫がやってきて、奥へ下がった中将の君は、薫の姿を垣間見て、匂宮に負けず劣らずの優美で美しい人だと思う。中の君が、ちょうど大君によく似た妹がいま邸にいることを告げ、薫は、歌を詠む。

見し人の形代(かたしろ)ならば身に添(そ)へて恋しき瀬々(せぜ)の撫(な)でものにせむ　薫

あの大君の形代(人形(ひとがた))ならば、そばに置いて恋しい気持ちを払うなでものにしたい、という直接的な歌である。中の君の返歌。

御禊川瀬々(みそぎがはせぜ)にいださん撫でものを身に添ふ影(かげ)とたれか頼まん　中の君

御禊(みそぎ)川での祓えに使う撫でものだというなら、常に身に添わせるなどということがどうして信じられましょう、というのである。ここで薫は、大君の「形代(かたしろ)」つまり、身代わりとして浮舟を求めていて、それは実体のない記号のようである。「撫でもの」は、三月三日の流し雛の人形のように、自らの悪い気をつけて川に流す人形(ひとがた)をさしていて、あくまでも薫にとって浮舟は大君恋しさを祓うための人形でしかないのである。中の君に会いにやってきた薫はすぐさま件の女の元へと心を移すそぶりはみせず、仲介を頼んでこの日は帰って行った。

中将の君は戻ってこいとの夫の催促がうるさいので、薫のこともなにもかも中の君の判断に任せると言いおいて自邸に戻っていった。ちょうど車で出るときに、匂宮とすれ違った。いったい我が邸に誰が来ていたのだろうと興味をもった匂宮は西の対を覗き見し、見慣れない美しい娘がいるのを発見するのだった。「誰なの、名のらなければ離さないよ」という匂宮に浮舟はとりこめられてしまう。驚いた乳母が体をはって防御するが、我が邸のこととて、匂宮に遠慮はない。そこへ大輔の君の娘の右近の女房がやってきて、この事態を中の君に告げ口する。中の君は、新しい女房がきたら手を出すのが習いの匂宮が目をつけたとあって困り果てていたところ、母后の具合が悪いと呼び出されて匂宮は急遽、宮中に戻ることになった。

気の毒に思った中の君は浮舟と対面し、気を紛らわせるために絵本などをだして、右近に詞書きを読ませて一緒に楽しんだ。中の君は、浮舟が姉君にあまりによく似ているので絵本どころではない。自分は母似だが姉君は父親似だった。浮舟も父八の宮に似ているからなのだろうと思う。

乳母が常陸守の邸に戻って匂宮の仕儀を中将の君に伝えた。中将の君は、もとより直情型で手前勝手なところのある人で、あわてて二条院にやってきて、中の君に「行ったり来たりしてイタチのようですが娘を連れていく」と宣言し、さっさと連れて出ていった。常陸守の邸に戻るわけにはいかないので、娘を物忌の方違えに使う三条の小さな住まいへ移した。

薫は宇治の御堂が完成したので宇治を訪れ、弁の尼に対面した。弁の尼がいま浮舟が三条の隠れ家にいることを告げると薫は、どうか都まで出向いて仲立ちしてくれるよう依頼する。弁の尼はいまさら都人に見咎められるのは気が進まないというが、薫はさっそく車を用意して送り込んでしまった。その日の宵過ぎに薫が自ら車をしたてて隠れ家にやってきて浮舟を連れて出て行った。自邸に連れて行くのかと思いきや、行き先は宇治だったのである。さすがに美しく整えられてはいるものの、そこは都とは大違いの荒涼とした風情だった。

第五十一帖　浮舟　うきふね

長き世を頼めてもなおかなしきはただ明日を知らぬ命なりけり　匂宮
心をば嘆かざらまし命のみ定めなき世と思はましかば　浮舟
骸をだにうき世の中にとどめずはいづこをはかと君もうらみむ　浮舟

匂宮は、二条院の自邸で見かけた美しい女君のことを忘れられずにいた。中の君にあの人はどういう素性の人なのかと問うても答えてくれない。正月のある日、宇治から若君にと贈り物が届いた。気の利かない新参の女童が匂宮のいる前でそれを差し出してしまったのだった。匂宮は中の君がまごついているのに気づき、勝手に文を開けて読んでしまう。そこにはときどき二条院に寄せてもらいたいのだが恐ろしいことがあったので寄り付けそうにもないなどと書いてある。匂宮は、それがただ一度目をかけた女君のことだと勘づいた。

匂宮は漢学のことを相談するのに出入りさせていて薫に近い人たちとも通じている大内記を召して薫が宇治に女君を囲っていることを聞き出す。匂宮はその女は我こそが会うべき人なのだと説き伏せ宇治の薫の邸へと案内させた。密かに垣間見してみるとまぎれもなくかの女君だった。自分を押しとどめた右近という女房もいる。人々が寝静まると、匂宮は薫を装って中に入りこみ女君と一夜を共にした。

翌朝、女君と離れがたくて匂宮は右近を呼んで、さらに逗留することを従者に告げさせる。ここではじめて匂宮にたばかられたと知った右近は仰天し、なんとか内密にすまそうと画策する。その日は女君の母親が迎えにきて、ともに石山寺詣でをすることになっていたのだった。昨夜、女君の生理がはじまってしまったから行くことは叶わないと書き送り、簾を降ろして「物忌」と書いた紙を貼って二人を隠した。

浮舟はいつも落ち着いて上品な薫に見慣れていたのだが、会えないと死んでしまいそうに恋焦がれている匂宮の情熱に心惹かれている。男盛りで立派な薫をみていてこれほどの人はいないと思ってきたのに、こまやかで艶っぽく華麗な点では匂宮は段違いだったと知ったのである。匂宮は行く末長く共にいようと約束しても、人の命というのは明日はどうなるかわからぬものだと歌を詠みかける。

長き世を頼めてもなおかなしきはただ明日を知らぬ命なりけり　匂宮

心をば嘆かざらまし命のみ定めなき世と思はましかば　浮舟

浮舟はどうなるのかわからないのは命だけだと思えるのなら、心の変わりようを嘆かずにすむのに、と答える。すっかり匂宮に心を移した浮舟に、匂宮は薫との関係を根掘り葉掘り聞き出そうとするのだった。匂宮は乳母子の時方を都に送って山寺に籠っていると嘘をつかせたがすぐに戻らざるを得ず帰っていった。

しばらくして薫が訪ねてきた。少し見ぬ間に浮舟が色っぽく大人っぽくなっていることに薫は気づく。いっぽう浮舟は薫の落ち着いた物腰に、狂おしく迫ってくる匂宮とを引き比べて、匂宮をいとおしく思うなどはいかにも軽薄だったと思いはするものの、薫が三条宮のそばに邸を用意したから春にはそちらへと言われると、昨日の手紙に匂宮が静かに二人でいられるところを用意したと書いてあったことを思い出して心乱れてしまうのだった。

二月十日頃、宮中では漢詩をつくる会が催された。薫も匂宮も参加する。薫が「衣片敷今宵もや」と独りごちているのを聞いて匂宮はいてもたってもいられなくなる。それは『古今和歌集』の「さ筵に衣片敷き今宵もや我を待つらむ宇治の橋姫」で、宇治で浮舟が一人、自分を待っているという意だったからである。匂宮は雪の高く降り積もったなか、宇治へ向かい浮舟に会いに行く。匂宮は川向こうに二人でいられる場所を用意させ、浮舟をかき抱いて舟で渡って行く。右近は浮舟の留守を知られぬようとりつくろうために邸に残り、侍従の君をお供につけた。若い女房とて侍従は匂宮の美しさに夢心地である。匂宮が浮舟とむつみあっている頃、侍従は従者の時方と懇ろとなっていた。

匂宮は都に戻っても情熱的な文を送ってくる。それを眺めている浮舟を見て侍従と右近はすっかり匂宮に心移りしたのだと囁き合う。侍従は明石中宮に女房として仕えて匂宮をいつも見ていられたらいいのに、などと言いはじめ、すっかり匂宮びいきである。

なにも知らない母と乳母は薫の三条の邸へ移る準備を着々と整えて張り切っている。進退窮まった浮舟は、渡し守の小さな孫が流れに落ちて死んだという急流の宇治川に身を投げていっそ行方しれずになってしまいたいなどと思い悩み、みるみる精気を失っていく。

あるとき、匂宮の文を携えた従者が薫の従者と行き合ってしまう。薫は匂宮が通っていることを知ってしまった。薫は浮舟に私を笑い者にしなさんな、と書き添えて歌を贈る。

波越ゆるころとも知らず末の松待つらむとのみ思ひけるかな　薫

浮気をしているともしらず待っていてくれているとばかり思っていたよ、という歌である。『古今和歌集』の「君をおきてあだし心をわが持たば末の松山波も越えなむ」から浮気をすることを末の松山を波が越えると表現するのである。浮舟は宛先違いだと思うと書いてその文を送り返したが、それを盗み見した右近は薫に知られたことを知った。右近は常陸国で男が女を取り合って殺し合いになった話を聞かせ、薫がつかっている荘園の男どもの気性の荒さを言いたてておどす。侍従はしばらく身をかくして思いの深い方と一緒になればいいと匂宮と一緒になることをすすめてくる。浮舟はもう匂宮の文にも返事をしない。ただ自分が死んでしまえばいいのだと思って大切にとっておいた文を破いて焼き捨てる。返事が途絶えがちなのに耐えきれなくなった匂宮は自ら宇治にやってきた。しかし薫が言いつけた警護が厳しくて、とても邸に近づくことができない。匂宮は代わりに熱い思いをつづった文を送ってくる。浮舟はただ歌を書き送る。

骸(から)をだにうき世の中にとどめずはいづこをはかと君(きみ)もうらみむ　浮舟

亡骸さえもこの憂き世の中に残さずにいたら、あなたはどこを目ざして恨むのでしょう、という歌。母が不吉な夢をみたといって文を送ってきた。物の怪退散の誦経をするようにと書いてある。浮舟は歌を書く。

のちにまた会(あ)ひ見(み)むことを思はなむこの世の夢に心まどはで　浮舟
鐘(かね)の音(おと)の絶ゆる響きに音(ね)を添へてわが世つきぬと君に伝へよ　浮舟

使者が今夜のうちには戻れないというので、浮舟は文(ふみ)を枝に結いつけて置いた。乳母はしきりに胸騒ぎがすると言う。右近はこんなふうに物思いばかりしていると魂が身から離れて出て行ってしまいますよと言いながら隣に臥した。

第五十二帖　蜻蛉　かげろう

ありと見て手には取られず見ればまた行く方も知らずへ消えしかげろふ　薫

浮舟がいなくなったというので邸では大騒ぎである。右近や侍従は、さては宇治川に身を投げたかと思い至る。乳母子として幼いときから共に育ってきたというのに一言の相談もなく、気配さえみせずにいただなんてと右近は子どものように泣きじゃくっている。育ての親であった乳母は「どうしましょう、どうしましょう」とうろたえているばかりである。

母親からはゆうべうなされて眠れなかったと文が届く。昨日送るはずだった母宛の手紙を右近があけてみるといかにも辞世の歌であった。

匂宮も様子の違う歌がきたことから使いを送った。すると浮舟は急死したと返事が来た。女房たちは亡骸もなく死にうせたというのはいかにも外聞が悪いというので、衣を亡骸にみえるようにして邸から送り出し火葬させた。

石山寺に籠っていた薫には遅れて一報が入った。すでに葬儀を行ったと知って愕然とする。大君を失い、大君によく似た人として手に入れた浮舟にも死なれてしまったのは仏道に入れという思し召しなのだろうかと薫は勤行に打ち込んでいる。

匂宮は病いに伏した。薫が見舞いにやってくる。薫は匂宮に「昔お連れした宇治の山里ではかなく亡くなった人に、縁者にあたる人がいると聞きつけて、時々通うところとしようとしたのだが、ちょうど女二の宮降嫁の頃で世間にとやかく言われないようにと山里に住まわせていたところ亡くなってしまったのだ」と語ってきかせる。

月たちて、三条の邸に浮舟が移ってくるはずの日の夕刻、庭の橘の花が香りほととぎすが二声ばかり鳴くのをきいて薫は『古今和歌集』の「なき人の宿に通はばほととぎすかけて音にのみなくと告げなむ」という歌を思い出し、橘の枝につけて匂宮に歌を送る。

忍び音や君もなくらむかひもなき死出の田長に心通はば　薫

あなたも忍び泣きをしていらっしゃるでしょう。嘆いてもかいのない死出の田長（ほととぎすの異名）たる亡き人に心を通わせているのなら、という歌である。匂宮はちょうど中の君と共にいてよく似た浮舟のことを思っているときだった。意味深な歌に匂宮は、昔の人を思い出させる橘の香るあたりではほととぎすも心して鳴くのでしょうと返した。

橘のかをるあたりはほととぎす心してこそなくべかりけれ　匂宮

中の君は事の次第をすべて承知していた。それで匂宮に浮舟の素性をはじめて明かしたのだった。匂宮は急死があまりに不審だというので時方を使者として右近を呼びにやった。右近は代わりに侍従を邸に行かせた。侍従は、匂宮の前で女君が悩んでいたこと、川に身を投げたことを話し、手紙を焼き捨てたりしていたのになぜ気づかなかったのかと悔やんだ。匂宮は侍従にこの邸に仕えるよう言うが侍従は喪があけるまではと宇治に帰っていった。

薫は浮舟の母、中将の君に使いを送って浮舟が亡き後も一族の後見をすることを知らせた。常陸守は継娘はこれほどの幸いを捨てて亡くなったのだと思い知った。

薫は女一の宮のもとに仕える女房、小宰相の君を召人関係にある恋人としている。美しく、琴を弾く腕前、文を書いたりものを言うときの上品さも格別な人で、匂宮も気にかけては誘いかける。けれども小宰相の君は薫一途と決めていて匂宮の誘いには乗らないでいる。薫が大切な人を失くしたときいて小宰相の君はそっと歌を贈った。

あはれ知る心は人におくれねど数ならぬ身に消え(き)つつぞふる　小宰相の君

悲しみを知る気持ちは誰にも劣らぬものと思いますが、人数にもはいらぬ我が身ですので消えゆくように歳を重ねています、という歌。薫は時宜を得た弔問に興をそそられ小宰相の君のもとに立ち寄った。浮舟と比べても劣らない人なのにどういうわけで宮仕えしているのだろう、この人を自分が世話してもよかったはずなのにと薫は思う。

宮中では蓮の花盛りに明石中宮主催の法華八講が行われた。亡き光源氏や紫の上のための供養もする。女人往生の話のある法華経第五巻が講じられるとあって女たちが大勢集まっていた日の夕刻、薫がやってきた。暑い日で女たちは氷をなにかの蓋の上にのせて割って分け合っている。女一の宮がそれを笑顔で見ているのが見えた。女房が紙につつんだ氷を女一の宮の腕にあてている。やがて襖を開け放していたことに気づいた女房がやってきたので薫は立ち去った。

翌日薫は自邸で女二の宮に薄物の単衣を着せて氷を取り寄せ、昨日見たとおりのことをさせてみようとするが、やはり女一の宮とは比べものにならない。薫は女二の宮に一の宮と文を交わさせて、女一の宮の筆跡を見る喜びを知った。女一の宮への恋心など気取られてはならないが、つくづく思うにもし宇治の大君が生きていたらなら、こんなふうに他の女に心を寄せることなどなかったはずだ。定まった妻があれば帝だって女二の宮降嫁を思いつきもしなかったろう。浮舟のことは妻としての扱いをするつもりではなかった。そう考えると匂宮を恨んだり、浮気をした浮舟を恨むのは筋違いだとも思うのだった。

その春亡くなった式部卿宮の娘が女一の宮の格好の相手になるだろうというので女房出仕してきた。さっそく匂宮が関心を寄せている。父親の式部卿宮は八の宮とは兄弟だったのだから、浮舟の代わりになるかもしれないと思っているのだ。薫は、父宮が生きていたときには東宮入内の噂もあったし、自分にも婿入りの話があった人なのに女房出仕することになるとはいかにも気の毒だと別な理由で心を寄せている。

薫は、大切に育てあげた姫君などはいくらもいるが、それにつけても八の宮の娘たちはすばらしい女君たちだったと思い出す。あさはかな人だと思うしかない浮舟だってしみじみと風情がある人だった。八の宮の縁で知った女君たちを思い続ける夕暮れ、蜻蛉が飛び交うのを見て、薫は独り歌を詠む。

ありと見て手には取(と)られず見ればまた行(ゆ)く方(へ)も知(し)らず消えしかげろふ　薫

そこにあると見えて手にとれない、手にしたと思えば行く方知らずとなって消えてしまった蜻蛉よ、という歌である。

第五十三帖　手習　てならい

身を投げし涙の川のはやき瀬をしがらみかけて誰(たれ)かとどめし　浮舟

われかくてうき世の中にめぐるとも誰(たれ)かは知らむ月の都(みやこ)に　浮舟

袖触れし人こそ見えね花の香のそれかと匂(にほ)ふ春のあけぼの　浮舟

その頃横川に、なにがしの僧都といわれている尊き人が住んでいた。八十過ぎの母親と五十ほどの妹がいていずれも尼で、願掛けに長谷寺詣でに出ていたが母尼君が弱り切って宇治のそばの知り合いの家で休んでいた。母の大事だというので横川から弟子をつれて僧都がやってきて加持していたが、この宿主が御嶽精進(みたけそうじ)をしているのに汚れがあっては困るというので、故朱雀院の御領の宇治院に移すこととし、まず僧都が先に訪ねていった。道中、森の木の下に白いものが広がっているのを目にする。狐の変化したものだろうと印を結んで近寄っていくと、長い艶のある髪をした女が泣いているのだった。「鬼か、神か、狐か、木霊か、名乗りたまえ、名乗りたまえ」と衣を引くと、ますます声をたてて泣くようである。これを介抱して邸に引き入れた。妹の尼君は娘を亡くしていて、その代わりが授けられたと喜んで弱り切った女を熱心に介抱する。母尼君が回復したので比叡坂本の小野に引き移ったが、女は前後不覚の状態だった。妹尼の懇願で横川の僧都が下山し、物の怪退散の加持をする。ようやく調伏されて憑坐にかりうつされた物の怪が言うのは、「我はかつてここで修行をしていた法師だがこの世に恨みを残したために漂い歩いていた。女が多く住んでいるところに自らも住み着き、女を一人取り殺した。この人は死にたがっていたので夜に一人でいるところをとり憑いたのだが観音の力がかばいだてしていたのだ。僧都にかりだされて負け申した。いま退散する」と言うのである。なんと宇治の大君を殺したのもこの物の怪のしわざだったのである。浮舟が死なずにすんだのは、日頃母と参詣していた石山寺あるいは長谷寺の観音の力だったというわけだ。

浮舟は正気を取り戻し快方に向かっていった。妹尼は手づから髪を櫛削り、浮舟を大事にする。しかし浮舟は素性を明かすこともなければ、心を開くこともない。小野の山里は、宇治に比べると川の流れもおだやかである。昔、夕霧が落葉の宮を訪ねていった山里からさらに奥に入ったところにあるのが、ここである。妹尼はかつて宮中に仕える夫を持ち、夫が亡くなると娘を育て上げ、よき公卿と結婚させもしたのだが、娘が亡くなったのちに出家して山里に引っ込んだのである。貴族階級にあった者とて月の美しく出る晩には琴を奏で、琵琶を弾く少将の尼君などと合奏を楽しんだりもするのだった。浮舟はこうしたたしなみもなく育ったことをいまさらながら思い知らされ、手習いの筆のすさみに歌を書きつけた。

身を投げし涙の川のはやき瀬をしがらみかけて誰（たれ）かとどめし　浮舟

われかくてうき世の中にめぐるとも誰(たれ)かは知らむ月の都(みやこ)に　浮舟

涙にくれて身を投げた川の早瀬から、誰がしがらみをかけて救ってくれたのだろう。私がこうして憂き世に生きていることを月の都の誰が知っているだろう、という歌。浮舟は死んだつもりだったのに思いがけず命拾いをしてしまったのだった。ここにいる尼たちの縁者が都から訪ねてくることもある。自分のことを都人に知られてはなるまいと浮舟は自分のことは話さない。

妹尼の娘の夫はいまは中将となっていて、ときどき妹尼を訪ねてやってくる。年のほど二十七、八といったところで十分成熟した男である。あるとき中将は簾のあいだから尼寺にはふさわしくない美しい髪を垣間見る。ここにいる若い女性はいったい誰なのだろう。若い男は俄然興味を惹かれるのである。

あだし野の風になびくな女郎花(をみなへし)われ標結(しめゆ)はん道遠(みちとほ)くとも　中将

あだしの風になびくように他の男になびかないでください。都からの道は遠くとも私こそがあなたと結ばれたいのです、という歌を浮舟に贈った。妹尼は返歌をしてやるよう促すが浮舟は拒絶する。それ以後、中将は幾度も山里を訪ねてきては浮舟との交流を試みる。しかし浮舟はこうしたことから逃れるために死のうと思ったのだ。ところが尼たちは世を捨てた身の上とはいいながら、人並みに男女の交流や歌を詠んだりすることに若やいではしゃいでいる始末でまったく油断がならない。妹尼にとって中将は亡き娘の夫でもあり、また自分がいなくなったあとの浮舟の処遇も気掛かりでもあるので後見役となってくれたら願ったり叶ったりなのである。

頃は秋、月夜の晩である。中将は笛を吹き鳴らす。高齢の大尼君が笛の音を聞きつけて出てきて、尼たちに、さあさ琴を弾いて合奏なさいと促す。浮舟は楽しむどころか、色恋にかかわらないとわかるように出家したいと言うばかりだった。

九月になって妹尼は長谷寺詣でに行くことになった。浮舟を誘うが母や乳母と出でかけた長谷寺に行けるはずもない。浮舟があまりに鬱々としているので少将の尼は囲碁でも打ちましょうよと誘う。すると浮舟はなかなかに強いのだった。楽しみを何も知らないわけではないと知った少将の尼は若い人らしく気晴らしをなさいなと言い、中将がやってくると取り次ごうとする。驚いた浮舟は大尼君など老女たちの寝ている部屋に逃げ込んで大いびきのなかまんじりともせず夜を明かした。翌日、小野に立ち寄った横川の僧都に縋(すが)りつき、浮舟は出家を果たす。長谷寺から帰った妹尼は悲嘆にくれるが、浮舟はかえってはればれとして、尼君たちと冗談を言いあったり囲碁にこうじたりするようになった。

都では女一の宮に物の怪がついたというので横川の僧都を呼び出していた。明石中宮とつれづれ会話しているうちに執念深い物の怪の話題から浮舟を見つけたときのことなどを僧都は語って聞かせる。かねて薫と匂宮がとりあった浮舟が死んでしまったという話を女房から聞いていた明石中宮は浮舟が生きているかもしれないとさとり、一緒に話を聞いていた小宰相の君に薫に伝えるように言う。

年が明けた。山里の庭にただよう紅梅の香に浮舟は匂宮のことを思い出し、思わず歌を詠む。

袖触れし人こそ見えね花の香のそれかと匂ふ春のあけぼの　浮舟

袖を触れた人の姿こそ見えないが、花の香りがその人がいるかのように香っている、という歌である。

浮舟の一周忌の法要を終えた薫は、恋人小宰相の君から浮舟が生きているかもしれないという話を聞く。真偽を確かめるために、薫は横川に出かけていくのだった。

第五十四帖　夢浮橋　ゆめのうきはし

法の師とたづぬる道をしるべにて思はぬ山に踏みまどふかな　薫

薫は浮舟の兄弟たちの面倒を見ていて、まだ童の一番下の弟をそば近くで召し使っていた。横川にはこの弟を連れて出かけていく。僧都はたいへん恐縮し、対面する。周囲が人少なになった頃、薫は小野の女君について尋ねた。

横川の僧都は浮舟を見出したときからの顚末を詳しく語ってきかせ、天狗、木霊などのようなものがだまして連れ出したのではないか。妹尼が娘を亡くしていてこれぞ観音がさずけてくれた人だと大切に世話をしていたが、いまだ身に取り憑いた物の怪が離れていない気がすると悲しげにいうので出家させたのだと話す。

薫は死んだとばかり思っていた人が生きていたのだと知って夢心地のままに涙を流す。僧都は、浮舟の素性を問えば、皇族筋だと言うし、これほどの想い人がいるとも知らずに、尼にしてしまったことはとんだ間違いだったと罪の意識にかられる。

薫は自分は出家したときいて安心しているが、嘆き悲しんでいる母親に生きていることを知らせてやりたい。これまでのことを語り合いたいからどうかその女君のところへ案内してほしいと依頼する。

僧都は出家したとはいえ、髪、髭を剃った法師でさえ女に惹かれる気持ちが失せない者もいるぐらいだから、男に会わせてよいものかと惑う。薫は弟の童を呼び入れて、このゆかりの者に持って行かせるから文を書いて、あなたを訪ねてきた人がいると伝えてほしいと依頼する。僧都は、自分を案内役にするのは罪作りとなるだろうから、あとは自分で訪ねていって思う通りにしたらどうかと言う。薫は、罪作りとなるような男女の仲を希望しているわけではないのだ、もともと道心深く、ただ彼女の母親を安心させてやりたいだけだと笑って答えた。ならば、と僧都は文を書いてわたした。

松明（たいまつ）をかかげていく一行が見え前駆（さき）を追う声が聞こえてきて、小野では尼たちがいったい誰が来ていたのだろうと語り合っている。大将殿がきていたらしい。大将殿というのは女二の宮の夫のことか、などと言い合っている。浮舟は、そういえば前に聞いたことのある随身の声も聞こえていると気づく。それにしてもあの世界から随分遠くにきてしまったことよ。

薫は弟をすぐに送りたいと思いつつ、人に見咎められるのを恐れて一度邸に連れ帰る。

翌日、姉の顔を覚えているか、亡くなったと思っていたのが生きていたらしいのだ。行って確かめておいで、と弟を送り出した。弟が訪ねてくる前に、僧都から昨夜、大将殿のお使いで小君がきませんでしたかと便りがあった。尼君は何事だろうと驚いて浮舟にそれを見せた。ちょうどそのとき僧都の使いでやってきた者があると声がかかった。僧都の託した文には、大将殿のこれほどの深いこころざしのある仲を背いて、出家したことはかえって仏のお叱りを受けることになるだろうと驚いた、どうしたらいいだろう。もとの契りをたがえないようにして、大将殿の愛執の罪が消えるようにしてあげても、一日でも出家したことの功徳はなくなりはしないから安心しなさい、詳しくは自らそちらへ行って話す、と書いてある。

　これほどはっきりと書いてあるのに事情を知らぬ尼君たちには合点がいかない。いったいどういうことかと責められて、ふと外をみると消えていなくなりたいと思ったときに恋しく思い出した弟の姿があった。母はどうしているのだろう。聞いてみたい。浮舟は泣き出してしまった。

　尼君はご兄弟でしょう、中に入れてさしあげましょう、と促すが、出家した姿を見られたくないのである。小君はもう一つの文は直接お渡しするよう預かっているのだと言う。尼君は浮舟を几帳のもとに押し寄せて受け取らせるが、開いてみようともしない。尼君が文をひき解いてみせると、昔のままの筆跡で紙には懐かしい香りがしみていた。

法(のり)の師(し)とたづぬる道(みち)をしるべにて思(おも)はぬ山に踏(ふ)みまどふかな　薫

　僧都を仏法の師だと思って山道を分けいって訪ねていったらば、思わぬ恋の山に踏み惑ってしまった、という歌である。続けて、「この人は見忘れたでしょうか。行く方知れずとなったあなたを思い出すよすがとしてそばにおいているのですよ」とある。浮舟はわっと泣き伏した。

　尼君は返事を書くよう促すが、浮舟はいまは心乱れていて昔のことを思い出そうにも思い出せない、少し落ち着いたらこの手紙にあることもわかるかと思いますが、いまは持って帰ってもらってほしい、人違いかもしれない、と尼君に押し返す。

　尼君は「物の怪がついているようでして、長らくわずらっていて、尼姿になってしまって、誰かが探しにきたら困ったことになると思っていましたが、やはり心苦しく思うことがあったわけです。日頃も具合はよくないのに、いつもより思い乱れているようで」と言うのだが、小君はわざわざ自分を使いに出したのだからぜひにも返事をもらいたいと引き下がらない。まったくそのとおりだと尼君は思いつつ、浮舟はものも言わないのだからもうこのとおりに伝えてもらうほかない。

　都では薫がいまかいまかと小君の帰りを待っていた。こうもはっきりしない様子で戻ってきたと知って、まったく興醒めしてしまった。あれやこれやと、かつてのことを思い合わせて、誰か隠し住まわせている男がいるのではないかと思った、と本にはある、というところで物語は終わっている。

　長大な物語のエンディングとしてどこか中途半端な印象がある。浮舟の物語とは何だったのだろうか。こういうのをオープンエンディングといって読者は自由にその先の物語を想像しただろう。

浮舟がいなくなったあとも家族のことまで面倒を見てくれて、法事を営んでくれたりしたのは薫なのである。小野の山里に通ってくる生真面目な尼君の娘婿の中将は、道心をほのめかしたりしてかつての薫にそっくりだった。薫のような男がやってきたとき、浮舟が恋しく思い出したのは匂宮だったのである。けれど恋することは罪なのだった。あれほど堅実にかつ実直に自分の将来を考えてくれた人をさしおいて恋におぼれることは罪だったのだ。だから浮舟は失踪し出家して、このジレンマから逃げるほかなかったのである。

結婚というのは経済的安定なのだろうか。恋の成就なのだろうか。浮舟の逡巡はそんな現代的な問いでもある。その答えは読者ひとりひとりにゆだねられている。

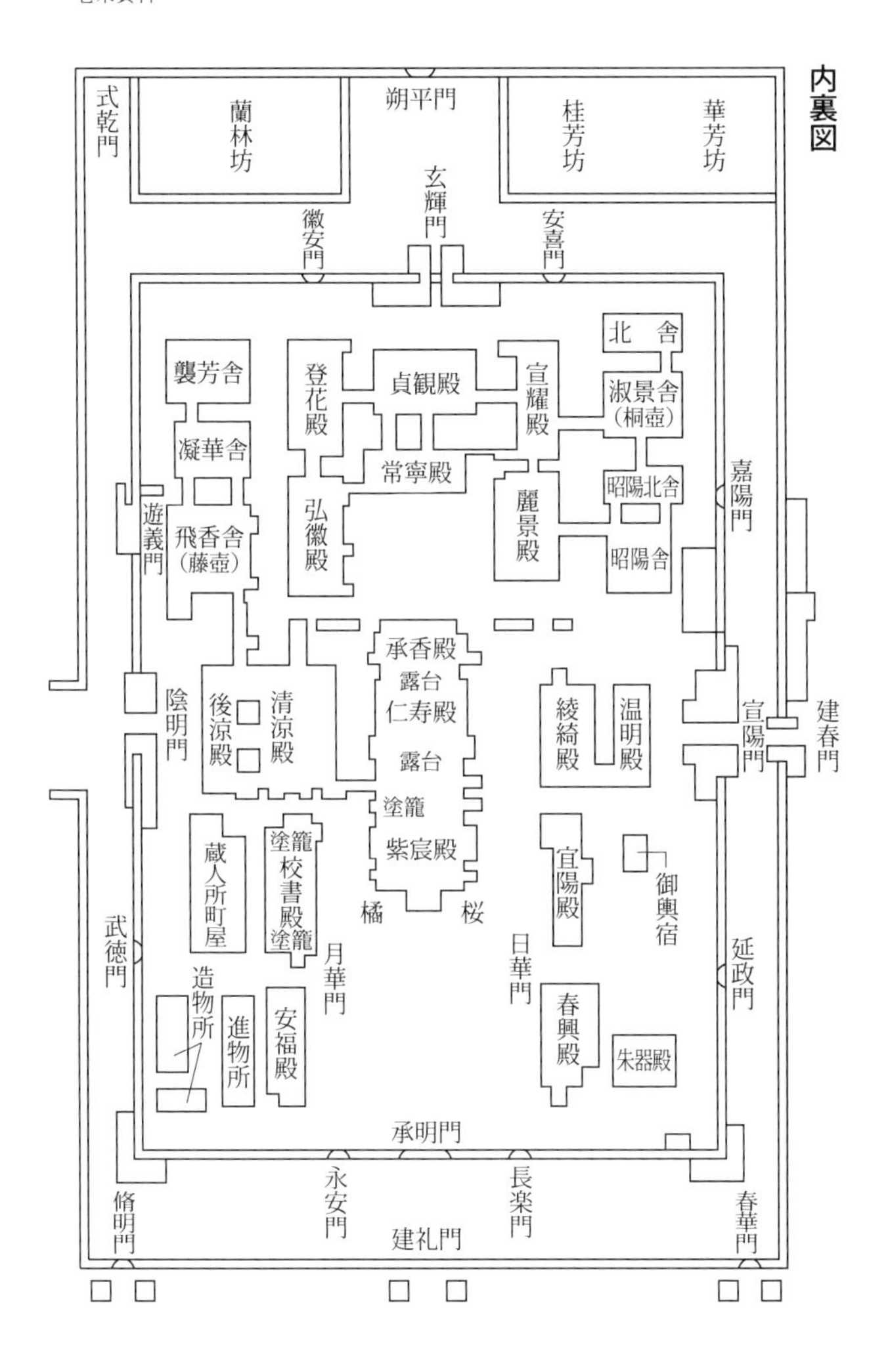
内裏図
朔平門
式乾門
蘭林坊
桂芳坊
華芳坊
玄輝門
徽安門
安喜門
北舎
襲芳舎
登花殿
貞観殿
宣耀殿
淑景舎（桐壺）
凝華舎
常寧殿
嘉陽門
昭陽北舎
遊義門
飛香舎（藤壺）
弘徽殿
麗景殿
昭陽舎
承香殿
露台
仁寿殿
陰明門
後涼殿
清涼殿
綾綺殿
温明殿
宣陽門
建春門
露台
塗籠
紫宸殿
蔵人所町屋
塗籠
校書殿
塗籠
宜陽殿
御輿宿
橘
桜
武徳門
月華門
日華門
延政門
造物所
進物所
安福殿
春興殿
朱器殿
承明門
永安門
長楽門
脩明門
建礼門
春華門

主な登場人物相関図

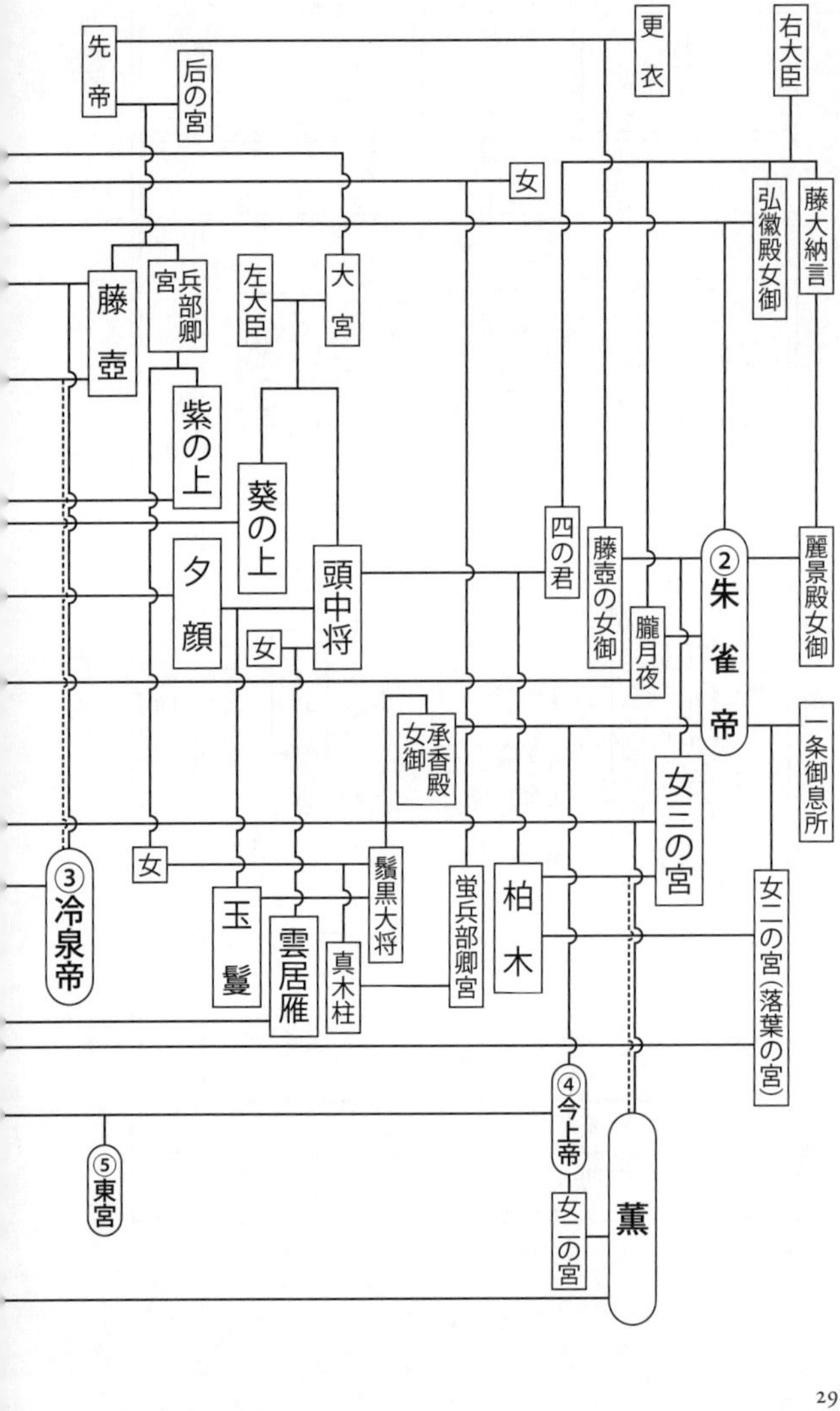

＊①〜⑤は帝の位に即位した順を示す。

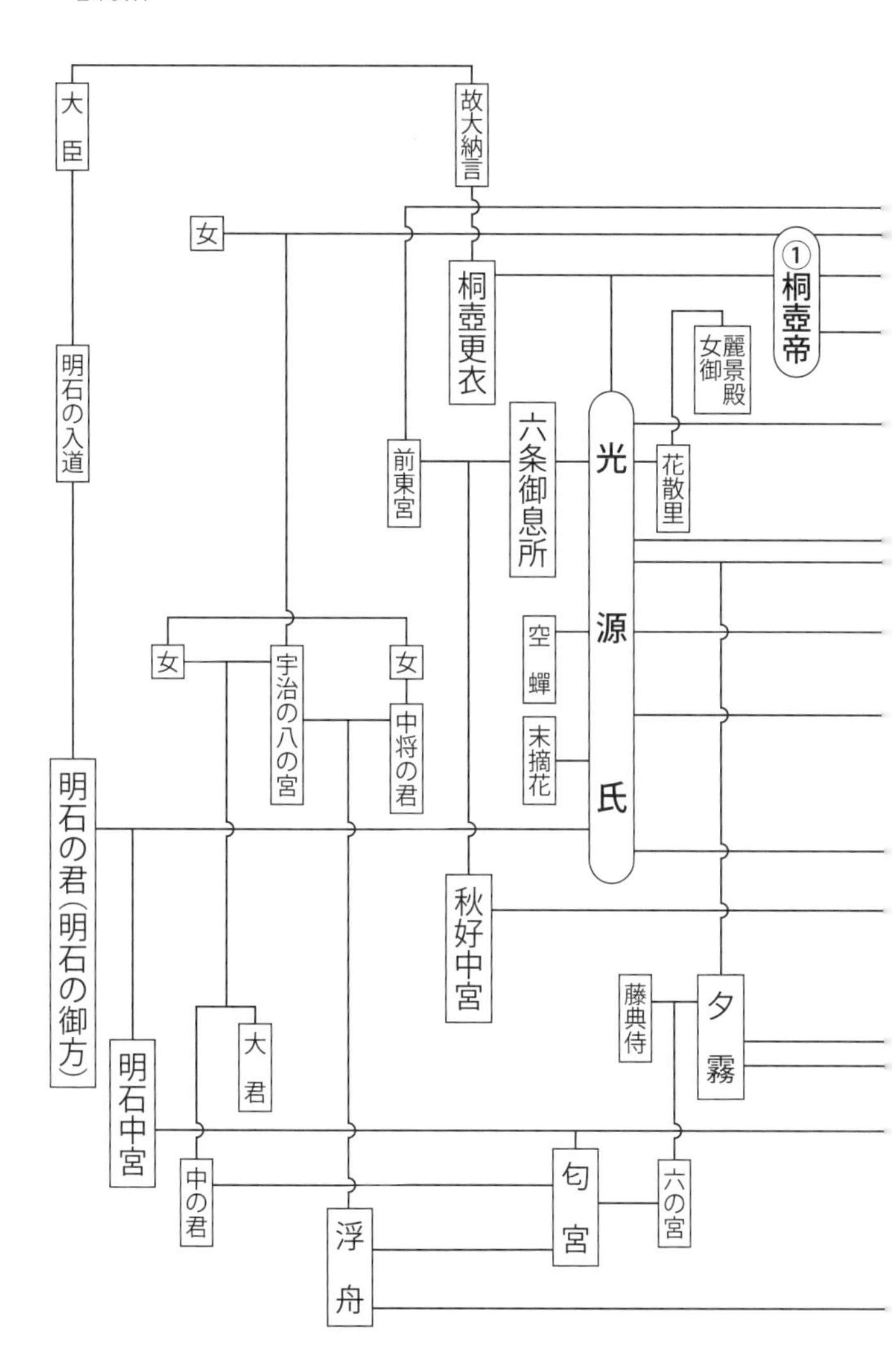
大臣
故大納言
女
①桐壺帝
桐壺更衣
麗景殿女御
明石の入道
前東宮
六条御息所
光源氏
花散里
空蟬
末摘花
女
宇治の八の宮
女
中将の君
明石の君（明石の御方）
秋好中宮
藤典侍
夕霧
大君
明石中宮
中の君
匂宮
六の宮
浮舟

おわりに

源氏和歌百首をかかげて、『源氏物語』全五十四帖を読んできた。物語の筋は現代語訳で追えるとしても、和歌だけは原文の味わいが不可欠だ。現代語訳でも和歌は原文のままにしてあるから読み飛ばしてしまっていることが多い。しかしそれではあまりにもったいない。和歌を味わいながら物語の筋を追うという逆転の発想で読んでみたらどうなるか。本書がめざしたのはこうしたことである。

登場人物の性格によって、あるいは状況によって和歌の表情は多様に変化する。相手の使ったことばに寄り添った相聞歌（そうもんか）。伝わらない想いを一人つぶやく独詠歌（どくえいか）。恨みをぶつける歌。嫉妬をあらわす歌。和歌の表現にはさまざまな可能性があることがわかる。なによりもそこには伝えたいという切実な心がある。

『源氏物語』の和歌は登場人物が物語の流れに合わせて折々詠んだもので、作者の創作なのだが、歴代の歌人たちは『源氏物語』の和歌の詠みぶりを参照してきた。『源氏物語』の登場人物は、当時よく読まれていた『古今和歌集』の歌を参考歌として、独自の歌を詠んでいる。それは歌人たちがふつうに行ってきたことだ。和歌は、過去に誰かの詠んだ秀歌を引用し、ひねりを加えながら新しい歌を生み出していくものだが、その過去の秀歌に『古今和歌集』などの歌集に収められた和歌だけでなく、物語で登場人物が詠んだ和歌も加えられたというわけである。

源氏和歌への関心は、はやく物語歌合というかたちで現れている。物語に出てきた和歌を引っぱりだして歌合（うたあわせ）の要領で競うのである。たとえば『源氏物語』と『狭衣物語』の和歌をそれぞれ百首、取り出して競わせ、どちらがすぐれているかを吟味する。あるいは『源氏物語』と『夜の寝覚』の歌を百首ずつ合わせて競う。これらをまとめて『物語二百番歌合』として編纂したのが、『源氏物語』を珍重した歌人の藤原定家である。架空の登場人物が詠んだ物語和歌が、現実世界の歌人たちの和歌の詠みぶりに影響を与えて行ったというのはおもしろいことではないか。『伊勢物語』の業平歌がそうであるように、物語で描写された景物が、和歌の伝統のなかに深々と根を下ろしていくのである。

また江戸時代には、藤原定家の選んだ小倉百人一首に倣（なら）って、源氏物語百人一首が編まれた。『源氏物語』の百人もの登場人物がそれぞれ歌を詠んでいるのにも驚くが、そもそもすべては紫式部の創作で、百人の人物を描き分け、それぞれにふさわしい和歌を書き分けている彼女の和歌の技量にあらためて驚かされるのである。百人を選ぶにあたって、主要登場人物の他に、乳母、乳母子、召人の女房の名があがっている。『源氏物語』を見渡してみると、まさに乳母や乳母子たちの女房、従者のネットワークが緊密に張り巡らされ、物語の推進力となっていることに気づかされる。

宮廷社会において、男女が出逢う場は、お付きの女房の防御線をいかに突破するかにかかっている。光源氏が藤壺と関係するには王命婦の手引きがなければかなわなかったし、鬚黒大将が玉鬘と関係できたのも弁のおもとを介してだった。女房たちにとって自分が仕えている人が誰と恋愛関係にあるかは大問題で、相手の格によって暮らしぶりが大きく変わってくる死活問題だった。主人格の恋愛如何で女房たちの職場は天国にも地獄にもなるのである。

わかりやすい例は末摘花である。末摘花は、常陸宮の姫君で宮家につとめはじめた当初の女房たちは、はぶりもよかったはずである。ところが末摘花の両親が亡くなると経済的な支えを失って次第に零落していく。たまたま末摘花の邸に光源氏の乳母子がいたことで、光源氏と末摘花の縁が結ばれることになった。このあたりは読んでいるとかなり強引に乳母子の大輔命婦が光源氏を連れ込んでいるように読める。その結果、末摘花は光源氏の財力の裏付けを得て落ち着きを取り戻した。ところが光源氏が政治的に敗退し、須磨へ蟄居する段になると、末摘花は忘れられてしまったのである。女房たちは一人また一人と邸を離れていく。最後に子どもの頃から同じお乳をのんで共に育った乳母子までもが去っていってしまう。やがて光源氏が末摘花を見出し、救い出し、豪華な邸に引き取られることになる。このときには辛抱がならずに出て行った女房たちは後悔してもしきれない。受領について地方に下るより光源氏の邸に勤めるほうがはるかに条件が良いからである。

こうした女房たちの悲喜交々が折々にはさまれていて、物語に厚みを与えている。作者の紫式部が中宮に仕える女房であり、彼女の書いた『源氏物語』を嬉々として読んでいたのも同じく受領階級の女たちだったとすると、当時の読者には女房たちの行方もまたおおきな関心事であったにちがいない。本書では、通常、あらすじからは省かれてしまいがちな女房たちの動きに注目して解説するようにつとめた。

『源氏物語』は、光源氏の誕生の秘話、すなわち親の代、光源氏の孫の匂宮が活躍するまでの、およそ四代にわたる人間のドラマである。全体を通して読んでみると、恋に身を焦がすこと、婚姻関係を続ける難しさ、長く過ごしていくことで積み重なっていく時の重み、親の思惑と子の思いのすれ違いなど、平安時代から千年の時を経てもいまだに同じことに人間は心を尽くしているのだということがわかる。『源氏物語』の尽きせぬ魅力はこういうところにあるだろう。

『源氏物語』は問いの文学である。光源氏が嵯峨院で過ごした晩年を描いていないし、浮舟と薫が再開するか否かの結末も描いていない。続きをどうしても知りたくてマルグリット・ユルスナールは光源氏の晩年を「源氏の君の最後の恋」という短編に描いた。ライザ・ダルビーは浮舟の最後を『ムラサキ』という小説に描いた。こうして世界の読者が問いかけに応えている。本書で『源氏物語』のおもしろさに気づかれた方は、現代語訳でぜひ全編を読み通してほしいと思う。本書が、その一歩への手助けとなれば嬉しい。

【著者】
木村朗子（きむら さえこ）
1968年生まれ。津田塾大学学芸学部多文化・国際協力学科教授。東京大学大学院総合文化研究科言語情報科学専攻博士課程修了。専門は、言語態分析、日本古典文学、日本文化研究、女性学。著書に『女たちの平安宮廷――『栄花物語』によむ権力と性』（講談社選書メチエ）、『女子大で『源氏物語』を読む――古典を自由に読む方法』『女子大で和歌をよむ――うたを自由によむ方法』『震災後文学論――あたらしい日本文学のために』『妄想古典教室――欲望で読み解く日本美術』（以上、青土社）、『平安貴族サバイバル』（笠間書院）、『乳房はだれのものか――日本中世物語にみる性と権力』（新曜社）など。

平凡社新書１０４５

百首でよむ「源氏物語」
和歌でたどる五十四帖

発行日――2023年12月15日　初版第１刷

著者――木村朗子
発行者――下中順平
発行所――株式会社平凡社
〒101-0051　東京都千代田区神田神保町3-29
電話　(03) 3230-6573［営業］
ホームページ　https://www.heibonsha.co.jp/

印刷・製本―株式会社東京印書館
DTP――株式会社平凡社地図出版
装幀――菊地信義

ISBN978-4-582-86045-0

【お問い合わせ】
本書の内容に関するお問い合わせは
弊社お問い合わせフォームをご利用ください。
https://www.heibonsha.co.jp/contact/